मीडिया और हिंदी साहित्य

16वें 'आर्य स्मृति साहित्य सम्मान' से सम्मानित कृति

किताबघर प्रकाशन
नयी दिल्ली

मीडिया और हिंदी साहित्य

संपादन

राजकिशोर

ISBN—978-93-80146-42-3

प्रकाशक
किताबघर प्रकाशन
4855-56/24, अंसारी रोड, दरियागंज
नयी दिल्ली-110002

संस्करण
2014

आवरण
नरेन्द्र श्रीवास्तव

मूल्य
दो सौ पचास रुपये

मुद्रक
बी० के० ऑफसेट
नवीन शाहदरा, दिल्ली-110032

MEDIA AUR HINDI SAHITYA (Hindi)
Ed. by Raj Kishore
Price : Rs. 250.00

मीडिया और हिंदी साहित्य पर चिंतन

'आर्य स्मृति साहित्य सम्मान' के रूप में प्रस्तुत कृति आपको सौंपते हुए हमें सुखद अनुभूति हो रही है। इसी के साथ आज हम इस सम्मान के 16वें पड़ाव पर आ गए हैं।

किताबघर प्रकाशन के संस्थापक प्रातःस्मरणीय पिताश्री जगतराम आर्य की स्मृति में स्थापित इस वार्षिक सम्मान का रूप-स्वरूप अन्य पुरस्कारों से थोड़ा भिन्न रहा है। इसे न तो किसी विधा-विशेष के साथ बाँधा गया, न ही पुरस्कार-सम्मान की जड़वत् परंपराओं से जोड़ा गया। इसके जो भी परिणाम फलित हुए, सुधी साहित्यिक समाज के सम्मुख हैं। हम तो मात्र विनयी भाव अर्पित करना चाहते हैं उन प्रतिभागियों और विद्वतजनों के प्रति, जो इस यज्ञ के साक्षी और संवाहक रहे।

इस बार *'मीडिया और हिंदी साहित्य'* विषय पर चौदह लेखकों के आलेखों के संपादित संकलन को सम्मानित किया गया है। कहने की जरूरत नहीं कि *'मीडिया और हिंदी साहित्य'* वर्तमान समय के सर्वाधिक प्रासंगिक मुद्दों में से एक है। लक्ष्य और संवेदना में एकसमान होते हुए भी आज मीडिया और साहित्य के बीच की दूरी बढ़ती जा रही है। इस दूरी का बढ़ना मानव-समाज और संस्कृति दोनों के लिए ही शुभ नहीं है। ऐसे ज्वलंत विषय पर हर स्तर पर पर्याप्त चिंतन और मनन की आवश्यकता है। इसी उद्देश्य को ध्यान में रखते हुए ही हमने इस विषय पर प्रबुद्ध जनों से आलेख आमंत्रित किए। हमें इस बात की बेहद खुशी है कि हमारे इस आयोजन में विद्वान् और जागरूक लेखकों ने बड़ी संख्या में हिस्सा लिया और अपनी उत्कृष्ट रचनाएँ भेजीं, जिनमें से 14 रचनाओं को अपने सुसंपादन से वरिष्ठ पत्रकार श्री राजकिशोर जी ने संपादित किया। इसके लिए श्री राजकिशोर जी का आभार।

डॉ० हरदयाल जी एवं श्री महेश दर्पण जी ने इन आलेखों का चयन एवं संशोधन किया, उनका हार्दिक आभार।

हम आशा करते हैं कि यह पुस्तक मीडिया और हिंदी साहित्य के संबंधों को समझने में सहायक होगी।

इसी कामना के साथ,

—सत्यव्रत

16 दिसंबर, 2009

संयोजक : *आर्य स्मृति साहित्य सम्मान*

किताबघर प्रकाशन, नयी दिल्ली

भूमिका

मीडिया और साहित्य का रिश्ता बिगड़ चुका है। इसमें संदेह नहीं कि आदर्श या लक्ष्य की दृष्टि से दोनों की मूल संवेदना एक है। दोनों का लक्ष्य मनुष्य को शिक्षित करना और सभ्यता के स्तर को ऊँचा उठाना है। दोनों भाषा में ही काम करते हैं, जो एक सामाजिक घटना है। इसके बावजूद आज मीडिया और साहित्य के बीच गहरी होती हुई खाई दिखाई देती है। यह खाई चिंताजनक इसलिए है कि मीडिया की पैठ और लोकप्रियता अधिक होने के कारण जनसाधारण के संस्कारों और रुचियों का सम्यक् विकास नहीं हो पाता। दूसरी तरफ़, साहित्य की दुनिया संकुचित होती जाती है और उसकी संवेदना का सामाजिक विस्तार नहीं हो पाता। इस तरह, संस्कृति की दुहरी क्षति होती है।

अगर हम सिर्फ भारतीय परिदृश्य की बात करें, तो अंग्रेजी मीडिया की हालत कुछ कम चिंताजनक है। अंग्रेजी की पत्र-पत्रिकाओं में साहित्य के प्रति लगाव कुछ हद तक अभी भी बचा हुआ है। लेखकों की नई कृतियों की चर्चा होती रहती है और उन पर कभी-कभी बहस भी होती है। लेकिन इसमें खुश होने की कोई बात नहीं है, क्योंकि भारत में लिखा जा रहा अंग्रेजी साहित्य न तो भारत की स्थिति का पूरा प्रतिनिधित्व करता है और न ही यह आम जनता तक पहुँच पाता है। तमाम तरह के प्रोत्साहनों और अनुकूलताओं के बावजूद अंग्रेजी अभी भी मुश्किल से तीन-साढ़े तीन प्रतिशत लोगों की भाषा है और इनमें भी उन लोगों की संख्या बहुत कम है जिनका विचार और साहित्य की दुनिया से किसी प्रकार का नाता है। जहाँ तक रेडियो और टेलीविजन का सवाल है, साहित्य के साथ संबंध के स्तर पर अंग्रेजी की दुर्दशा भारतीय भाषाओं जैसी ही है।

जहाँ तक साहित्य और मीडिया के रिश्ते का सवाल है, हिंदी का मामला न केवल कुछ ज्यादा निराशाजनक है, बल्कि ज्यादा पेचीदा भी है। साधारण जनता से सीधे जुड़े होने के कारण हिंदी तथा अन्य भारतीय भाषाओं की सामाजिक जिम्मेदारी बहुत बड़ी है। उनके जनसंचार-माध्यमों की एक बड़ी सांस्कृतिक भूमिका है। अपनी इस वृहत्तर भूमिका की अवहेलना कर हिंदी का मीडिया अपनी सामाजिक जड़ों पर

कुठाराघात करता है। संस्कृति की दृष्टि से हिंदी का संसार एक विकासमान संसार है। हिंदी प्रदेशों में साक्षरता का स्तर हाल ही में बढ़ा है और पढ़ने तथा जानने की भूख जगी है। मीडिया का काम इस भूख को सुरुचि-संपन्नता के साथ तृप्त करना है और व्यक्ति के सामाजिक तथा सांस्कृतिक सरोकारों को मजबूत करना है। कुछ समय पहले तक स्थिति जैसी भी थी, बहुत अधिक असंतोषजनक नहीं थी। मीडिया में लेखकों का मान था और साहित्य के लिए कुछ सम्मानजनक स्थान हमेशा सुरक्षित रहता था। ऐसी अनेक व्यावसायिक पत्रिकाएँ थीं जो पठनीय रचनाएँ प्रस्तुत करती थीं और पाठकों के साहित्यिक संस्कारों को पुष्ट करती थीं। लेकिन धीरे-धीरे, योजनापूर्वक साहित्य को जनसंचार-माध्यमों से बाहर किया जाने लगा और आज नौबत यह है कि दोनों के बीच अलंघ्य दूरी पैदा हो चुकी है। जिस समय हिंदी प्रदेश में एक और नवजागरण की पृष्ठभूमि तैयार होगी, मीडिया को साहित्य की ओर लौटना ही होगा। तब उसे इस बात का एहसास होगा कि बीच के इस दौर में उसने कितना बड़ा अपराध किया था।

सरोकार की बात यह है कि मीडिया के नाम पर प्रेस की चर्चा कम तथा रेडियो-टी०वी० की चर्चा ज्यादा होती है। जब इलेक्ट्रॉनिक मीडिया का, खास तौर से टी०वी० संस्कृति का प्रकोप बढ़ रहा था, तब यह आशंका व्यक्त की गई थी कि जल्द ही मुद्रित माध्यम का अंत हो जाएगा। लेकिन यह भविष्यवाणी बहुत आंशिक तौर पर ही सही साबित हुई। मुद्रित माध्यम आज भी टिके हुए हैं और वे जो भूमिका निभा रहे हैं, उसका कोई विकल्प अभी तक नहीं बन पाया है। जिस इंटरनेट के फैलाव की बहुत चर्चा की जाती है, उस पर भी दैनिक पत्रों और आवधिक पत्रिकाओं से ली गई सामग्री की भरमार होती है। सच पूछा जाए, तो इंटरनेट भी मुद्रित सामग्री का विस्तार ही कर रहा है। इसके बावजूद इसमें कोई संदेह नहीं कि दुनिया-भर में मुद्रित माध्यम की पत्रकारिता का चरित्र काफी बदला है और इसका एक बड़ा कारण टी०वी० का प्रभाव है। लोग टी०वी० से थोड़ा-सा अखबार होने की माँग नहीं करते, पर अखबार से थोड़ा-सा टी०वी० होने की अपेक्षा बढ़ती जाती है। या, कहिए कि टी०वी० कार्यक्रमों के संचालक कुछ इसी तरह सोचते हैं।

पश्चिमी देशों और भारत की सामाजिक-सांस्कृतिक स्थितियों में एक विशेष अंतर यह है कि पश्चिम में साहित्य के चरित्र में काफी बदलाव आया है और उसका एक बड़ा हिस्सा बाजार तथा उपभोक्तावाद के दबावों के तहत लिखा जा रहा है। वहाँ समाज को बचाने की चिंता कम है, उसके विघटन में ज्यादा रस लिया

जाता है। बीसवीं शताब्दी के पूर्वार्द्ध तक पश्चिम में महान् रचनाएँ लिखी गईं, अब बेस्ट सेलर लिखने का रिवाज बढ़ चला है। फलस्वरूप साहित्य अपना प्राकृतिक काम नहीं कर पा रहा है। फिर भी, वहाँ पुस्तक संस्कृति न केवल बची हुई है, बल्कि उसका विकास भी हो रहा है। इसके विपरीत, भारत में जैसी और जितनी पुस्तक संस्कृति थी, उस पर आज गंभीर खतरा मँडरा रहा है। निःसंदेह हिंदी का प्रकाशन उद्योग बढ़ती पर है और हर साल पिछले साल के मुकाबले कुछ अधिक किताबें छापी जाती हैं, लेकिन हिंदी समाज की शिक्षित जनसंख्या को देखते हुए आज हम शायद पचास और साठ के दशक से भी ज्यादा पिछड़े हुए हैं। इतने बड़े समाज में अधिकांश पुस्तकों के पहले संस्करण की सिर्फ पाँच सौ प्रतियाँ छपना सभी के लिए शर्म की बात है।

इसके लिए सिर्फ टेलीविजन या मीडिया को जिम्मेदार ठहराना बहुत ही एकांगी दृष्टिकोण होगा। मामला इससे कहीं गहरा है और हमारे समाज की बदल रही सांस्कृतिक संरचना से जुड़ा हुआ है। हम बड़ी तेजी से संस्कृतिहीनता की ओर बढ़ रहे हैं और युवा तथा प्रौढ़, दोनों पीढ़ियों में इसके दुष्परिणाम दिखाई पड़ने लगे हैं। हिंदी का मीडिया थोड़ा भी सामाजिकता लिए हुए होता, तो वह इससे चिंतित होता तथा इस क्षय को रोकने के लिए शक्तिशाली पहल करता। यह एक अर्धसत्य है कि इसके लिए सिर्फ बाजारवाद जिम्मेदार है। बाजार सिर्फ कुरुचि का नहीं, सुरुचि का भी होता है। आखिर इस कठिन समय में भी गोरखपुर का गीता प्रेस अपने मोर्चे पर डटा ही हुआ है। टेलीविजन पर भी धर्म के कई चैनल चल रहे हैं और इस तरह का कोई भी चैनल घाटे में नहीं है। इसी तरह, समाज में भी साहित्य की माँग पैदा की जा सकती है और जितनी माँग पहले से मौजूद है, उसकी सम्यक् पूर्ति कर उसे प्रोत्साहित और विकसित भी किया जा सकता है। बेशक धर्म की तरह साहित्य का बना-बनाया विस्तृत बाजार मौजूद नहीं है, लेकिन यह किसने कहा है कि मीडिया को सिर्फ बहुसंख्यकों की रुचियों का ध्यान रखना चाहिए। कोई भी सम्यक् मीडिया समाज के सभी वर्गों को साथ लेकर चलता है।

साहित्य बाजार के लिए नहीं लिखा जाता, न ही वह बाजारवादी प्रवृत्तियों को प्रोत्साहित करता है। यह एक सर्वथा सात्त्विक कार्य-व्यापार है और जहाँ भी कलुष है, उसके विरोध में खड़ा होता है। मानव संवेदना के विकास और विस्तार का यही एक रसमय तरीका है। इसलिए हमेशा ही साहित्य को प्रोत्साहन उन्हीं लोगों से मिलता है जो सामाजिक जीवन की उन्नति चाहते हैं। जब हम स्वतंत्रता संघर्ष के दौरान साहित्य और मीडिया के घनिष्ठ संबंध की बात करते हैं, तो हमें याद रखना

चाहिए कि उन दिनों समाज में ऐसे धनी-मानी लोगों की बहुतायत थी जो विद्वानों और लेखकों का सम्मान करते थे और उन्हें संस्कृति का मार्गदर्शक मानते थे। उस समय के नेता भी साहित्यकारों के संपर्क में रहते थे और कई लेखक भी सीधे राजनीति के मैदान में कूद पड़े थे। आजादी पाने के कुछ दशकों बाद तक यह स्वस्थ प्रवृत्ति बनी रही और हिंदी से सरोकार रखने वाले उद्योगपतियों ने, जिन्होंने पत्रकारिता के व्यवसाय में रुचि दिखाई, साहित्य को प्रश्रय देते रहे। जैसे-जैसे भारतीय समाज में, खास तौर पर हिंदीभाषी समाज में, पैसे का बोलबाला बढ़ा और अन्य मूल्य क्षीण होने लगे, पत्रकारिता और मीडिया में लगी हुई पूँजी का चरित्र तेजी से बदला। हिंदी का उद्योग बनना उसके लिए काल साबित हुआ।

आज यह औद्योगिकता हिंदी मीडिया का सर्वनाश कर रही है। कहने को हिंदी का फैलाव हुआ है। आज ज्यादा अखबार निकल रहे हैं। उनकी प्रसार-संख्या लाखों में है और लगातार बढ़ रही है। रेडियो और टी०वी० पर हिंदी का दबदबा है। लेकिन मीडिया के सभी मालिक हिंदीभाषियों को गधे या बैल से कुछ ही बेहतर मानते हैं। दरअसल, वे हिंदी समाज से परिचित ही नहीं हैं और न उसकी सांस्कृतिक आवश्यकताओं को समझते हैं। इनमें जो अंग्रेजी के लोग हैं, उनका हिंदी समाज से कोई सरोकार भी नहीं है। वे हिंदी में मीडिया का कारोबार करते हैं तो इसलिए नहीं कि उन्हें हिंदी से या हिंदीभाषियों से कोई लगाव है। हिंदी उन्हें जितना देती है, अगर वह अंग्रेजी से मिलने लगे, तो वे हिंदी की ओर झाँकें भी नहीं। हिंदी मीडिया उनके लिए उपनिवेश की तरह है, जहाँ से जैसे भी और जितना भी लूटा जा सके, वह वैध है। उन्हें लगता है कि उनकी इस लूट में साहित्य मददगार नहीं हो सकता। इसलिए उनके व्यावसायिक एजेंडा में साहित्य के लिए कोई जगह नहीं है। हाँ, हास्य कवियों को वे अपनी सेवा में जरूर समय-समय पर जोतते रहते हैं। दरअसल, टेलीविजन अपने आप में ही साहित्य-विरोधी विधा है। उसकी सफलता के लिए तुरत-फुरत पट परिवर्तन चाहिए, जबकि साहित्य का आनंद लेने के लिए थोड़ा ठहराव चाहिए।

हिंदी क्षेत्रों के अखबार-मालिकों को तो सीधे-सीधे समाजद्रोही माना जाना चाहिए। ये हिंदी की ही उपज हैं, लेकिन उन्हें अपनी मातृभूमि और मातृभाषा से कोई प्यार नहीं है। इनमें से ज्यादातर तो हिंदी में, कुछ तो किसी भी भाषा में, चार शुद्ध लाइनें भी नहीं लिख सकते। उनका लक्ष्य किसी भी तरह और ज्यादा अमीर बनना है तथा अपने समय की राजसत्ता से मधुर और स्वार्थपूर्ण संबंध बनाए रखना है, ताकि तरह-तरह के फायदे उठाए जा सकें। इन्हें जनता के बीच नहीं, 'फॉर्ब्स'

पत्रिका के पन्नों पर अपनी जगह बनानी है और वह भी आजकल में ही। चूँकि ये खुद सांस्कृतिक निरक्षर हैं, इसलिए अपने पाठकों में भी निरक्षरता फैलाना चाहते हैं। इन्हें इस बात का तनिक भी एहसास नहीं है कि हिंदी समाज के अनेक स्तर हैं तथा सभी की आवश्यकताएँ अलग-अलग हैं।

यह अकारण नहीं है कि हिंदी पत्रों में जबरदस्त एकरसता आ गई है। ऐसा लगता है कि सभी अखबार एक ही टकसाल या अस्तबल से निकल रहे हैं। यह टकसाल या अस्तबल विचारहीनता और संस्कृतिहीनता का है। इसलिए इनके पास मनोरंजन के नाम पर फिल्म और टी०वी० जगत् की ग्लैमरयुक्त तथा कामोद्दीपक तसवीरें और हलकी किस्म की गपशप है। साहित्य से भी लोगों का मनोरंजन हो सकता है, यह बात इन्हें सूझती तक नहीं। यही कारण है कि इन अखबारों को अब संपादक नहीं चाहिए। संपादक कैसा भी हो, अखबार के तंत्र में उसकी एक स्वतंत्र सत्ता होती है। उसकी जगह काम कर रहा मैनेजर ज्यादा आज्ञाकारी और विनम्र होता है। वह अपनी नौकरी की शर्तें जानता है और बहुत कड़ाई से उनका पालन करता है। उसका काम अच्छा अखबार निकालना नहीं, बल्कि मालिक की इच्छाओं को पूरा करना है। चूँकि वह स्वयं भी अकसर सांस्कृतिक दृष्टि से निरक्षर भट्टाचार्य होता है, इसलिए मालिक के साथ उसकी जोड़ी खूब जमती है। दोनों के लिए, समाज समाज नहीं, सिर्फ बाजार है, जिसके अस्तित्व की एक ही सार्थकता है—लगाए गए पैसे पर अधिक से अधिक रिटर्न वापस करना।

जब मीडिया और साहित्य अथवा मीडिया और विचार का रिश्ता ऐसा हो चुका हो, तब किसी भी तरह की शिकायत करना बेकार लगता है। यह शिकायत कुछ वैसी ही है जैसे वर्तमान राजनीति से गिला-शिकवा। राजनीति और मीडिया, दोनों समाज से स्वायत्त और स्वसेवी हो चुके हैं। राजनीति को काबू में लाने के लिए बड़े पैमाने पर सामाजिक कार्रवाई की जरूरत होगी, पर हमारे लेखक और बुद्धिजीवी चाहें तो थोड़ी-सी सक्रियता से भी मीडिया को संस्कारित करने और समाज के प्रति जिम्मेदार बनाने में निर्णायक भूमिका अदा कर सकते हैं। साधारण जनता से यह माँग करना फिजूल है कि वह रेडियो न सुने, टी०वी० न देखे या अमुक-अमुक अखबार न पढ़े। ये तीनों ही सामाजिक अनिवार्यता बन चुके हैं।

आखिर बहुत-सी जरूरी सूचनाएँ इन्हीं माध्यमों से प्राप्त होती हैं। दूसरी ओर, मीडिया पूरी तरह निरंकुश है। उस पर किसी तरह का सामाजिक दबाव नहीं है। मीडिया चाहता है और सरकार मानती है कि मीडिया को अपनी आचारसंहिता स्वयं विकसित करनी चाहिए। यह अपेक्षा एक बहुत बड़ा भ्रम है। जिस उत्पाद के

साथ पूँजी का खेल जुड़ा हुआ है, वह हमेशा अपने को मुक्त रखना चाहता है। इसलिए सामाजिक दबाव का रास्ता ही असरदार हो सकता है। अपने-अपने शहर में यह दबाव पैदा करना वहाँ के लेखकों, बुद्धिजीवियों और समाजसेवियों का ऐतिहासिक कर्तव्य है। साहित्य लिखना ही अब काफी नहीं रहा, साहित्य की रक्षा करना भी जरूरी हो गया है।

यह प्रसन्नता की बात है कि इस वर्ष के 'आर्य स्मृति साहित्य सम्मान' के लिए 'किताबघर प्रकाशन' ने 'मीडिया और हिंदी साहित्य' विषय चुना है। आज के समय के सर्वाधिक प्रासंगिक मुद्दों में इसका स्थान बहुत ऊपर है। हिंदीभाषी समाज के सांस्कृतिक विकास के लिए तो यह जीवन-मरण का मामला बन चुका है। मैं 'किताबघर प्रकाशन' के संचालकों को इसके लिए हार्दिक बधाई देता हूँ कि उन्होंने इस ज्वलंत प्रश्न को उठाया और इस विषय पर विचार करने के लिए प्रबुद्ध जनों को आमंत्रित किया। यह भी बहुत खुशी की बात है कि इस रचनात्मक स्पर्धा में विद्वान् तथा जागरूक लेखकों ने बड़ी संख्या में हिस्सा लिया और अपनी उत्कृष्ट रचनाएँ भेजीं। इनका एक चयन यहाँ प्रस्तुत है। सभी लेखकों ने इस व्यापक प्रश्न की विभिन्न कोणों से जाँच-पड़ताल की है। यह सुखद आश्चर्य की बात है कि उनके निष्कर्षों में काफी समानता है।

इस पुस्तक के लिए लेखों के चयन, संशोधन और इसे गुणवत्तायुक्त बनाने में डॉ० हरदयाल जी और महेश दर्पण जी की भी महत्त्वपूर्ण भूमिका रही है।

आशा है, इस समवेत पुस्तक का मीडिया और साहित्य की दुनिया में ही नहीं, हिंदी क्षेत्र के सभी वर्गों में भरपूर स्वागत होगा।

—राजकिशोर

क्रम

उत्तर-आधुनिकता का अभिशाप

कृष्णदत्त पालीवाल

मीडिया विश्व-भर के साहित्य-कला के चरित्र और चिंतन को तीव्र गति से बदल रहा है। इस बदलाव की लपेट से हमारा हिंदी साहित्य अछूता नहीं है। उत्तर-आधुनिकतावाद, भूमंडलीकरण की संस्कृति के नए विमर्शों ने हिंदी साहित्य में पूरी तरह प्रवेश पा लिया है। उत्तर-आधुनिकता और मीडिया क्रांति हिंदी में फैशनेबल उपद्रव न रहकर साहित्य-विमर्श के निर्णायक बन गए हैं। उत्तर-संरचनावाद की डिकन्स्ट्रक्शन या विखंडनवादी नीतियों ने आलोचना की पुरानी पाठ-प्रविधियों को हिंदी साहित्य से विदाई दे दी है। हिंदी साहित्य के साहित्याध्ययनों, विचार-संवादों, गोष्ठियों में इन नए विमर्शों ने 'न्यू क्रिटिसिज्म' (नव्यालोचन) को पीछे धकेलकर एक सम्मानित स्थान बना लिया है। हिंदी साहित्य में इन नए विमर्शों की माँग बढ़ रही है और हिंदी साहित्य नई व्याख्याओं के साथ सामने आने की भूमिका में आ गया है।

आज विश्व एक ऐसी जटिल और खतरनाक स्थिति से गुजर रहा है कि भूमंडलीकरण (ग्लोबलाइजेशन) एक शब्द नहीं रहा है। एक स्थिति है, एक संस्कृति है। वृद्ध पूँजीवाद (लेट कैपिटलिज्म) और नवउदारवाद, नवउपनिवेशवाद और उत्तर-साम्राज्यवाद की विचार-क्रांतियों ने सभी परंपरागत प्रतिमान ध्वस्त कर दिए हैं। साहित्य में उत्तर-संरचनावाद, विनिर्मितिवाद और नव्य-फ्रायडवाद ने एक क्रांति ही उपस्थित कर दी है। मूल स्थिति यह बनी है कि भूमंडलीकरण का रिश्ता नव सांस्कृतिक साम्राज्यवाद से ज्यादा गहराया है। जॉर्ज लिचीम ने 'इम्पीरियलिज्म' (1971) शीर्षक पुस्तक में कहा है कि साम्राज्यवाद के अनेक चेहरे हैं। इन छवियों का अनुभव तो किया जा सकता है लेकिन इन्हें ठीक-ठीक पूरी पकड़ के साथ परिभाषित नहीं किया जा सकता। इसका कारण यह है कि भूमंडलीकरण की अवस्था में पूँजी का वर्चस्व पुरानी कला-साहित्य-दर्शन की संस्कृति को मिटाकर एक नई संस्कृति की स्थापना करता हैं जिसमें मीडिया और विज्ञापन एक बड़ी भूमिका अदा करते हैं। भूलने के विरुद्ध विचार यह है कि हर तकनीक एक

संस्कृति को साथ लाती है और उसमें वर्चस्व की इच्छा आर्थिक से ज्यादा सांस्कृतिक होती है, जिसे नवसाम्राज्यवाद, अतिसाम्राज्यवाद, नवसांस्कृतिक साम्राज्यवाद कहकर यूँ ही टाला नहीं जा सकता। वह शेर की तरह गुर्राता हुआ प्रभुत्ववाद है, जिसमें शक्ति एवं सत्ता का खेल रहता है। आज विश्व-भर के सोच में नस्लवाद, जातिवाद, क्षेत्रवाद, लूटवाद की संस्कृति के कई रंग साफ दिखाई दे रहे हैं। पुराने उपनिवेशवाद का अंत हो गया है लेकिन पुराने साम्राज्यवाद का अंत नहीं हुआ है, क्योंकि गरीब देशों की पूँजी अमीर देशों में जा रही है और अमीर देशों में इस पूँजी के जाने का खास संदर्भ है।

आज की विश्व बाजार व्यवस्था में राष्ट्रीय पूँजी और अंतरराष्ट्रीय पूँजी की पारस्परिकता इतनी बढ़ी है कि दोनों एक-दूसरे में समा गए हैं। भारत में अंग्रेजी साम्राज्यवाद ने दो काम किए और खुलकर किए—भारतीय समाज व्यवस्था का संहार और भारतीय भाषा-साहित्य की छाती पर पश्चिमवाद के चिंतन को लादने की साजिश। आजादी-प्राप्ति के बाद भारत के 'हार्ड हार्टिड इंटेलेक्च्युअल्स' (हृदयहीन बुद्धिजीवियों) ने अंग्रेजी को जाने नहीं दिया और पश्चिमी ढंग की समाज व्यवस्था को दृढ़ किया। शिक्षा-साहित्य में यह नवमैकालेवाद का पुनर्जन्म है। इसी प्रयत्न से भारतीय अर्थव्यवस्था, शिक्षा-साहित्य पश्चिम का पिछलग्गू बना और हमारी जातीय स्मृति और जातीय अस्मिता का विनाश हुआ। अमेरिकी पूँजी पर टिकी बाजार व्यवस्था को विद्वानों ने 'नवउपनिवेशवाद', 'नवपूँजीवाद' नाम दिया। कौन नहीं जानता कि विदेशी पूँजी शोषण करते हुए विकास का नारा उछालती है और पराधीन बनाती है। हिंदी में डॉ० रामविलास शर्मा जैसे साहित्य-विश्लेषक (लिटरेरी-एनालिस्ट) बराबर कहते रहे हैं कि हमारी सर्जनात्मकता में मौलिकता को नवपूँजीवाद ने बाधित किया है और रीतिवाद, कलावाद, रूपवाद, सौंदर्यवाद, अस्तित्ववाद को फैलाकर मूल्य-दृष्टि को मूल्यांधता में धकेल दिया है। विश्व साम्राज्यवाद की मुक्त बाजार व्यवस्था के प्रभुत्ववाद से भारत को मुक्त किए बिना भारतीय साहित्य के संकट टल नहीं सकते हैं, क्योंकि आर्थिक निर्भरता देती क्या है ? दीनता, परवशता और व्यक्तित्व का विनाश।

दरअसल, औद्योगिक समाज से उत्तर-औद्योगिक समाज में बदलना पश्चिम की नई तकनीकी क्रांति से संभव हुआ है, लेकिन अविकसित देशों पर वर्चस्व बनाने का तरीका नई मीडिया क्रांति लेकर आया। समाजशास्त्री डेनियल बेल ने विस्तार और गहराई से 'द कमिंग ऑफ पोस्ट इंडस्ट्रियल सोसायटी' (1974) नामक पुस्तक में इस बदलाव की तार्किक व्याख्या की है कि कैसे उत्तर-औद्योगिक समाज

ने समाज के प्रबंधन में नई समस्याओं को जन्म दिया है। डेनियल ने कहा है कि 'संस्कृति में परिवर्तन ने परंपराओं को व्यर्थ कर दिया। अब तक उपेक्षितों, वंचितों, परिधि पर खड़े लोगों को हक माँगने का मौका प्रदान किया।' डेनियल के इस विचारपूर्ण कथन में नवसांस्कृतिक साम्राज्यवाद या उत्तर-औद्योगिक समाज की अर्थगत गूँजों के संश्लिष्ट-गहन संदर्भ निहित हैं। उत्तर-साम्राज्यवाद ने पूँजी, विज्ञान और तकनीक के मेल से 'सेवा उत्पादक व्यवस्था' में इस संस्कृति को जन्म दिया, जिसमें विचारधाराओं का अंत था और यह वर्चस्व भूमंडलीकरण की संस्कृति को नई अवधारणाओं में रूपांतरित कर देता है। देखिए न, अकेली इलेक्ट्रॉनिक एवं सूचना-क्रांति ने उत्तर-आधुनिक क्षेत्र में कला, साहित्य, दर्शन, धर्म, राजनीति, बाजार व्यवस्था का नक्शा ही बदल दिया है। इसी बदलाव से समूचा अर्थशास्त्र इकोनोमेट्रिक्स का रूप पा गया।

उत्तर-औद्योगिक समाज की मीडिया क्रांति ने ज्ञान और उसके निर्माण के रूप-स्वरूप एवं प्रक्रिया को इतने क्रांतिकारी सिद्धांतों से बदला कि विश्वजीवन को भूमंडलीयतावाद के प्रबंधन में लाने का विचार खुलकर सामने आया। इसी चिंतन क्रम में साइबरनैटिक्स, सूचना-संचार-क्रांति, सेल-सिद्धांत आदि न जाने कितने सिद्धांतों के अंधड़ चले और उससे निकला क्या—मीडिया साम्राज्यवाद का नव बौद्धिक तकनीकी वर्चस्व और नया छलावा-भरा मायावादी अर्थ-दर्शन का जिन्न! नई बौद्धिक मीडिया तकनीकों का लक्ष्य रहा—जन-समाजों की व्यवस्था और उन पर नियंत्रण। कंप्यूटर नए निर्णय-सिद्धांत बनाने लगा। इस तरह नई बौद्धिक तकनीकी संरचनाओं ने भाषा-संस्कृति, साहित्य-कला-सभ्यता को टोटल बदलकर रख दिया। यह नया उत्तर-साम्राज्यवाद अब समुद्र के रास्ते से न आकर आकाशमार्ग से धरती पर देवदूत की तरह उतरता है तथा मीडिया के विचार तथा बौद्धिक तकनीक की उत्तर-आधुनिकतावादी संस्कृति को स्थापित करता है।

इस मीडिया-साम्राज्यवाद से साहित्य-कला-संस्कृति में नायकों, महावृत्तांतों, महान् विचारधाराओं, महान् मिथकों की पूजा खत्म हो जाती है और इसके भीतर से उभरते हैं—खलनायक, भूमाफिया, टेक्नोक्रेट, दलाल, एम०बी०ए०, एम०सी०ए० कल्चर के उपद्रवी प्रबंधक। हिंसा, लूट, आतंक, देहवाद, कलावाद, फैशन, सौंदर्य-प्रतियोगिताएँ, खीसनिपोर मसखरापन, लेस्बियनवाद, गे कल्चर, भोग की उपभोक्तावादी संस्कृति के मसीहा तथा उत्तर-आधुनिक समाज के लघु आख्यान। यहाँ कहना होगा कि उत्तर-साम्राज्यवादी प्रतिभाषाविहीन संस्कृति के चार चरण हैं—(1) सांस्कृतिक रूपों में क्रांतिकारी सक्रियता, (2) विकास के नए मॉडल (3) तकनीकी विकास पर

निर्भरता और (4) बौद्धिक मीडिया-साम्राज्यवाद का हर क्षेत्र में प्रभुत्व। नए समाज में तकनीक-ज्ञान ही बादशाह है, उसी का हुक्म चलता है। वह तीनों को अपने में ढालकर, अल्विन टाफ्लर के शब्दों में कहें तो 'पावर शिफ्ट' का मंत्र पढ़ता है। टाफ्लर इन तीन मंत्रों को नाम देते हैं—मनी, माइंड तथा मसल। इस समाज में 'फ्यूचर शॉक' क्या है ? भविष्य का वह नक्शा, जिसमें तकनीक ही संस्कृति है और तकनीक टेक्नोलॉजी को पालतू बनाती है। और देती क्या है? साइकिक शॉक अर्थात् मनोवैज्ञानिक झटका, भय का तनावयुक्त प्रदूषण। तकनीक और पनपती है तो उसके साथ और कई तरह के प्रदूषण पनपते हैं—प्रदूषणों की संस्कृति फलती-फूलती है, लोकप्रिय साहित्य (पॉपुलर लिटरेचर) के नाम पर सेक्स, हिंसा, आतंक परोसा जाता है। तकनीक का वर्चस्ववाद धरती को 'उपनिवेश' बनाकर दुहता है और उसे विकृतियों से पाट देता है। अर्नेस्ट मैंडल 'लेट कैपिटलिज्म' के परिणामों से काँपते क्यों हैं ? इसलिए कि उपभोक्तावादी संस्कृति में मनुष्य और मनुष्य का आत्म बचेगा कि नहीं? कहीं उसके आत्म का पूरी तरह विनाश तो नहीं हो जाएगा? नए पूँजीवाद में 'श्रम का सेवा' में बदलना किसी बड़े भूकंपी खतरे की घंटी नहीं है क्या? पर्यावरण प्रदूषण, जल प्रदूषण, उपनिवेशों में दरिद्रता, भुखमरी, हत्या, युद्ध, आतंकवाद, सांप्रदायिकता नवीन साम्राज्यवादी संस्कृति के सिस्टम हैं, लक्षण हैं। इसने पूरे माहौल को भय से भर दिया है। पुराने इतिहास का अंत, कर्ता का अंत, लेखक का अंत—यह 'अंतवाद' नए भय के युग का आरंभ नहीं है क्या? हर ओर बेचैनी, विद्रूपता, आत्मनिर्वासन, अमानकीकरण और बर्बर व्यक्तिवाद दिखाई दे रहा है। साहित्य में 'ईश्वर की मृत्यु' की घोषणा के बाद का मनुष्य नितांत असहाय, अकेला है। हालत यह है कि पूरी दुनिया एक शॉपिंग कॉम्पलेक्स—हर माल, हर विचार बिकाऊ। भारत में बहुराष्ट्रीय निगमों के साथ विदेशी पूँजी का प्रवेश बढ़ा और बाजारवाद के तर्क पैदा हुए। इन तर्कों ने 'ग्लोबल कल्चर', 'ग्लोबल मैन', 'ग्लोबल विलेज' तथा 'ग्लोबल थॉट' की जड़ों को खाद-पानी दिया। बार्नेट ने अपनी पुस्तक 'ग्लोबल कल्चर' में भूमंडलीयता (ग्लोबलाइजेशन) को 'ब्रह्म-ज्ञान' घोषित किया, जिसे बहुराष्ट्रीय निगम चलाते हैं। इन बहुराष्ट्रीय निगमों की कृपा से धरती एक गाँव जैसी हो गई, लेकिन भूख, विषमता, बेरोजगारी कम नहीं हुई।

भारत जैसे तीसरी दुनिया के देश में उत्तर-साम्राज्यवाद, उत्तर-सांस्कृतिक साम्राज्यवाद का खतरा मँडराने लगा, क्योंकि मानव-चेतना पर उसका कब्जा 'वर्चस्व' की शक्ल ले रहा है। नई पीढ़ी की भोग-लिप्सा प्रधान संस्कृति, मैडोना-माइकल जैक्सन की संस्कृति में बदल रही है। भारत मिनी अमेरिका और हाय-हिंसा-भरा

यूरोप बन रहा है। हमारा पूरा भारतीय साहित्यशास्त्र पश्चिमवाद से भर रहा है और वहाँ के नए-नए साहित्यिक आंदोलन हमारे साहित्य में पैर जमा रहे हैं। वहाँ ब्लैक-लिटरेचर की देखा-देखी मराठी-हिंदी का दलित साहित्य तथा पश्चिम का फेमनिज्म मूवमेंट हिंदी में नारी-विमर्श या नारीवाद के नाम से चौकड़ी भर रहा है। पत्र-पत्रिकाओं में दलित-साहित्य, नारी-विमर्श, जेंडर स्टडी, कल्चरल स्टडी और पोस्ट स्ट्रक्चरलिज्म की चर्चा की प्रधानता बढ़ी है और लोकप्रिय साहित्य के समाजशास्त्र, अर्थशास्त्र, सौंदर्यशास्त्र के साथ पोर्नोग्राफी, लेस्बियन राइटिंग की बहसें उछाल पर हैं। बीसवीं शताब्दी के अंतिम दशकों से पूरा हिंदी साहित्य प्रबोधन-युगीन आधुनिकता को किनारे पर धकेलकर उत्तर-आधुनिकता, विनिर्मितिवाद या थ्योरी ऑफ डिकन्स्ट्रक्शन की तथा उत्तर-संरचनावाद की ओर मिशिल फूको की डिस्कोर्स थ्योरी की ओर लपककर बढ़ा है। इधर मनोहर श्याम जोशी जैसे 'मीडिया मैन' ने टी०वी० सीरियलों, उपन्यासों—'टटा प्रोफेसर', 'हमज़ाद', 'क्याप', 'हरिया हरक्यूलीज़ की हैरानी' तथा निबंध-संग्रहों से उत्तर-आधुनिकता के विमर्श की दृढ़ता से स्थापना की है। कहानी के क्षेत्र में उदय प्रकाश और तमाम गद्य विधाओं में निर्मल वर्मा, कृष्ण बलदेव वैद, देवेन्द्र इस्सर जैसे चिंतक सक्रिय हैं। आज हिंदी की पूरी नई पीढ़ी नए उत्तर-आधुनिकता के विमर्शों से सर्जनात्मकता में उबल रही है। साथ ही हिंदी का नया काव्यशास्त्र लोसस-गोल्डमान, आलयूसे, जेमेशन, बोडिया होर्रिवयार, जॉन लांका, जुलिया क्रिस्टीना, देरीदा, मिशेल फूको, रोला-बार्थ, पालडीमान तथा एडवर्ड सईद के चिंतन से निर्मित हो रहा है।

इधर यूरोप की हिंसात्मक शक्तिधारा ने भारतीय संस्कृति के इतिहास में हस्तक्षेप बढ़ाया है। भारतीय संस्कृति के मिथकों, प्रतीकों, आख्यानों, रूपकों, आत्म-बिंबों पर मीडिया का शिकंजा बढ़ा है। हमारे नेता पश्चिमी मीडिया-तंत्र को लाने के पीछे पागल हैं और इसी का 'प्रगति' एवं 'विकास' कहकर स्तवन किया जा रहा है। मीडिया-तंत्र के साहित्य पर बढ़ते प्रभाव से स० ही० वात्स्यायन 'अज्ञेय' बहुत चिंतित थे, क्योंकि मीडिया-तंत्र हिंदी साहित्य की आंतरिक लय को तोड़ने का प्रयत्न कर रहा है। यह मीडिया-तंत्र इतना ताकतवर है कि इसके सामने हजारों वर्षों का हमारा साहित्य और चिंतन लाचार नजर आ रहा है। इसने हमारे सांस्कृतिक चिंतन के सभी स्रोतों, परंपराओं, मिथकों को चुनौती दी है। अमेरिका के सामने कटोरा लिए हमारे नेता खड़े हैं। उन्होंने हमारी पूरी संस्कृति की पवित्रता को नष्ट कर दिया है। अज्ञेय जी ने इसी स्थिति पर व्यंग्य करते हुए लिखा है, 'शाबाश ! मेरे देश के रौशनजमीर लोकनेताओ! तुम्हारा मर्यादावाद वह हाथी का

पैर है, जिसमें सीता समा गई थी।' भोग के पीछे पागलों की तरह भागता देश अपनी विवेक-वयस्कता खो बैठा है। वैश्विक कुनबा, विश्व-गाँव, विश्व-संस्कृति के भीतर बाजारवाद का ठग बैठा है। भारतीयकरण का अमेरिकीकरण और अमेरिकीकरण का भारतीयकरण 'यूटोपिया' से ज्यादा 'डिस्टोपिया' है; जिसके मूल में किसी संस्कृति की रचना का न संकल्प है, न कोई विचार-बीज। फिर हर संस्कृति की अपनी जीवन-व्यवस्था, अपनी लय, अपना आत्म, अपनी स्वाधीनता होती है, जिसे ग्लोबल कल्चर नष्ट करने पर आमादा है। यह सच है कि मीडिया क्रांति के संप्रेषण साधनों से दुनिया अपने दुर्लभत्व को खोकर सुलभत्व की ओर ढकली है। लेकिन इसमें जो सर्प फन उठा रहा है, उसे नाथने में आज का नाग-नथैया लाचार है। जातीय अस्मिताएँ टूटकर युद्ध के 'मैं' में फुफकार रही हैं और 'अन्य' या 'अदर' को रौंदकर, गुलाम बनाकर भूमंडलीकरण एक नए तेंदुआवाद को लाने का आकांक्षी है। यह आकांक्षा डार्विन के विकासवाद और नीत्से के अरमानवाद का नया भाष्य है। मनुष्य का मशीनीकरण उसे यंत्र-मानव बनाकर भोगी पशु में बदल रहा है। बाजारवाद मीडिया क्रांति की आड़ एक नई उपभोक्ता-संस्कृति का निर्माण कर रही है; जिसमें गहन-गंभीर साहित्य के, गहन विचार की क्षमता का क्षरण होकर 'सतहीपन' को बढ़ावा मिल रहा है। मीडिया संस्कृति हिंदी साहित्य के मिथकीय नायकों, लोकनायकों को ध्वस्त करती चल रही है। भोग में उन्मत्त यूरोपीय संस्कृतियों ने गैर-यूरोपीय संस्कृतियों को बेरहमी से रौंदकर भूसा कर दिया है। भारतीय संस्कृति अभी मरी नहीं है लेकिन इतनी घायल संस्कृति है कि उसके पास केवल लाचारी बची है। हमारी लोक-परंपराएँ, लोक-संस्कृतियाँ उसे बचाए हुए रही हैं, लेकिन अब उन पर भी संकट के बादल मँडरा रहे हैं।

भूमंडलीकरण की मीडिया संस्कृति को लेकर आज संसार-भर का 'इंटेलिजेंसिया' चिंतित है। मार्क्सवाद की चिंतन-भूमि से हटकर अर्माड मेतलार्ट ने मीडिया की विचारधारा और संस्कृति पर नए सिरे से विचार किया है। विद्वानों के बीच उनकी दो पुस्तकें बहुचर्चित रही हैं—'मल्टीनेशनल कॉरपोरेशंस एंड दि कंट्री ऑफ कल्चर' (1979) तथा 'रीथिकिंग मीडिया थ्योरी' (1992)। सूचना तकनीक में जन्मे 'सूचना-समाज' (इंफॉर्मेशन सोसायटी) के स्थान पर 'ज्ञान-समाज' (नॉलेज सोसायटी) की अवधारणा ने अपने को केंद्र में स्थापित किया। सोचा गया कि 'समुदायों' को कंप्यूटर से जोड़ देना ही काफी नहीं है। उसे संसार-भर के अशिक्षितों तक पहुँचने की चुनौती है। यह प्रश्नाकुलता भी व्यक्त की गई कि इंटरनेट भारत में क्या करेगा, जहाँ भाषा की विकट समस्या है, बिजली-पानी की समस्या है। अन्न का

संकट है, बेरोजगारी है। थोड़े-से सांस्कृतिक समुदायों के पास संसाधन हैं, बाकी एक बड़ा समूह वंचितों का है। इंटरनेट आने पर भारत के तमाम व्यापारियों-बौद्धिकों में यह भ्रम पैदा हुआ कि इसमें वैविध्य की बहुलतावादी संस्कृति का वर्चस्व है। जबकि सच यह है कि इसमें एकाधिकारवादी परजीवी संस्कृति के उत्तर-सांस्कृतिक साम्राज्यवाद का प्रभुत्व है। इंटरनेट पर ज्यादा से ज्यादा भावनात्मक खेल होना चाहिए, लेकिन नहीं है। इसलिए मानव की सांस्कृतिक धरोहरों को धारण करने वाली स्थानीय अंतर्वस्तु संकट से गुजर रही है। यह ठीक है कि डिजिटल तकनीक से डाटा को तीव्र गति से भेजा जा सकता है, लेकिन यक्ष प्रश्न यह मौजूद है कि क्या इससे सर्वसाधारण, विपन्न जनों को कुछ लाभ होगा या वे वर्चस्ववादी भूमंडलीकरण की संस्कृति की गुलामी करने की ओर बढ़ेंगे? उनकी अपनी 'स्वतंत्रता' और 'स्वराज' का क्या होगा? वे इतने विपन्न हैं कि खतरों से खेल नहीं सकते। इसलिए विश्व-व्यवस्था के ग्लोबल कल्चर का उनके लिए क्या अर्थ होगा? मीडिया के जनतंत्रवादी 'पाठ' का उनके लिए भाष्य या डिस्कोर्स कौन करेगा? भूमंडलीय बाजारवाद में निहित मुनाफे का लाभ संपत्तिशाली वर्ग को तो अंधाधुंध होगा, लेकिन दरिद्र को क्या मिलेगा ? जलते सपनों की यातना से उत्पन्न मौत! क्योंकि बहुराष्ट्रीय मीडिया और भूमंडलीकरण के चौधरी मुक्त बाजार में उपभोक्तावादी संस्कृति का आनंद जी भरकर लेंगे।

इस स्थिति में उनका पैसिव उपभोक्ता किस तरह से 'सहउत्पादक' की भूमिका में आ जाएगा। ग्लोबलाइजेशन और मीडिया क्रांति की संस्कृति किसके पक्ष में होगी ? उत्पादन व्यवस्था में प्रबंधन पद्धति का रूप क्या होगा? संसार-भर को सूचना-क्रांति का तकनीकी नेटवर्क अपने में लपेटकर कौन-सी सार्वभौमिक पद्धति अपनाएगा एवं क्यों ? इस तरह तो ग्लोबलाइजेशन का सीधा-सपाट अर्थ होगा, संस्कृतियों का अमेरिकीकरण। इसमें टेक्नोग्लोबलाइजेशन एक आर्थिक-सांस्कृतिक विचारधारा का रूप ले लेगा। 'ग्लोबल वर्ल्ड' का बाजार प्रबंधन 'स्वचालित' गति ले लेगा और भारत जैसे तमाम तीसरी दुनिया के देश उसके पीछे कटोरा लेकर खड़े होंगे। एक डरावना दैत्याकार का नवडार्विनवाद, नवविकासवाद आ जाएगा, जो व्यापारवाद की निर्धारित सैद्धांतिकी तय करेगा। साथ ही नवउदारवाद इस कल्चर का पूरी पकड़ से टेंटुआ पकड़ेगा और डरा-धमकाकर स्वामित्व स्थापित करेगा। आज हम सभी यही आहट मनमोहिनी अर्थव्यवस्था में सुन रहे हैं। 'विश्व-नागरिक' होने की मृग-मरीचिका में भारत भाग रहा है। मुक्त बाजार का तर्क 'व्यावसायिक आजादी' में नवउदारीकरण के 'मास्क' को नवउपनिवेशीकरण के पर्यावरण में मजबूत

करेगा। इसी से जुड़ी है सूचना-संचार क्रांति की अवधारणा। यह अवधारणा अपने तंत्र से 'ग्लोबल डैमोक्रेटिक मार्केट' की आजादी का तांत्रिक मायाजाल फैलाती है। इसी संदर्भ से यह ध्वन्यर्थ फूटता है कि 'पोस्ट कैपलिस्ट सोसायटी' का अर्थ-विस्तार होगा, दुनिया का अमेरिकीकरण, पश्चिमीकरण। इस नए समाज में प्रबंधक, बुद्धिजीवी और पगलाए भोगी होंगे। नैतिक वर्जनाओं से मुक्त देह का आखेट करने वाले 'गैट' से फूलेंगे-फलेंगे।

इस स्थिति-परिस्थिति में संस्कृति उद्योग से लेकर कम्युनिकेशन तक, प्रबंधन से लेकर तकनीक तक 'सेवा-संस्कृति' सक्रिय होगी। संस्कृति के नाम पर यूरोप और अमेरिका का शकुनी खेल चलेगा, जिससे वह लाभ कमा सके। सेवा-क्षेत्र में संस्कृति को शामिल करने वालों का तर्क है कि इससे जनता को सुखकारी जीवन मिलेगा। लेकिन त्रासदी यह है कि इंटरनेट की तकनीक को लागू करते समय अमेरिका और यूरोप की यूनियनों में भारी टकराव पैदा हुआ है तथा आज यूरोप में ग्लोबल सूचना-समाज पर वाद-विवाद हो रहा है। विश्व-बाजार, विश्व-ग्राम, विश्व-विचार, विश्व-अर्थव्यवस्था के भीतर से 'ग्लोबल विलेज' की अवधारणा पर पुनर्विचार किया जा रहा है, क्योंकि इस ग्लोबल गाँव में आदमी अपने आत्म से निर्वासित, अकेला, असहाय और यातनाग्रस्त है, उसे बर्बर व्यक्तिवाद ने जकड़ लिया है। यह उथल-पुथल इतनी ज्यादा है कि 'पराराष्ट्रीय सांस्कृतिक प्रचार' उसके सोच को नियंत्रित कर रहा है। सांस्कृतिक माल के उपयोग के प्रश्न को 'क्रॉस ब्रीडिंग' तथा 'हारीब्रडाइजेशन' के जरिए घुला-मिला रूप मिल रहा है। यह एकल संस्कृति ऐसी है, जिसमें 'अन्य' का पूरी तरह अस्वीकार है। हालत यह है कि वेब के खिलाफ वेब की हवा चल पड़ी है। यह झूठ प्रचारित किया जा रहा है कि कारपोरेट ग्लोबलाइजेशन का अर्थ होगा, जनतंत्र का विकास तथा जनता की प्रगति। नए किस्म की हाई आधुनिकता में नए मनुष्य का पुनर्जन्म और पुनर्प्रतिष्ठा भू-सांस्कृतिक मॉडल में विश्व-ज्ञान को नया अर्थ-प्रवाह देना। यह प्रवाह नई संचार तकनीकी की ताकत से पैदा होगा। इसमें 'वर्चुअल रियलिटी' या आभासी यथार्थ का भ्रम उत्पन्न करने वाला यथार्थ नए परिवेश की सृष्टि करेगा। इस खर्चीली तकनीक से दुनिया को बदला जा सकेगा। साथ ही नया मनोरंजन उद्योग कायम हो सकेगा। क्या बात है कि वर्चुअल रियलिटी तथा कनवर्जन ने मिलकर सभी माध्यमों का नक्शा ही बदल दिया है, सभी पैराडाइम चेंज कर दिए हैं। इन सभी बातों के भीतरी अर्थ-संदर्भों में बौद्धिक प्रवेश करते हुए सैम्युअल हेटिंग्टन ने 'क्लैश ऑफ सिविलाइजेशन' में यह निष्कर्ष निकाला कि भविष्य में सभ्यताओं-संस्कृतियों

में टकराव का महाभारत होगा।

नवउदारवादी भूमंडलीकरण का विरोध बेडिओ और चामस्की भी कर रहे हैं। यह विरोध इसलिए हो रहा है कि मौजूदा 'ग्लोबलाइजेशन' और 'नवमीडिया तत्रंवाद' को वित्तीय साम्राज्यवादी संस्थानों के द्वारा चलाया जा रहा है। इसमें विश्व-बैंक, अंतरराष्ट्रीय मुद्रा कोष का वर्चस्व है। पूँजी के इस अनंत-अबाधित प्रवाह ने दुनिया का अर्थशास्त्र और समाजशास्त्र बदल दिया है। रेनासाँ तथा औद्योगिक क्रांति के सभी मानदंड बदल गए हैं और परिवर्तन की गति इतनी तेज है कि उसे समझना एक चुनौती है। मीडिया क्रांति ने मध्यवर्ग को अपने कब्जे में कर लिया है और किसान-मजदूर उसकी चमक से उधर लपक रहा है। टी०वी० चैनल को 'इडियट बॉक्स' कहा ही इसलिए गया है कि वह दर्शक को मूर्ख बनाता है और उसकी सोचने-समझने की गति को सतही बनाकर कुंद करता है। भारत में नवउदारवाद बार-बार समृद्ध संस्कृति के निर्माण का सपना दिखाता है। भारत में समृद्ध समाज की बात वे लोग कर रहे हैं जो भारत को समृद्ध देशों का बाजार बनाना चाहते हैं। वे ऐसे माल को भारत में बेचना चाहते हैं, जो हमारी जरूरत का हिस्सा नहीं है।

हालत यह है कि भारत का दूरदर्शन हर समय उपभोक्ता समाज का प्रचार कर रहा है। रंगीन नारी-छवियों और मटकते मुस्टंडों से भोग-सामग्री के लिए ललचाया जा रहा है। इस प्रदर्शन-विज्ञापनबाजी से समाज में भोग-लिप्सा, सेक्स-लिप्सा पनप रही है। टेलीविजन की सूर्पणखाएँ कभी स्वयंवर के सीरियल चलाती हैं, कभी साड़ी-जम्फर उतार देहवाद का नंगा नृत्य करती मिलती हैं। इस पूरी स्थिति ने जीवन और समाज से गंभीर साहित्य, कला, दर्शन और विचार का अंत कर दिया है। एक शरीरजीवी भूखा भौतिक समाज अँगड़ाई लेकर जाग उठा है। साहित्य में पोर्नोग्राफी की आड़ में नया रीतिवाद और लुच्चा कामशास्त्र अँगड़ाई लेकर जाग गया है। मुक्त बाजार-व्यवस्था में दमन-नियंत्रण-संयम का अर्थ ही खो गया है। बम-बंदूक और बदसलूकी की राजनीति से भारतीय समाज की तबाही बढ़ रही है और स्वस्थ राजनीति से भरोसा उठ गया है। राजनीति के अपराधीकरण को जातिवाद, वर्णवाद, रंगवाद की सांप्रदायिकता हवा दे रही है और युवक-युवतियाँ अंग्रेज की तरह बनने के लिए बालों पर सफेद पाउडर लगाकर घूम रहे हैं। कहना होगा कि मीडिया-निर्मित पॉपुलर कल्चर देह-व्यापार के साथ बर्बर संस्कृति का पोषण कर रहा है। पूजा की चौकी पर रंडियाँ धूप-दीप जला रही हैं और संस्कृति बिकाऊ माल की बाजार-संस्कृति में बदलकर विकृत। हमारे मिथक नायकों, मानकों का ढाँचा टूटकर गिर रहा है। इसलिए यह तर्क अर्थहीन है कि लोक की संस्कृति का

जनतंत्रीकरण किया जा रहा है। उत्तर-आधुनिक स्थिति में लोक-देवता, लोक-परंपराएँ, लोक-संस्कृतियाँ अपने संदर्भों से कटकर दम तोड़ रही हैं, उसे 'मास कल्चर' ने निगल लिया है। पूरे विमर्श से समाजवाद खारिज है और काबिज है वैश्विक बाजारवाद। भारत की बहुलतावादी संस्कृति संकट में है।

ज्यॉ बोद्रिया ने अलीकी ढंग से चिंतन करते हुए संस्कृति में पुस्तक के अर्थशास्त्र को नया संदर्भ दिया है। पुस्तक स्थानीय और अंतरराष्ट्रीय दोनों को समेटती है। इसलिए 'इन द फील्ड ऑफ कल्चरल प्रोडक्शन' पुस्तक में वे कई कोणों से पुस्तक व्यवसाय पर विचार करते हैं। किताब, आदमी, विचार और विश्व का चतुर्भुज ब्रह्म इतिहास-राजनीति की धाराओं को समझने में मदद करता है। इसी विचार को आधार देने के लिए बोद्रिया ने 'ऑन टेलीविजन' पुस्तक लिखकर तहलका मचा दिया। टेलीविजन के 'अंतर्निहित अर्थ' में अनेक भाष्य छिपे रहते हैं। यह माध्यम अपना भाष्य समाज पर 'थोपता' है। हमारा मीडिया-केंद्रित आज का समाज टेलीविजन का गुलाम बन रहा है, जबकि यह माध्यम यथार्थ को विरूपित करके परोसता है। दरअसल मीडिया तो व्यवसाय है और व्यवसाय मुनाफे पर केंद्रित होता है। इसलिए मीडिया और जर्नलिज्म में 'एथिक्स' को जगह नहीं होती। वहाँ तो महाकाया का अर्थ-पिशाच सक्रिय रहता है।

बड़ी बात यह है कि आर्थिक पूँजी को हटाकर 'सांस्कृतिक पूँजी' की अवधारणा ने मीडिया को नई हैसियत दी है। सांस्कृतिक पूँजी का अर्थ है, हुसेन की चित्रकला, कुमार-गंधर्व का गायन, स्वान सुंदरी का नृत्य, अज्ञेय, मुक्तिबोध, धूमिल का रचना-कर्म और इधर की आलोचना के नए विमर्श। इस मीडिया क्रांति में ब्रोदिया, मैकलुहान आदि की मूल चिंता 'सरवाइवल ऑफ द कल्चर' को लेकर है। इन मीडिया और संस्कृति के मुद्दों में भोगवादी मॉडल अपना मायाजाल फैलाए हुए है। वह बाजार में ऐसे ब्रांड उतारता है कि भारतीय मध्यवर्ग का चैन टूट गया है। हम ब्रांड-संस्कृति के युग में जी रहे हैं और संस्कृति उद्योग की तरह इनका लक्ष्य है—लाभ कमाना। इस तरह भूमंडलीकरण, मीडिया तंत्र और विचारधारा का मूलाधार ब्रांड-केंद्रित है। इस ब्रांड युग की संस्कृति का नारा है—सोचो मत, बस खरीदो और जी भरकर भोगो। इसी संस्कृति ने झूठ को उद्योग में बदल दिया है। यह ग्लोबलाइजेशन, ब्रांड कल्चरल का ही कमाल है कि भारत में जो भी राजनीतिक दल सत्ता में आता है, वह बहुराष्ट्रीय कंपनियों को बुलाकर लाता है और बहुराष्ट्रीय कंपनियों के पूँजी निवेश के असर पर बोलना बंद कर देता है। लाल फरेरा, भगवा दरेरा, सफेद टोपी का नरेश—तीनों इस क्षेत्र में बहुराष्ट्रीय कंपनियों के दलाल सिद्ध हुए हैं।

प्रश्न है कि संस्कृति-राजनीति के क्षेत्र में ग्लोबल मीडिया क्या करता है और क्यों ऐसा कर रहा है ? इस प्रश्न का उत्तर है कि विज्ञापन आज के युग का ईश्वर है और विज्ञापन का पूरा ढाँचा झूठ पर टिका हुआ है। ग्लोबलाइजेशन का चुपके से लोकलाइजेशन हो रहा है और हर जगह सूचना-समाज का अनंत झूठवाद हमें ठगकर ठेंगा दिखा रहा है। हम शिल्पा शेट्टी के साथ बिगब्रदर रियलिटी शो का आनंद ले रहे हैं, यूरोपीय सेक्स की मार्केटिंग का यह नया ढंग है। यह नया कामवाद नए विमर्शों का चतुराई से सृजन है—नस्लमुक्त सेक्स। विचित्र-विचित्र संगीत चैनल खुल रहे हैं, तेज संगीत गति पर नंगी देहें थिरक रही हैं, भारत में पॉप संगीत का यह नया काम-मसाला-दर्शन है। मैकलुहान की उदार व्याख्याएँ इस क्षेत्र का गणित सामने लाती हैं। 'कंप्यूटर सूचना तकनीकी' या बाद में वह कंप्यूटर मीडिया हो गया है। कंप्यूटर को टेलीफोन से, इंटरनेट से जोड़ा गया तो उसकी भूमिका में अभिनव क्रांति घटित हुई है।

आज तो हो गया है पुराने मीडिया-युग का अंत और शुरू हो गया है—साइबर मीडिया का युग। साइबर मीडिया प्रिंट संस्कृति के विकास का अगला चरण है। मूलतः साइबर मीडिया की जड़ें इलेक्ट्रॉनिक मीडिया कल्चर से जुड़ी हैं। इंटरनेट की ग्लोबल राजनीति दुनिया को 'ग्लोबल विलेज' में रूपांतरित करने की हरसंभव कोशिश कर रही है। आज का सर्वाधिक ताकतवर माध्यम है, इंटरनेट। इसकी गति दो सौ हजार किलोमीटर प्रति सेकेंड आँकी गई है—सुपर फास्ट गति। यह सभी उपभोक्ताओं को सस्ते दाम पर ऑडियो-वीडियो उपलब्ध कराता है और ग्लोबल बाजार को नया अर्थ-संसार देता है। मैकलुहान स्वयं 'अंडरस्टैंडिंग मीडिया' शीर्षक अपनी पुस्तक में मानते हैं कि यह एक अलग तरह का विश्व है जिसमें पुराना कुछ भी शेष नहीं बचा है। मानव की पूरी मनोभूमिका और 'अरमान' बदल गया है, लेकिन इस 'ग्लोबल मैन' में सब कुछ सतही, छिछला शेष बचा है और यह खोखला, टूटा हुआ आदमी इस संस्कृति में मर रहा है। यहाँ माध्यम ही संदेश है और उपभोक्ता ही अंतर्वस्तु। यहाँ प्रकृति और संस्कृति में कोई संवाद-सेतु नहीं है। पूरी मीडिया संस्कृति चीजों की जटिलता को छिपाकर उन्हें सरलीकरण में पेश करती है।

मीडिया जटिलता-गंभीरता के अभ्यास को नष्ट करता है तो उसका प्रभाव मनुष्य की गहन-गंभीर क्षमता पर पड़ता है और वह सतही लेखन, पॉपुलर लिटरेचर, कॉमिक्स, घटिया हास्य-व्यंग्य को ही 'साहित्य' समझने लगता है। जीजेक जैसे क्रांतिकारी चिंतक ने 'सब्लाइम ऑब्जेक्ट ऑफ आइडियोलॉजी' शीर्षक पुस्तक में

कहा है कि चीजें सरल दिखती हैं, सरल होती नहीं। उनमें एक 'हिडन एजेंडा' होता है। अरस्तू, मार्क्स, फ्राइड, लांका, हाईडगर, देरीदा, मिशेल फूको, विवेकानंद, गांधी, निराला, अज्ञेय आदि के विचारों का सरलीकरण साहित्य नहीं कर सकता है—किंतु मीडिया धड़ल्ले से कर सकता है। हमें ज्ञात है कि 'कंज्यूमर सोसायटी' को 'रिस्क सोसायटी' में बदलना एक लंबी प्रक्रिया का परिणाम है, क्योंकि जोखिम में संभावना छिपी है और संभावना में जोखिम। रिस्क सोसायटी की व्याख्याओं ने उन तमाम भ्रमों को बदला है जिन्हें परंपरागत अवचेतन ढोता रहा है। नई संस्कृति ने अवचेतन को नए विमर्शों से नया पाठ दिया है, कुपाठ दिया है और तर्क को छलनामय भ्रम में बदला है। विश्लेषक सत्य का उद्घाटन नहीं करते। वे सत्यों को पहचानना भूल गए हैं, वे भरमाते हैं। असली को रौंदकर नकली काबिज होता है—यही ग्रेशम की थ्योरी है और जो जितना झूठ बोलने में माहिर है, वह उतना ही सफल है—यही पिनाकियो थ्योरी का सच है। वर्चुअल संस्कृति एक जीवरहित संस्कृति है, जिसमें न आदमी है, न पशु; केवल कुछ संकेत (सिगनल) हैं और इन संकेतों का कोई संदर्भ (रेफरेंस) नहीं है। हम बटन दबाते हैं और दृश्य बदल जाता है। हम उस दृश्य के पैसिव दर्शक हैं। यह वर्चुअल संस्कृति का रागरहित तमाशा है, इसमें प्रतीकों का सुख है—तुरंत ज्ञान का बोलबाला है। ज्ञान के डिजिटलाइजेशन की प्रक्रिया का गहरा प्रभाव पड़ता है—यही अमेरिकी समाज का मैकडोनाल्डीकरण है और मैक संस्कृति का शिक्षा में विस्फोट। इसमें स्पीड का बड़ा महत्त्व है—फटाफट ग्लोबल बाजार तक पहुँचना। व्यापार की यह स्पीड पूँजी, सूचना तथा वृद्ध पूँजीवाद को नया परिप्रेक्ष्य दे रही है। इसी से ई-कॉमर्स, ई-बिजनेस का व्यापार पनपा है। ज्ञान के क्षेत्र में निरंतर 'कनवर्जन' से ग्लोबलाइज्ड इमेजों की अधिकाधिक वृद्धि हुई है। देखिए न, मैकडोनाल्ड फास्टफूड, मैककेड तथा बच्चों के खिलौने का वितरक है। फिटनेस, टेक्स्ट, किताब, कार, वस्त्र सभी क्षेत्रों में मैकडोनाल्ड-व्यापार छूत की बीमारी की तरह फैला है। इस मैक संस्कृति ने विश्व-भर में नव-सांस्कृतिक साम्राज्यवाद का विस्तार किया है और आज यह तमाम स्वाधीन संस्कृतियों को निगलने पर आमादा है। मैक संस्कृति का माल के डिजनीवर्ल्ड से नाभि-नाल रिश्ता है। इसका जोर 'क्वालिटी' पर न होकर माल की क्वांटिटी पर है। यह स्थिति वस्त्र-उद्योग और हाइपर एजूकेशन के क्षेत्र में भी है। इस नई संस्कृति के चमकते पदबंध हैं—असेंबलिंग, अपडेटिंग, प्रोसेसिंग, रिसीविंग, सेंडिंग और वर्किंग। सभी डाटा को ज्ञान में रूपांतरित करते हैं। आज 'स्वदेशी', 'स्वराज', 'स्वाधीनता' की बात करने वाला भारत यूरोप-अमेरिका का उपनिवेश बन गया है। हम खुद मीडिया क्रांति के

तंत्र और नवसांस्कृतिक साम्राज्यवाद, वृद्ध पूँजीवाद, नवउदारवाद को बुलाकर ला रहे हैं। इस हालत के कारण हमारे भारतीय सांस्कृतिक स्रोत सूख रहे हैं और जातीय स्मृति के नाश का खतरा बढ़ गया है।

हिंदी साहित्य में स्त्री-विमर्श, दलित-विमर्श, जेंडर-विमर्श, कल्चरल स्टडी तथा पाठ-विमर्श का पूरा सोच यूरोप-अमेरिका से आ रहा है। समीक्षा के क्षेत्र में रोलाबार्थ के पाठवाद, देरीदा के विनिर्मितिवाद, आलयूसे के नवइतिहासवाद, जॉन लांका के नवफ्रायडवाद, मिशेल फूको के व्याख्यावाद या डिस्कोर्स थ्योरी, सईद के प्राच्यवाद की भारी धूम है। हिंदी आलोचना संस्कृत काव्यशास्त्र की परंपरा से लगभग कट गई है और नव्य-समीक्षा, पाठकवादी-समीक्षा तथा उत्तर-संरचनावाद, उत्तर-आधुनिकतावाद की दृष्टियों से अवधारणाओं से पट गई है। हिंदी के मार्क्सवादी अपनी इस हार पर रो रहे हैं और उत्तर-आधुनिकतावादी आलोचकों की एक दमदार पीढ़ी सामने आ रही है।

नई पीढ़ी सृजन-संकट में पड़ी है और परंपरा के नाम पर नई पीढ़ी की स्मृति की हालत यह है कि अपने से पहले के दशक तक का उसे कुछ अता-पता नहीं है। इधर न नाटक-रंगमंच के क्षेत्र में कोई मोहन राकेश आ रहा है, न कथा-क्षेत्र में कोई जैनेन्द्र या फणीश्वरनाथ रेणु। कविता के क्षेत्र में न कोई अज्ञेय आ रहा है, न निबंध कला के क्षेत्र में कोई निर्मल वर्मा। मीडिया के क्षेत्र का मनोहर श्याम जोशी भी अब नहीं है। छुटभैये आपातकाल के बाद हिंदी साहित्य में चाहे पत्रकारिता हो, कहानी, उपन्यास हो, कविता, निबंध हो, 'मीडियाक्रेसी' से भरा लेखन कर रहे हैं। हिंदी साहित्य और भारतीय साहित्य को हर क्षेत्र में मीडिया घेरे हुए है। एक अनुवादजीवी संस्कृति का वर्चस्व बढ़ रहा है और गंभीर साहित्य को समझने वाले गायब हो रहे हैं। मीडिया का तुरंत ज्ञान हमारी साहित्य-संस्कृति को निर्मित कर रहा है, जिसमें स्मृति के नष्ट होने का खतरा बढ़ गया है।

बाजार के लोकतंत्र में

डॉ० अनीता गुप्ता

ग्लोबलाइजेशन, पूँजी, टेक्नोलॉजी और 21वीं सदी की चुनौतियों तथा उन सबके बीच मीडिया और साहित्य की अपनी-अपनी आवश्यकताएँ और भूमिका है। मनुष्य एक सामाजिक प्राणी है अतः वह अपने समाज में अन्य लोगों से विभिन्न स्तरों पर विचार-विनिमय करना चाहता है। भावों की अभिव्यक्ति मात्र से प्रारंभ हुई यह संप्रेषण व्यवस्था आधुनिक युग में अत्यधिक विकसित हो गई है। वर्तमान युग में जनसंचार-साधन, जिनमें रेडियो, दूरदर्शन, फिल्म, मुद्रित माध्यम प्रमुख हैं, जो उत्सुकता एवं जिज्ञासा को पूरा करने का प्रयास करते हैं। कर्नाटक के तत्कालीन मुख्यमंत्री श्री रामकृष्ण हेगड़े ने नई दिल्ली में सातवीं भीमसेन संचार-व्याख्यानमाला में प्रचार-माध्यमों की आजादी के प्रश्न पर विचार प्रकट करते हुए कहा था कि 'मानव शरीर के लिए स्नायु-तंतुओं का जो महत्त्व है, समाज और सभ्यता के लिए संचार का भी वही महत्त्व है। विचार-प्रक्रिया, लेखन, मुद्रण, तार, फोटोग्राफी, रेडियो और टेलीविजन आधुनिक दूरसंचार की महत्त्वपूर्ण उपलब्धियाँ हैं।

वस्तुतः ये जनसंचार-माध्यम हमारे आधुनिक जीवन के ऐसे सांस्कृतिक उपकरण हैं, जिनके गलत उपयोग से सामाजिक-सांस्कृतिक जीवन पर प्रतिकूल प्रभाव पड़ता है। दूरदर्शन भी हालाँकि चालीस वर्ष से भी अधिक समय से हमारे देश में है, किंतु गत 15-20 वर्षों से इसका जिस तेजी से प्रचार हुआ है, उससे हमारा जीवन गहराई तक प्रभावित हुआ है। इस तथ्य में कोई संदेह नहीं है कि मीडिया ने संपूर्ण विश्व को हमारे घर तक समेट दिया है। विश्व के किसी भी कोने में घटी घटनाओं को हम तुरंत टी०वी० या अखबार के माध्यम से जान लेते हैं। हमारी जानकारी का क्षेत्र अत्यंत विस्तृत हो गया है। मीडिया ने व्यक्ति को कुछ सोचने को विवश किया है, उसकी दृष्टि को चेतनासंपन्न बनाया है। भयंकर प्राकृतिक आपदा अथवा दुर्घटना में दुखी और पीड़ित मानवता के प्रति हम इस माध्यम के द्वारा अपनी सहानुभूति जोड़ लेने में सक्षम हैं। उसके दुःख-दर्द को बाँट लेने को तत्पर हो जाते हैं। इसी भाँति विभिन्न खेल-प्रतिस्पर्द्धाओं के रोमांच को प्रत्यक्ष देख सकने में आज हम

समर्थ हो गए हैं। व्यक्ति के सोच व चिंतन का दायरा भी विस्तृत हुआ है।

इलेक्ट्रॉनिक मीडिया ने विदेशी प्रसारणों के द्वारा आज हमारे लिए एक सांस्कृतिक, सामाजिक संकट भी उपस्थित कर दिया है। 'टाइम्स ऑफ इंडिया' में प्रकाशित एक लेख में प्रसिद्ध पत्रकार श्री एन०एल० चावला ने लिखा है कि अमेरिका में हुए सर्वेक्षण के अनुसार वहाँ दो वर्ष से पाँच वर्ष तक की उम्र के बच्चे प्रति सप्ताह 27.9 घंटे टी०वी० देखते हैं। इन सर्वेक्षणों में स्कूल जाने से पूर्व बच्चों का टी०वी० देखने का समय प्रति सप्ताह 54 घंटे तक आया है। प्रश्न उठता है कि इन अबोध बालकों की कल्पनाशीलता, रचनात्मकता तथा व्यवहार इससे कहाँ तक प्रभावित होता है ? मनोवैज्ञानिकों की धारणा है कि टी०वी० देखने से बच्चों की अध्ययन-प्रवृत्ति प्रायः कम हो जाती है। अध्ययन करते समय बालक को कुछ श्रम करना पड़ता है, उसे अपना दिमाग लगाना पड़ता है। समझने के प्रयास में बार-बार उसे पढ़ने के लिए प्रवृत्त होना पड़ता है। इससे उसका मानसिक श्रम होता है, जो उसकी चिंतन-प्रक्रिया और मानसिक विकास में सहायक होता है। टी०वी० कार्यक्रम उसे रेडीमेड मिलते हैं। जहाँ उसे किसी भी प्रकार के श्रम की गुंजाइश नहीं होती है। ऐसी स्थिति में बच्चे के मानसिक और बौद्धिक विकास में टी०वी० अप्रत्यक्ष रूप से एक सीमा तक बाधक भी है।

भारत में पिछले कुछ वर्षों से उदारीकरण, निजीकरण और भूमंडलीकरण का नया दौर आया है। इस दौर में यह प्रश्न उठता है कि क्या वही साहित्य पढ़ा जाएगा, जो बाजार की शर्तों से संचालित होगा ? क्योंकि समाजवादी मान्यताएँ धीरे-धीरे भूमिशायी होती जा रही हैं और उन पर बाजारवाद की नई अवधारणाएँ हावी हो रही हैं। साहित्य भी इससे अछूता नहीं रह सका है। बीसवीं शताब्दी की समाप्ति और इक्कीसवीं शताब्दी में प्रवेश के तहत क्या हमें यह नहीं जानना चाहिए कि हिंदी समाज के उत्तरोत्तर शिक्षित-विकसित होने के बावजूद हिंदी की जो कृतियाँ पहले लाखों की संख्या में छपती-बिकती थीं, वे अब हजारों की संख्या से भी नीचे क्यों सिमट आई हैं ? इसी प्रकार पुस्तकों की भाँति हिंदी की साहित्यिक पत्रिकाओं के निरंतर सिमटते दायरे से भी इनकार नहीं किया जा सकता है। कहने का तात्पर्य यह है कि इस सत्य से अब इनकार नहीं किया जा सकता है कि रोज बदलती इस दुनिया में साहित्य-सृजन के लेखन-प्रकाशन और पठन-पाठन के सरोकार अब सिर्फ साहित्यकारों के बीच ही सिमट आए हैं। पुस्तक-प्रकाशन और पत्रिकाओं के स्तर पर ही नहीं, साहित्यिक सभा-गोष्ठियों में भी इसे देखा जा सकता है, जहाँ पाठक-श्रोता बिलकुल नदारद होते हैं। हिंदी में पाठकीयता के लोप का ही यह

परिणाम है कि मंचों और मीडिया से जुड़े लोग साहित्य के नियामकों की भूमिका में आ गए हैं। साहित्य के संचार-माध्यमों से जुड़े संपादक और आलोचक जो घोषित कर दें, बाजार की शर्तों पर वही मान्य है, परंतु यह भी सत्य है कि बाजार के ये परिवर्तन स्थायी नहीं हैं। साहित्य के स्थायी मूल्य कभी नहीं बदलते और कभी नहीं बदलेंगे।

वैश्वीकरण से बाजारवाद के जन्म के कारण साहित्य के मानवीय मूल्यों में भी गिरावट आई है, जिसे मीडिया में देखा जा सकता है। वर्तमान बाजारवादी अपसंस्कृति के युग में व्यक्तिगत महत्त्वाकांक्षाओं के विशाल फलक पर अर्थलिप्सा, कामवासना एवं स्वार्थ फल-फूल रहे हैं। फलस्वरूप मानवीय संवेदनाएँ, त्याग, सहानुभूति, करुणा, कोमल, स्नेही अपनत्व का स्पर्श एवं आत्मीय बंधन ढूँढ़े से नहीं मिल रहे हैं। अर्थ-प्रधान भौतिकवादी युग में रिसते हुए मानवीय संबंधों तथा भावनात्मक स्तर पर बढ़ती मानसिक एवं सामाजिक जड़ता से उत्पन्न व्यक्तिपूरक भोगवादी अपसंस्कृति ने सामाजिक संबंधों के प्रगाढ़ स्नेह-सूत्रों को तार-तार कर दिया है, जिसकी झलक इलेक्ट्रॉनिक मीडिया में द्रष्टव्य है। परिणामस्वरूप आज ये रिश्ते रिसने लगे हैं।

यह कहा जा सकता है कि बाजार में प्रत्येक बात वस्तु हो जाती है, जिसकी एक कीमत होती है। यह कीमत सौंदर्य, प्रदर्शन, आसानी से पैसों के मूल्य से तय होती है। मीडिया ने इनके तरीकों को और बढ़ा दिया है। चाहे प्रिंट हो या इलेक्ट्रॉनिक मीडिया, उपयोगिता के अर्थ में मनोरंजनपरकता, तुकबंदी, चमत्कारप्रवणता कविता व साहित्य का मूल्य हो गया है। बाजार वस्तु को एक नाम अर्थात् 'ब्रांड' प्रदान करता है, जिसे भौतिक सुख-सुविधा, पद-प्रतिष्ठा का अर्जन कहते हैं। इसने लेखन की स्वतंत्रता, सृजनपरकता और दृष्टि दोनों छीन ली हैं। ऐसे भी संवेदनशील साहित्यकार अपने धर्म और अस्तित्व को बनाए रखें तभी उसका मूल्य सार्वकालिक होगा। साहित्य भी बाजार व मीडिया के कारण ही सार्वजनिक व मूल्यवान साबित हुआ है और होगा, एक हद तक बाजार के खतरे और फायदे दोनों का मूल्यांकन कर बाजारवाद पर अधिकार पाना हमारा कर्तव्य होगा।

इसके बावजूद साहित्यकार, जो सृजनधर्मी है, उसने किसी से संधि नहीं की। वह मानवता प्यार के गीत लिखता रहता है। बाजार व मीडिया ने लेखक को अनुकूल व प्रतिकूल दोनों तरह की प्रेरणाएँ दी हैं। काल सच पर जो खरा उतरता है वही बाजार, समाज और साहित्य की दृष्टि से मूल्यवान है। यह सच है कि साहित्य के सार्वजनिक होने में बाजार ने महत्त्वपूर्ण भूमिका अदा की है—'आ भूलें हास-रुदन दोनों, मधुमय होकर दो-चार पहर, है आज भरा जीवन मुझमें, है आज

भरी मेरी गागर।'

'बुद्धू बॉक्स' कहा गया टी०वी० मीडिया दार्शनिक मार्शल मैकलुहान के शब्दों में एक 'डरपोक दैत्य' है। करीब डेढ़ सौ-पौने दो सौ वर्षों तक प्रिंट मीडिया (अखबार एवं पत्रिकाएँ) को ही राज्य का 'चौथा स्तंभ' माना जाता रहा, लेकिन अब प्रेस की जगह मीडिया ने ले ली है। जब मीडिया की बात होती है तो निःसंदेह इलेक्ट्रॉनिक मीडिया (टेलीविजन चैनल, केबल टी०वी० आदि) केंद्र में रहता है। विगत कुछ दशकों के साहित्यिक वातावरण को देखें तो हम यह पाते हैं कि प्रिंट एवं इलेक्ट्रॉनिक मीडिया में हिंदी साहित्य से जुड़े समाचार तथा अन्य प्रचार एवं रचनाकर्म के लिए जगह लगातार सँकरी हुई है और इस प्रकार अधिकतर पाठक-समुदाय के साथ रचना और साहित्यकारों की दुनिया का संपर्क-सेतु क्षीण हो गया है। मीडिया में साहित्यिक समाचार, विचार, नई पुस्तकों के प्रकाशन की जानकारी तथा कहानी, कविता, उपन्यास आदि विधाओं की रचनाधर्मिता की उपस्थिति या तो शून्यसम है अथवा मात्र औपचारिक। हिंदी साहित्यकारों के जीवनवृत्त अथवा व्यक्तित्व-प्रचार की ओर भी मीडिया का ज्ञान-ध्यान नहीं है। मीडिया की इस उदासीनता ने समाज के सबसे अधिक संवेदनशील मानस को प्रभावित किया है और अनजाने में ही वह रचना-विरोध की भूमिका निबाहता प्रतीत होता है। एक ऐसे समय में, जबकि हिंदी साहित्य की व्यवस्थित, नियोजित और व्यावसायिक पत्रिकाओं की संख्या प्रायः नगण्य हो, प्रिंट और इलेक्ट्रॉनिक मीडिया का दायित्व और भी बढ़ जाता है।

ऐसी कौन-कौन-सी वजह हैं, जिसके कारण मीडिया में साहित्य को स्थान नहीं दिया जा रहा है ? जबकि साहित्य समाज का दर्पण है, वह दिशा-निर्देशक है जो जीवन-गति को सुनियोजित ढंग से संपादित करता है, क्योंकि आज का समाज मध्ययुगीन कृषि-समाज नहीं है, बल्कि एक उच्च औद्योगिक समाज है, जिसमें पूँजी, टेक्नोलॉजी और गति हमारी जीवन-शैली और संबंधों का निर्माण या अनुकूलन कर रहे हैं। टेलीविजन माध्यम एक अत्यंत विकसित संचार अवस्था का प्रतिनिधित्व करता है। इसकी भूमिका को इसी परिप्रेक्ष्य में देखा जाना चाहिए। यह भी सत्य है कि कुछ लोग इलेक्ट्रॉनिक मीडिया को सभी बुराइयों की जड़ मानते हैं। आज जितना अपसंस्कृतीकरण हो रहा है, इसके लिए टेलीविजन जिम्मेदार है, क्योंकि इसकी घुसपैठ आपके शयनकक्ष तक हो चुकी है। अतः सभी प्रकार की सांस्कृतिक विकृतियों और नैतिक मूल्यों के पतन का जनक यह माध्यम है, क्योंकि यह जीवन के सभी आयामों को उद्घाटित करता है। जहाँ यह मनोरंजन का संप्रेषण करता है, वहीं यह समाचार-विचार भी अपने ग्राहकों तक पहुँचाता है। इसकी

भूमिका एकआयामी न होकर बहुआयामी है। इसलिए यदि यह श्रेष्ठ साहित्य का संदेश प्रेषित करे, श्रेष्ठ व उत्तम रचनाकारों के उपन्यास, कहानी, नाटक, एकांकी इत्यादि के धारावाहिक ज्यादा मात्रा में विविध रूपों में प्रदर्शित करे तो मीडिया अपनी श्रेष्ठ स्थिति की छवि जनमानस में अंकित कर सकता है।

इस यथार्थ के परिप्रेक्ष्य में इलेक्ट्रॉनिक मीडिया की साहित्यिक भूमिका को समझने की आवश्यकता है। इसके साथ हमारे संबंध कैसे होने चाहिए ? इसकी संप्रेषण-सामग्री कैसी होनी चाहिए ? क्या यह जन-सरोकार व सामाजिक जवाबदेही से युक्त है ? सचमुच साहित्य ही वह माध्यम है जिसके द्वारा यह कालजयी सत्य प्रस्तुत कर सकता है, जिसका प्रभाव अमिट होगा, क्योंकि देश व काल के अनुसार ही मीडिया का एजेंडा निर्धारित होना चाहिए, न कि पाश्चात्य देशों के हिसाब से।

यह भी निर्विवाद कहा जा सकता है कि पूँजी व टेक्नोलॉजी से लैस होने के बावजूद मीडिया ने मानवीय उद्देश्यों से प्रेरित भूमिका भी निभाई है। इस संदर्भ में सुनामी त्रासदी, भूकंप, अन्य प्राकृतिक आपदाओं के संवेदनशील कवरेज के माध्यम से जनचेतना के विस्तारण में इसके अभूतपूर्व योगदान को ध्यान में रखा जा सकता है। रचनाकारों के व्यक्तित्व व कृतित्व को चलचित्रों व नाटकों द्वारा प्रदर्शित करने की मीडिया की रचनात्मक पहल के अच्छे परिणाम होंगे, जो जन सामान्य की मानसिक उद्वेग-शांति में सहायक होंगे। 'स्टिंग ऑपरेशन' जैसे कारनामों से रहस्योद्घाटन करके सत्ता-तंत्र को भी हिलाया गया है। मीडिया की इस उद्देश्यपरक भूमिका को नजरअंदाज नहीं किया जा सकता है।

भूमंडलीकरण के इस दौर में मीडिया पहले से अधिक क्रियाशील हुआ है। टी०वी० चैनलों पर दिखाए जाने वाले लगभग सभी हिंदी धारावाहिकों ('क्योंकि सास भी कभी बहू थी', 'घर-घर की कहानी', 'कसौटी जिंदगी की', 'सात फेरे', 'सिंदूर' आदि) की कथावस्तु के मुख्य स्वर परस्पर विघटन, अविश्वास, परिवार का विभाजन, विवाहेतर संबंध, समाज के स्थान पर व्यक्ति-प्राथमिकता, अतिशय उपभोग आदि रहते हैं। निम्न व मध्यवर्गीय दर्शक सामान्यतः भावुक, सहजविश्वासी, अतार्किक, संवेदनशील और प्रतिक्रियात्मक होते हैं। औसत हिंदी सीरियलों में भक्ति की बेतुकी धारा बहती है। भव्य भवनों में मंदिर होते हैं। प्रत्येक संकट के निवारण के लिए भजन-कीर्तन का आयोजन किया जाता है। सीरियल के पात्रों को कृष्ण, अर्जुन, सीता, पार्वती आदि मिथकीय चरित्रों के रूप में चित्रित किया जाता है। अतः इस प्रक्रिया में वे परंपरागत आस्थाओं, मूल्यों, निष्ठागत रिश्तों पर जमकर प्रहार करते हैं। व्यक्तिनिष्ठ जीवन-शैली के मूल्यों को आरोपित किया जाता है।

ग्राहक की अपचेतना में वस्तुओं को उतारा जाता है। जाहिर है, इस क्रम में स्थिति विकृत से विकृततर होती चली जाती है। यह सब मनोरंजन व खबर के नाम पर होता है। ऐसी विभ्रम की स्थिति में स्वस्थ साहित्य ही समाज को सही दिशा-निर्देश दे सकता है, जिसका उपयोग मीडिया की रचनात्मक क्रियाशीलता में हो। लाइव कवरेज के साथ-साथ संवेदनशील घटनाओं के कवरेज के मामले में जागरूकता, सतर्कता की जरूरत है। भारत की सभी भाषाओं में 60 से अधिक ऐसे न्यूज चैनल हैं जो आठों पहर खबर प्रसारित करते हैं। जाहिर है, इनमें हिंदी समाचार चैनलों की संख्या अधिक है। इन सभी के लिए चुनौती यह है कि वे अपने न्यूज बुलेटिन को अधिक से अधिक आकर्षक व बिकाऊ बनाए। भूमंडलीकरण के कारण यह स्थिति भी काफी नाजुक है–अपने आपको बचाए रखने की समस्या सामने है।

मनोरंजक मीडिया पुराने मिथों को तोड़ रहा है और नए मिथ गढ़ रहा है। इस भूमिका को वह साहित्य के मानों, प्रतिमानों द्वारा निभाएँ तो श्रेष्ठ साबित होगा, नहीं तो अपसंस्कृति व मूल्यों के विघटनस्वरूप विज्ञापन संबंधों के रूप व स्तर का निर्धारण कर रहे हैं। माता-पिता व संतान और प्रेमी-प्रेमिका के बीच संबंधों का आधार विज्ञापित वस्तुएँ बन रही हैं। यह व्यक्ति की चेतना और प्रवृत्तियों को बुरी तरह से अनुकूलित कर डालता है। एक ओर यह विकल्पों का विशाल संसार प्रस्तुत करता है, दूसरी ओर अनुकूलन के बैरीकेड भी खड़ा कर देता है। इस चक्रव्यूह में दर्शक व ग्राहक फँस जाता है; उसमें 'विभेद' करने और 'सवाल' उठाने की क्षमता मर जाती है। वास्तव में मीडिया अपने दर्शकों में विवेचनात्मक चेतना को पैदा करने से बिलकुल कतराता है। सचमुच विचार आज प्रिंट मीडिया व इलेक्ट्रॉनिक मीडिया दोनों से ही विलुप्त होता प्रतीत हो रहा है जबकि मीडिया का दायित्व विवेकात्मक व विवेचनात्मक चेतना से समृद्ध करना भी होता है जिसमें साहित्य उसकी मदद कर सकता है। मीडिया का उत्तरदायित्व केवल कार्यक्रमों का प्रसारण करना भर नहीं है, बल्कि इससे कहीं अधिक समाज के प्रति उसकी जवाबदारी है। चूँकि साहित्य व्यक्ति और समाज की संवेदनाओं को अभिव्यक्त करता है, साहित्य अपने युग से प्रभावित भी होता है और उसको प्रभावित भी करता है, इसीलिए वह शाश्वतता का गुण लिए हुए होता है। मानव मन की सूक्ष्म परतों को टटोलता है तो प्रिंट मीडिया स्थूल बाह्य जगत् को अभिव्यक्ति प्रदान करता है। इसीलिए पत्रकारिता को शीघ्रता में लिखा गया साहित्य कहा जाता है। यही कारण है कि समाचार-पत्र 24 घंटे के बाद व्यर्थ-सा हो जाता है, जबकि साहित्यिक कृतियाँ शाश्वत रहती हैं।

पत्रकार की दृष्टि समाज की प्रत्येक गतिविधि पर रहती है। ये गतिविधियाँ समाचार के रूप में पाठक तक पहुँचती हैं। जनमत की आशा-आकांक्षाओं को अभिव्यक्ति देने के कारण पत्रकार विशाल जनसमूह से प्रत्यक्ष संवाद कायम कर लेता है। सामाजिक जीवन में व्याप्त असंतोष, राजनीतिक जीवन का बढ़ता भ्रष्टाचार, सांस्कृतिक जीवन की विद्रूपताओं को एक्सपोज कर वह व्यवस्था में सुधार तथा परिवर्तन का प्रेरक बनता है। लेकिन यह तभी संभव है जब पत्रकार अपने दायित्वबोध के प्रति सजग रहे। सूचना देना, शिक्षित करना तथा मनोरंजन करना—इन तीन मूलभूत उद्देश्यों का ईमानदारी से पालन करे। साहित्य की भाँति व्यक्तिगत हित-अहित की भावना से ऊपर उठकर वह सामूहिक हित साधना के लिए संकल्पबद्ध हो। साहित्य घटनाओं का चित्रण मात्र नहीं है जैसा कि प्रिंट मीडिया होता है, बल्कि वह व्यक्ति के भावजगत् और मानसजगत् का स्पर्श कर उसमें सुख-दुःख, आशा-निराशा तथा इच्छा-आकांक्षाओं का सहयोगी बनता है। छोटे-छोटे कथा-प्रसंगों, कथानकों, प्रतीकों आदि के माध्यम से वह शाश्वत संदेश देता है; मानवीय संवेदनाओं को गहराई से झिंझोड़ता है। दृश्य मीडिया अपने विविध रूपों द्वारा उक्त भावमय संवेदनाओं को पात्रों व उनके चरित्र के माध्यम से प्रस्तुत कर सकता है, जिसका प्रभाव क्षणिक नहीं, स्थायी होता है। साहित्य की अनुभवगत चीज को वह प्रदर्शित कर, क्रियाशील होकर मन में हमेशा के लिए अमिट प्रभाव छोड़ सकता है।

सत्य है कि साहित्यकार भविष्यद्रष्टा होता है। प्रिंट मीडिया में जहाँ वर्तमान की नब्ज पर दृष्टि होती है, वहीं साहित्यकार इन घटनाओं को व्यापक परिदृश्य में महसूस कर भविष्य की संभावनाओं को उद्‌घाटित करता है। 'पत्रकारिता और साहित्य' पुस्तक में प्रतिमा वर्मा के अनुसार 'एक अच्छे साहित्यकार के पास एक आध्यात्मिक दृष्टि होती है जो कि समस्या की अनंत गहराई में होकर गुजरने वाली किरण-रेखा की तरह वह तथ्य साहित्यकार के मानसलोक की नैसर्गिक प्रभा से प्रभामंडित होकर बाहर आता है। अगर पत्रकार की दृष्टि सत्य पर होती है तो कहा जा सकता है कि साहित्यकार के पास सत्यम्, शिवम्, सुंदरम् की एक समन्वित दृष्टि होती है जो कि दुर्लभ है। (पृ०सं० 181)

हिंदी साहित्य के इतिहास पर दृष्टिपात करने से विदित होता है कि अधिकांश साहित्यकारों में पत्रकारीय प्रतिभा रही है, वहीं पत्रकारों में साहित्यिक प्रतिभा का समावेश भी रहा है। भारतेन्दु जैसे बहुमुखी प्रतिभा के धनी साहित्यकार ने हिंदी पत्रकारिता को भी विशेष दिशाबोध दिया। महावीरप्रसाद द्विवेदी ने तो 'सरस्वती' के माध्यम से हिंदी भाषा के विकास और लेखकों की पीढ़ी तैयार करने का

महत्त्वपूर्ण कार्य किया। आधुनिक युग के साहित्यकारों में प्रेमचंद, पंत, प्रसाद, निराला, महादेवी वर्मा, अज्ञेय, धर्मवीर भारती, कमलेश्वर, राजेन्द्र यादव, रघुवीर सहाय, मनोहर श्याम जोशी, सर्वेश्वर दयाल सक्सेना, प्रभाकर माचवे, श्रीमती मृणाल पांडे आदि अनेक नाम लिए जा सकते हैं जिन्होंने साहित्य की अनेक विधाओं में रचनात्मक लेखन के साथ-साथ पत्रकारिता के क्षेत्र में भी सक्रियता के साथ रुचि प्रदर्शित की है।

साहित्य व प्रिंट मीडिया दोनों की कलम में शक्ति होती है। उनकी कलम जहाँ सामाजिक परिवर्तन की सशक्त आधारभूमि तैयार कर सकने में सक्षम है, वहीं शक्तिशाली सत्ताओं को भी बदल सकने में समर्थ है। प्रिंट मीडिया साहित्य को जन-जन तक पहुँचाता है तो साहित्य पत्रकारिता को संवेदनशील बनाकर प्रभावी बनाता है। साहित्य पत्र-पत्रिकाओं के माध्यम से ही आम जनता तक पहुँचता है। हिंदी साहित्य के छायावाद से लेकर प्रयोगवाद तक तथा उससे भी आगे नई कविता जैसे विभिन्न काव्य-आंदोलन पत्र-पत्रिकाओं के माध्यम से ही पनपे और आगे बढ़े हैं। साहित्य की अनेक विधाएँ यथा—निबंध, कथा, उपन्यास, व्यंग्य, आत्मकथा, संस्मरण, इंटरव्यू, कविता, ग़ज़ल, एकांकी, नाटक, लघुकथा, क्षणिका आदि भी पत्रकारिता के माध्यम से ही प्रचारित और लोकप्रिय हुए हैं। उधर दूसरी ओर पत्रकारिता की कुछ शैलियाँ साहित्य में अपनाई गई हैं, जिनमें रिपोर्ताज प्रमुख है। रिपोर्ताज 'रिपोर्ट' की कलात्मक प्रस्तुति है। पत्रकारिता की यह लेखन विधा आज साहित्य की लोकप्रिय शैली बन गई है। साहित्य की विविध विधाओं को लेकर विशिष्ट पत्रिकाओं का भी प्रकाशन किया गया है, जैसे कथा, व्यंग्य, निबंध, आलोचना, काव्य आदि को लेकर प्रकाशित होने वाली स्वतंत्र पत्रिकाएँ, दूसरी ओर दैनिक समाचार-पत्रों के रविवारीय परिशिष्टों में हम उन सभी विधाओं को विभिन्न रूपों में देख और पढ़ सकते हैं। पत्रकारिता ने साहित्य के प्रति जनरुचि को बढ़ावा दिया है। स्पष्ट है कि पत्रकारिता ने साहित्यिक आंदोलनों को जन्म दिया है तो साहित्य ने भी विशिष्ट भावबोध तथा सौंदर्य अभिव्यक्ति की सृष्टि कर उसे प्रभावी और संप्रेषणीय बनाया है।

तात्पर्य है कि साहित्य के माध्यम से प्रिंट व इलेक्ट्रॉनिक मीडिया सामाजिक, सांस्कृतिक एवं राजनीतिक चेतना के अग्रदूत बनकर जनकल्याण और विश्वबंधुत्व एवं भ्रातृत्व की भावना को विकसित करने के सशक्त माध्यम हैं। प्राचीन जीवन की व्याख्या एवं विश्लेषण हम अपने साहित्य एवं इतिहास में पाते हैं, किंतु वर्तमान जीवन की सुंदरता एवं कुरूपता का कटु यथार्थ हम सामयिक पत्रों में ही देख

सकते हैं। विचारों, भावों को जनसमुदाय तक पहुँचाने वाले वाहक, जो कि लोकमत को जागृत करने के साधन हैं, इनका उपयोग व प्रयोग का व्यवहार भी उतना ही दायित्व-भरा व सोच-समझ के साथ करना होगा ताकि वह समाज के स्वस्थ विकास में अपना योगदान दें। अतीत के प्रति गौरव भाव जागृत करते हुए, वर्तमान की विषमता का चित्रण करते हुए सुनहरे भविष्य का स्वप्न मीडिया ही साहित्य के माध्यम से प्रस्तुत कर सकता है; भारतीय संस्कृति के प्रति आस्था एवं विश्वास पैदा कर सकता है; जनसमुदाय को एक सूत्र में पिरो सकता है। 'आज की भारतीय पत्रकारिता' निबंध में प्रसिद्ध पत्रकार, कवि एवं साहित्यकार श्री सच्चिदानंद हीरानंद वात्स्यायन 'अज्ञेय' ने लिखा है—'लोकतंत्र समाज में समाचार-पत्र का एक विशिष्ट स्थान होता है, क्योंकि इस समाज के साथ उसका अस्तित्व अधिक गहरे ढंग से जुड़ा होता है। जितना ही वह समाज स्वस्थ या बीमार, स्वतंत्र या परमुखापेक्षी होता है, उतने ही उसके समाचार-पत्र भी स्वस्थ या बीमार, स्वतंत्र या पर-निर्भर होते हैं। इसी संबंध के कारण लोकतंत्र समाज में समाचार-पत्रों का विशेष उत्तरदायित्व भी होता है।' (अद्यतन, पृ० 89) इसी विशेष उत्तरदायित्व का वहन पत्रकारिता को करना है; दृश्य मीडिया को करना है। सांप्रदायिकता, प्रांतीयता, अन्याय, उत्पीड़न, प्रवंचना, भ्रष्टाचार आदि प्रवृत्तियाँ हमारे राजनीतिक जीवन में घर कर गई हैं। राष्ट्रीय विकास के मार्ग में ये प्रवृत्तियाँ अवरोध बनकर उपस्थित हो रही हैं। इस दिशा में मीडिया व साहित्य को संवेदनशील दृष्टि द्वारा परिस्थिति का सटीक विश्लेषण करते हुए इनके खिलाफ वातावरण तैयार करना है। शासन और जनता के मध्य एक सार्थक संपर्क विकसित करना है, क्योंकि मीडिया द्वारा दी गई महत्त्वपूर्ण सूचनाओं के आधार पर ही सर्वसाधारण अपनी धारणाएँ बनाते हैं। मीडिया ही जन-अधिकारों की रक्षा की दिशा में तथा आम आदमी की मूक वेदनाओं को अभिव्यक्ति देते हुए उनके स्वप्नों में भी रंग भरने का सराहनीय कार्य करता है।

सचमुच मीडिया को साहित्य से प्रेरित होकर सनसनीखेज व ब्रेकिंग न्यूज की जगह समाज व देश-हित से जुड़ी समस्याओं को प्राथमिकता देनी चाहिए। लोकतंत्र का चौथा स्तंभ होने के कारण यदि यही स्तंभ कमजोर पड़ जाता है तो लोकतंत्र व समाज कमजोर हो जाएगा। ऐसे में मीडिया ही सहयोगी भूमिका के रूप में समाज के सम्मुख उपस्थित हो ताकि राजनीति को भी स्वस्थ दिशा दी जा सके। हिंदी मीडिया के प्रति भी सरकार व प्रशासकों, विशेषकर नीति-निर्माताओं, को अपना नजरिया बदलना होगा। बहुधा यह देखने में आता है कि पहले इलेक्ट्रॉनिक मीडिया को बुलाया जाता है; इसके बाद अंग्रेजी मीडिया और आखिर में हिंदी की

बारी आती है। इस स्थिति में परिवर्तन जरूरी है। इसके लिए नियमित संवाद जरूरी हैं। मीडिया समाज व देशहित से जुड़ी समस्याओं को प्राथमिकता देगा, तभी इसकी सार्थकता है।

वैश्वीकरण की होड़ में अंग्रेजी मीडिया और टी०वी० नई विचारधारा के पोषक हैं, जिससे शिक्षित समाज धीरे-धीरे भारतीय संस्कृति से व स्वयं से दूर होता जा रहा है। भाषायी परिप्रेक्ष्य में देखें तो पाते हैं कि भाषायी समाचार-पत्र लोगों के नजदीक भी रहते हैं और सांस्कृतिक विषयों के साथ भी जुड़े रहते हैं। वे मूल्यों पर किसी भी दबाव का विरोध करते हैं। वास्तव में हमें भाषा से कोई विरोध नहीं है, भाषा तो माध्यम है। जब तक वह माध्यम रहती है तब तक कोई हानि ही नहीं होती। इस पृष्ठभूमि में मीडिया का उत्तरदायित्व केवल कार्यक्रमों का प्रसारण भर ही नहीं, बल्कि इससे अधिक समाज के प्रति उसकी जवाबदारी है। मीडिया के प्रसारणों में मनोरंजनात्मकता व सूचनात्मकता के साथ-साथ विवेकात्मकता व विवेचनात्मकता भी समाहित रहनी चाहिए। इससे अधिकाधिक को परस्पर भागीदार बनाया जाना चाहिए।

लोकजन में सरोकार बनाए रखने हेतु 'नागरिक समाज' महत्त्वपूर्ण भूमिका निभा सकते हैं। आवश्यकता है कि शहरों और ग्रामीण क्षेत्रों में ऐसी सामाजिक निगरानी समितियाँ गठित की जाएँ, जो मीडिया पर सतत नजर रखें। इसके कार्यक्रमों के गुण व दोषों से लोगों को परिचित कराएँ। टी०वी० के जादुई लोक से सचेत रहने के लिए शिक्षण व प्रशिक्षण जरूरी है। शिविरों व कार्यशालाओं का आयोजन भी किया जाना चाहिए। साहित्यिक पुस्तकालयों की स्थापना के साथ-साथ तकनीकी दक्षता लिए सामाजिक रूप से प्रतिबद्ध मीडियाकर्मी होने चाहिए। साहित्यिक जगत् को आदि काल से अभी तक का संपूर्ण इतिहास, साहित्यिक व्यक्तित्व व कृतित्व, उद्देश्य व संदेश-प्रेषण-क्षमता, हिंदी भाषा का महत्त्व व विकास तथा इसका योगदान आदि स्तंभों को प्राथमिकता दी जानी चाहिए। अधिक से अधिक संख्या में साहित्यकारों के साक्षात्कार व उनकी लिखित पुस्तकों की जानकारी दी जानी चाहिए ताकि जनसाधारण साहित्य की श्रेष्ठता से रू-ब-रू हो सकें व अपने विचारों की दृढ़ता द्वारा उचित व न्यायपूर्ण निर्णय ले सकें। राज्य भी मीडिया के प्रति तटस्थ नहीं बना रहे। सभी कुछ बाजार की ताकतों के हवाले नहीं करें, नहीं तो इसके खतरनाक परिणाम सामने आएँगे और आ भी रहे हैं।

इसलिए अब सभी को सतर्क व जागरूक रहना होगा। यह लड़ाई है अपने आपके लिए, आने वाली पीढ़ी के लिए। हमें अपने समाज के साथ-साथ दुनिया

में भी भारतीय संस्कृति, उसकी भाषा व साहित्य की रक्षा करनी है। उसकी जिजीविषा को बढ़ाना है, उसको कमजोर करना नहीं। अपने महान् एवं पवित्र उद्देश्य के प्रति पूरी ईमानदारी से प्रत्येक व्यक्ति को समर्पित होना है। रचनात्मक दृष्टिकोण अपनाकर ही समाज के नवनिर्माण में अपनी सजीव-सक्रिय भागीदारी निभानी होगी। बाजार के इस लोकतंत्र में मीडिया व साहित्य को इतनी शक्ति अर्जित करनी होगी कि वह किसी भी प्रकार के आंतरिक एवं बाह्य दबावों से मुक्त रहकर सर्वजन हिताय एवं सर्वजन सुखाय कार्य कर सके। मीडिया को उदारवादी प्रवृत्ति अपनाते हुए समाचार प्रस्तुतीकरण में मात्र राजनीतिक घटनाचक्रों को ही प्रमुखता न देकर सामाजिक प्रगति, देश के विकास एवं निर्माण-कार्यों तथा साहित्यिक व सांस्कृतिक गतिविधियों को भी पर्याप्त महत्त्व देकर उनके माध्यम से जीवन-मूल्यों के प्रति प्रेरणा जगानी होगी; उत्कृष्ट साहित्यिक मानदंडों को प्राथमिकता देनी होगी, जो जीवन को कर्मशील तथा समाज को स्वस्थ व शक्तिशाली बनाएँ। प्रिंट मीडिया की पाठ्य सामग्री इस प्रकार की होनी चाहिए जिसे पढ़कर हमारी चेतना-शक्ति झनझना उठे, विचार-शक्ति आंदोलित हो उठे; सामाजिक कुरीतियों व जीर्ण-शीर्ण परंपराओं को तहस-नहस करने को हम तत्पर हो उठें। समाचारों को पढ़कर व देखकर हममें घृणा और विद्वेष के भाव न जागें वरन् प्रेम और करुणा के भाव लहराएँ। हमारी शक्ति राष्ट्र-विरोधी कार्यों की ओर प्रवृत्त होने के बजाय राष्ट्रहित की ओर प्रवृत्त हो। राष्ट्रीय एकता एवं प्रभुसत्ता की रक्षा का भाव जन-जन के मानस में प्रस्फुटित हो। यही मीडिया व साहित्य का रचनाधर्म है, जिसमें तथ्यों की प्रामाणिकता व विश्वसनीयता आवश्यक है। सामाजिक एवं राष्ट्रीय निर्माण की दिशा में जन-जन का नेतृत्व करना है। लोकतांत्रिक मूल्यों की प्रतिष्ठा में तथा समाज एवं राष्ट्र के विकास में इसकी महत्ता को स्वीकारना है।

संबंध एवं सरोकार

डॉ० व्यासमणि त्रिपाठी

मीडिया और हिंदी साहित्य के अंतर्संबंधों एवं सरोकारों पर आज विचार-विमर्श इसलिए जरूरी हो गया है क्योंकि भूमंडलीकरण और बाजारवाद के युग में जिस उपभोक्तावादी संस्कृति का जन्म हुआ है उसमें मानवीय संवेदनाएँ निरंतर क्षीण होती जा रही हैं जबकि 'संवेदना' साहित्य की पूँजी है, किंतु 'घर' में घुस आए बाजार ने अपना पहला निशाना इसी को बनाया है। 'उत्तर-आधुनिकतावाद' और यहाँ तक कि विरचना (डी-कन्स्ट्रक्शन) के युग तक आते-आते कविता के अंत और साहित्य के अवसान की उद्‌घोषणाएँ इतनी प्रबल हो उठी हैं कि साहित्य के भविष्य पर ही प्रश्नचिह्न खड़ा हो गया है। बाजार व्यवस्था में 'माल' की तरह कविता मात्र 'पाठ' मान ली गई है। शब्द पर संकट गहराने लगा है। तथ्यों की विकलता संवेदनाओं में संदिग्धता भरकर मानवीयता को ही प्रश्नास्पद बना रही है। ऐसे युग-संदर्भ में मीडिया की जिम्मेदारी साहित्य के पक्ष में खड़ा होने की होनी चाहिए थी किंतु वह न केवल तटस्थ एवं उदासीन है बल्कि साहित्य के प्रति उपेक्षा एवं रचना-विरोध की भूमिका निबाहता प्रतीत होता है। इसका प्रमाण यह है कि प्रिंट एवं इलेक्ट्रॉनिक मीडिया में जितना और जो स्थान साहित्य और साहित्यकार को मिलना चाहिए उतना और वह स्थान नहीं मिल रहा है। इतना ही नहीं, कुछ माध्यम तो जीवन-जगत् के नाना व्यापारों (जिनमें कुछ व्यर्थ एवं कोरी बकवास हैं) में इस तरह उलझे हुए हैं कि उन्हें साहित्यिक गतिविधियों, महत्त्वपूर्ण उपलब्धियों एवं शीर्षस्थ रचनाकारों के जीवन-मरण की घटनाओं की भी खबर नहीं है और अगर है भी तो वह उनके अन्य लीला-व्यापारों की तुलना में इतनी महत्त्वहीन है कि वे उसकी ओर आँख-कान लगाने की जरूरत ही नहीं समझते। यहाँ यह ध्यातव्य है कि मीडिया और साहित्य किसी खास बिंदु पर क्षीण रेखा सदृश परस्पर अंतर्ग्रथित अवश्य हैं, भले ही वह ऊपर से दृष्टिगत न होता हो। दोनों के चिंतन में मनुष्य है और यही चिंता दोनों को परस्पर जोड़े रखने के लिए काफी है। फिर साहित्य के साथ मीडिया का असहयोग समझ में नहीं आता।

मीडिया अनंत रूपों में हमारे जीवन के क्षण-क्षण को प्रभावित कर रहा है। प्रेस, टी०वी०, रेडियो, सिनेमा, इंटरनेट आदि विभिन्न रूपों में आज उसकी पहुँच चूल्हे-चौके तक है। उसका जनसंपर्क ज्यों-ज्यों तीव्रता पा रहा है, हमारा साहित्य उतना ही आम आदमी से कटता जा रहा है। मीडिया की जड़ें लोकाभिरुचि की धरती पर गहराई से धँसने में प्रवृत्त हैं जबकि साहित्य आकाश-कुसुम बनने की दिशा में गतिशील है। साहित्य का निरंतर परिधि की ओर खिसकना अपने आप में एक खतरा है। उसके समक्ष उत्पन्न चुनौतियों में उसके लिए एक बड़ी चुनौती अस्तित्व-रक्षा की भी है, क्योंकि प्रस्तुति-प्रदर्शन से लेकर चिंतन और विचारधारा तक मीडिया लघुमार्ग अपनाकर न केवल शोहरत बटोरने की जल्दी में है बल्कि रहस्य, रोमांच और सनसनी फैलाकर एक बड़े जनसमुदाय को अपनी ओर आकर्षित करने में तत्पर है। उसमें अधिकांश साहित्य के पाठक भी हैं। मीडिया की चकाचौंध में साहित्यनुरागियों की आँखों का चौंधिया जाना साहित्य के लिए हितकर नहीं है क्योंकि मीडिया अपने माध्यम से जो साहित्य परोस रहा है, उसमें न तो कलात्मक संवेग है और न ही जीवन-मूल्यों की संरक्षणशीता का प्रबल भाव। वह अपने पथ पर अपनी नियति खुद तय करने में जुटा है। इसलिए आज पठनीयता का संकट बढ़ाने में मीडिया की भूमिका को अस्वीकार नहीं किया जा सकता, किंतु एक समय था जब प्रिंट मीडिया ने हिंदी साहित्य का एक बड़ा पाठक-वर्ग तैयार किया था। लोक-विमुख रीतिकालीन साहित्य की प्रतिक्रिया में उत्पन्न जनसापेक्ष नवजागरणकालीन साहित्य को विभिन्न पत्र-पत्रिकाओं के माध्यम से व्यापक प्रतिष्ठा और लोक-व्याप्ति दिलाने में उसका बहुत बड़ा योगदान था। उसने 'गुलगुली गिल है, गलीचा है, गुणीजन हैं/चाँदनी है, चिक है, चिरागन की माला है/ कहें पद्माकर त्यों गजक गिजा है सजी/सेज है, सुराही है, सुरा और प्याला है' के परिवेश में रचित साहित्य को उसकी जकड़बंदी से मुक्ति दिलाकर जनाकांक्षा से जोड़ने में महत्त्वपूर्ण भूमिका निभाई थी। सामंती परिवेश की रुचि-अभिरुचि-आस्वादन को जनाभिरुचि में परिणत करने में प्रेस के अवदान को अस्वीकार नहीं किया जा सकता। रुचियाँ बदलीं, कला का दृष्टिकोण बदला। रचनाकार दरबारी मनोवृत्ति से बाहर निकला। वह जन-जीवन का प्रवक्ता बना। जनता से उसका सीधा संपर्क हुआ। इसके परिणामस्वरूप सामंती रुचि और आस्वाद की जगह जनरुचि और जनाकांक्षा का साहित्य विस्तार पाने में सक्षम हुआ। रचनाकार को एक व्यापक पाठक-समुदाय मिला और रचनाकार एवं पाठक के बीच की दूरी खत्म हुई। पठनीयता का आलम यह था कि किसी खास रचना के लिए पाठकों को प्रेस के सामने

पंक्तिबद्ध भी होना पड़ता था, किंतु आज यह क्या हो गया ? प्रेस (प्रिंट मीडिया) साहित्य के प्रति अपनी वही भूमिका क्यों नहीं निभा पा रहा है ? उसके सरोकारों में बदलाव क्यों और किसलिए आया है ? इस पर चिंतन जरूरी है।

सामाजिक परिवर्तन की प्रक्रिया में साहित्य और मीडिया दोनों की महत्त्वपूर्ण भूमिका है। साहित्य भावना के धरातल पर 'बेहतर मनुष्य' और 'बेहतर समाज' की संकल्पना को साकार करने में समाज का मददगार बनता है और मीडिया अपनी संचरणशीलता के व्यापक परिप्रेक्ष्य में जनजागरण की पृष्ठभूमि तैयार करता है। दो-ढाई शताब्दी पूर्व तक सूचनाएँ, जो केवल शक्तिशाली वर्ग तक सीमित थीं, ज्ञान, जो किसी खास वर्ग की बपौती था, उसे आम लोगों तक पहुँचाने में प्रिंट मीडिया का अवदान अविस्मरणीय है। प्रेस ने लिखित ज्ञान को किताबों के रूप में सार्वजनिक किया। पत्र-पत्रिकाओं का प्रकाशन 'हिंदुस्तानियों के हित के हेतु' (संदर्भ : सन् अठारह सौ छब्बीस में पं० युगलकिशोर शुक्ल के संपादन में प्रकाशित 'उदंत मार्तंड' का संपादकीय) आरंभ हुआ। भारतेन्दुयुगीन हिंदी रचनाकारों की सामाजिक और राष्ट्रीय चिंताएँ पुस्तकों और पत्र-पत्रिकाओं के माध्यम से लोगों तक पहुँचीं। उन दिनों का साहित्यकार अपनी विचारधारा से लोगों को जोड़ने के लिए न केवल साहित्य का सहारा लेता था बल्कि वह स्वयं किसी न किसी पत्र-पत्रिका का संपादक अथवा पत्रकार हुआ करता था। भारतेन्दु बाबू हरिश्चंद्र, पंडित प्रताप नारायण मिश्र, बालकृष्ण भट्ट, चौधरी बद्रीनारायण 'प्रेमघन' आदि की रचना-धर्मिता और पत्रकारिता में विभाजक रेखा खींचना उनके व्यक्तित्व का विभाजन करना होगा। उन दिनों साहित्य और पत्रकारिता का उद्देश्य लगभग एक था; सरोकार एक था। दोनों एक-दूसरे से संवाद करते हुए गतिशील थे। कमोबेश यही स्थिति द्विवेदी युग और प्रेमचंद तक विद्यमान रही, किंतु भूमंडलीकरण और बाजारवाद ने मीडिया की भूमिका, उसकी कार्यप्रणाली, अर्थ-प्रणाली, चिंतन और उद्देश्य को काफी गहराई तक प्रभावित किया है। राजनीतिक और सांस्कृतिक दबाव आदि ने साहित्य और पत्रकारिता के संबंधों को पहले जैसा नहीं रहने दिया है।

'हिंदुस्तानियों के हित के हेतु' आरंभ हुई हिंदी पत्रकारिता अब दिशा-भ्रम और अर्थलोलुपता की शिकार है। उसका समष्टि-चिंतन व्यक्तिवादी होता जा रहा है। सामाजिक हित निजता की परिधि में संपोषण पा रहे हैं। नामी-गिरामी साहित्यिक पत्रिकाएँ—'धर्मयुग', 'सारिका', 'साप्ताहिक हिंदुस्तान' आदि अर्थ-तंत्र के मायाजाल की शिकार हो गई हैं। उनका स्थान व्यावसायिक पत्रिकाओं ने ले लिया है। विज्ञापनों से अच्छी कमाई हो रही है। संपादकों का स्वत्व और स्वतंत्रता मालिकों के हाथों

गिरवी है। यद्यपि यह आज की स्थिति का एक नमूना है किंतु इस गिरावट की शुरुआत बहुत पहले हो गई थी, जिसकी पीड़ा सच्चिदानंद हीरानंद वात्स्यायन 'अज्ञेय' के इस कथन में साफ झलकती है–'हिंदी पत्रकारिता के आरंभ के युग में हमारे पत्रकारों की जो प्रतिष्ठा थी, वह आज नहीं है। साधारण रूप से तो यह बात कही जा सकती है, अपवाद खोजने लगें तो भी यही पावेंगे कि आज का एक भी पत्रकार या संपादक वह सम्मान नहीं पाता जो कि पचास-पचहत्तर वर्ष पहले के अधिकतर पत्रकारों को प्राप्त था।...आज के संपादक-पत्रकार अगर इस अंतर पर विचार करें तो स्वीकार करने को बाध्य होंगे कि वे न केवल कम सम्मान पाते हैं बल्कि कम सम्मान के पात्र हैं–कदाचित् सम्मान के पात्र बिलकुल नहीं हैं। जो पाते हैं, वह पात्रता से नहीं, इतर कारणों से।' ('आत्मपरक' से) इस स्थिति के लिए जिम्मेदार कौन है ? इस पर भी अज्ञेय ने विचार किया–'अप्रतिष्ठा का प्रमुख कारण यह है कि उसके पास मानदंड नहीं हैं। यहीं हरिश्चंद्रकालीन संपादक-पत्रकार या उतनी दूर न जावें तो महावीरप्रसाद द्विवेदी का समकालीन भी हमसे अच्छा था। उसके पास मानदंड थे, नैतिक आधार थे और स्पष्ट नैतिक उद्देश्य भी। उनमें से कोई ऐसे भी थे जिनके विचारों को हम दकियानूसी कहते तो भी उनका सम्मान करने को हम बाध्य होते थे, क्योंकि स्पष्ट नैतिक आधार पाकर वे उन पर अमल भी करते थे, वे चरित्रवान थे। आज विचार-क्षेत्र में हम अग्रगामी भी कहला लें, तो कर्म के नैतिक आधारों की अनुपस्थिति में निजी रूप से हम चरित्रहीन ही हैं और सम्मान के पात्र नहीं हैं।' (वही, 'आत्मपरक' से) जाहिर है, यह चरित्रहीनता अर्थतंत्र की उपज है। पत्रकारिता जगत् में पूँजी की निरंतर अभिवृद्धि की चिंता है तो संपादकों/पत्रकारों को अपनी सुख-सुविधाओं की। जब पत्र-पत्रिकाओं के संचालन और नियंत्रण में धन की प्रधानता होगी तब वही स्थिति पैदा होगी जो आज पत्रकारिता के क्षेत्र में व्याप्त है और यह स्थिति अचानक नहीं उत्पन्न हुई है बल्कि इसने धीरे-धीरे भयावह रूप धारण किया है। भूमंडलीकरण और बाजारवाद ने तो इसे और उग्र बना दिया है। आज जो स्थिति है, उसकी आशंका गणेशशंकर विद्यार्थी को बहुत पहले थी–'इस देश में भी समाचार-पत्रों का आधार धन हो रहा है। धन से ही वे निकलते हैं, धन ही के आधार पर वे चलते हैं और बड़ी वेदना के साथ कहना पड़ता है कि उनमें काम करने वाले बहुत-से पत्रकार भी धन ही की अभ्यर्थना करते हैं। अभी यहाँ पूरा अंधकार नहीं हुआ है, किंतु लक्षण वैसे ही हैं। कुछ ही समय पश्चात् यहाँ के समाचार-पत्र भी मशीन के सदृश हो जाएँगे और उनमें काम करने वाले पत्रकार केवल मशीन के पुर्जे। व्यक्तित्व न रहेगा, सत्य और

असत्य का अंतर न रहेगा, अन्याय के विरुद्ध डट जाने और न्याय के लिए आफतों को बुलाने की चाह न रहेगी, रह जाएगा केवल खिंची हुई लकीर पर चलना।' (विष्णुदत्त शुक्ल की पुस्तक 'पत्रकार कला' से)। अपने समय की विडंबनाओं को लक्षित कर विद्यार्थी जी ने जो भविष्यवाणी की थी वह आज सच साबित हो रही है। पत्र-पत्रिकाओं की संख्या बढ़ी है। उनके आकार-प्रकार और साज-सज्जा में बढ़ोतरी हुई है। मुद्रण की विभिन्न तकनीकों से छपाई साफ-सुथरी और आकर्षक है किंतु उनमें वह प्राणवत्ता नहीं रह गई है जिसे लेकर हिंदी पत्रकारिता की शुरुआत हुई थी।

अब राजनीतिक और व्यावसायिक लाभ-लोभ के चक्रव्यूह में उलझे समाचार-पत्रों की दृष्टि में साहित्य और साहित्यकारों के लिए कोई मान-मूल्य नहीं रह गया है। उनकी नजर में अपराध, हत्या, आत्महत्या, बलात्कार, मारपीट, छेड़छाड़, चोरी-डकैती, लूट-पाट, तंत्र-मंत्र, मायानगरी की घटनाएँ जीवन से संवाद करती घटनाएँ हैं। इसलिए वे उन्हें छापने में जितनी रुचि और रस लेते हैं, उतनी रचनात्मक लेखन के लिए नहीं। यहाँ तक कि साहित्यिक-सांस्कृतिक घटनाएँ भी सुर्खियाँ नहीं बन पातीं। बड़े से बड़े साहित्यिक आयोजनों एवं उनमें भाग ले रहे शीर्षस्थ साहित्यकारों के चिंतन और उद्‌गारों/व्याख्यानों के लिए अखबारों में जगह नहीं बची है जबकि छुटभैये नेताओं की नुक्कड़ सभाओं, मायानगरी की माया फैलाने वाले चित्रों को छापने में उन्हें गर्व है। राजनेताओं की अनुकंपा के आग्रही समाचार-पत्र उनकी प्रशंसा के पहाड़ खड़े करने में कोई संकोच नहीं करते, किंतु महानतम रचनाओं की महिमा का बखान करने के लिए उनके पास शब्दों की कमी हो जाती है। पत्रकारिता-जगत् की इन विसंगतियों और विडंबनाओं को महाकवि सूर्यकांत त्रिपाठी निराला बहुत पहले ताड़ गए थे। उन्होंने यह समझ लिया था कि अखबार साहित्यकारों के लिए नहीं बल्कि राजपुत्रों और लक्ष्मीपतियों के लिए हैं—तभी तो 'वनवेला' शीर्षक कविता में उनका आहत मन चीत्कार उठा था—

मैं भी होता
यदि राजपुत्र, मैं क्यों न सदा कलंक ढोता
वे होते, जितने विद्याधर मेरे अनुचर
मेरे प्रसाद के लिए विनत सिर उद्यत कर
मैं देता कुछ, रख अधिक, किंतु जितने पेपर
सम्मिलित कंठ से गाते मेरी कीर्ति अमर
जीवन-चरित्र

लिख अग्रलेख अथवा छापते विशाल चित्र
इतना भी नहीं, लक्ष्मीपति का भी यदि कुमार
होता मैं, शिक्षा पाता अरब समुद्र पार।।

एक समय था जब पत्रकारिता ने जीवन और समाज के अंतर्सूत्रों को जोड़ने में महत्त्वपूर्ण भूमिका निभाई थी। नवस्फूर्ति और नवचेतना का संचार किया था। जीवन में व्याप्त आशा-निराशा, सफलता-असफलता की अभिव्यक्ति द्वारा कर्तव्याकर्तव्य के बोधन में मदद पहुँचाई थी, वही पत्रकारिता आज नील, पीत, नवनीत बनकर जीवन-मूल्यों और आदर्शों के ध्वंस में रुचि ले रही है। उसका ध्यान 'मिशन' और 'प्रोफेशन' से हटकर 'कमीशन' और 'सेंसेशन' पर केंद्रित हो गया है जबकि साहित्य आज भी 'सत्यम्, शिवम्, सुंदरम्' की स्थापना के लिए प्रयत्नशील है, 'शिवेतर क्षतये' की कामना में रत है। मानव-मूल्यों में उसकी आस्था है। दूसरी ओर समाचार-पत्र विज्ञापन की बैसाखी पर ग्लैमर एवं चकाचौंध की यात्रा में लीन हैं। इस तरह दोनों के उद्देश्य एवं सरोकार अब अलग-अलग दिशाओं में गतिशील लगते हैं किंतु पहले ऐसा नहीं था। पत्रकारिता और साहित्य में उतना ही अंतर था जितना कि सुगम संगीत एवं शास्त्रीय संगीत में। यह इसलिए था, क्योंकि अधिकांश पत्रकार साहित्यकार होते थे और साहित्यकार पत्रकार इसी पृष्ठभूमि में समाचार-पत्र देश के साथ-साथ साहित्यिक एवं सांस्कृतिक चेतना जगाने का भी कार्य करते थे। आचार्य शिवपूजन सहाय का यह कथन इसी बात की पुष्टि करता है, 'हिंदी दैनिकों ने जहाँ देश को उद्बुद्ध करने में अथक प्रयास किया है वहाँ जनता में साहित्यिक चेतना जगाने का श्रेय भी पाया है।' (हिंदी पत्रकारिता और भावात्मक एकता : अर्जुन तिवारी, पृष्ठ संख्या 36)। चूँकि अब पत्रकार का साहित्यकार होना एक विरल संयोग है, साथ ही समाचार-पत्रों को साहित्य से कोई आर्थिक लाभ भी नहीं है, इसलिए वे साहित्य के लिए पन्ना खर्च करने में संकोच करते हैं।

साहित्य के प्रचार-प्रसार का दुर्वह बोझ उठाती लघु पत्रिकाएँ अपने ही अंतर्विरोधों से ग्रस्त हैं। सातवें दशक में बुर्जुआ पत्रकारिता से अलग साहित्यिक संचार के उद्देश्य से लघु पत्रकारिता का आरंभ हुआ था। लघु पत्रिका-आंदोलन जिस उद्देश्य को लेकर गतिशील हुआ, उसके अर्थ में ही अनेक विसंगतियाँ उत्पन्न हो गईं। यह आंदोलन संपादकों का अपनी-अपनी पत्रिकाओं का आंदोलन ज्यादा बना, इसीलिए इसमें सामूहिकता का अभाव तथा दलीयता का वर्चस्व कायम हुआ। पत्रिका के शीर्षक और भीतर की सामग्री में तालमेल की कमी तो थी ही, उसमें बड़बोलापन भी कहीं अधिक था। पाठकों के नाम पत्र संपादक की प्रशंसा करने

वाले ज्यादा होते, विषयवस्तु के आलोचक कम। इतने के बावजूद यह स्वीकार करना ही होगा कि लघु पत्रिकाओं ने हिंदी साहित्य के प्रचार-प्रसार की जिम्मेदारी बखूबी निभाई है। यदि ये पत्रिकाएँ नहीं होतीं तो हिंदी साहित्य के समक्ष अँधियारा और सघन होता।

एक माध्यम के रूप में किताब की अपनी भूमिका है। तत्काल खर्च और खत्म हो जाने वाली वस्तु की श्रेणी में वह नहीं आती। उसे सँजोकर रखा जा सकता है। आज की विडंबना यह है कि हिंदी की पुस्तकें सरकारी पुस्तकालयों में डम्प होने के लिए विवश हैं। कमीशन का मायाजाल नीचे से ऊपर तक फैला है। लेखक येन-केन-प्रकारेण पुस्तक छपवाने के लिए आतुर हैं और उधर प्रकाशक इस आतुरता को भुनाने में जुटा है। नए प्रकाशक नए लेखकों के शोषण में लीन हैं और बड़े प्रकाशक नामधारी लेखकों की तलाश में। पाठ्यपुस्तकें, कुंजियाँ, सहायक पुस्तकें ज्यादा छप रही हैं, साहित्यिक कम। किताबें महँगी हैं इसलिए साहित्य का विद्यार्थी खरीदकर पढ़ना नहीं चाहता।

'बहुजन हिताय बहुजन सुखाय' का उद्देश्य लेकर चलने वाला रेडियो प्रिंट मीडिया की अपेक्षा एक तीव्रगामी माध्यम है। प्रिंट मीडिया की पहुँच जहाँ सिर्फ साक्षरों तक है, वहीं रेडियो सर्वसुलभ एवं लोकव्याप्त एक सशक्त माध्यम है। इसने हिंदी साहित्य के प्रचार-प्रसार में अपना अमूल्य योगदान दिया है। कविताओं, कहानियों, साहित्यिक-सांस्कृतिक वार्ताओं, परिचर्चाओं का प्रसारण कर लोक-संवाद कायम किया है। आरंभ में रेडियो से जुड़ने वाले अधिकांश अधिकारी/कर्मचारी साहित्यकार अथवा साहित्यिक अभिरुचि के थे। उन्होंने अपनी साहित्यिकता को उत्कर्ष प्रदान किया ही, साथ ही आकाशवाणी के भीतर-बाहर एक साहित्यिक वातावरण भी बनाया। यह बात अलग है कि सरकारी संस्था होने के कारण रेडियो सत्ता और व्यवस्था-विरोध का साहित्य जनता तक नहीं पहुँचा सकता, जबकि विसंगतियों और विडंबनाओं को उजागर करना साहित्य का काम्य है। इससे साहित्य यथार्थपरक, पठनीय और प्रभावशाली होता है। फिर भी 'आकाशवाणी' ने मानवीय संवेदनाओं को उद्‌बुद्ध करने, जन-जागृति लाने, राष्ट्रीय चेतना का प्रसार करने में अपनी महत्त्वपूर्ण भूमिका निभाई है। साहित्यिक-सांस्कृतिक समारोहों एवं आयोजनों से अपने को जोड़े रखा है। 'प्रसार भारती' बनने के बाद रेडियो भी विज्ञापन की बैसाखी पर सवार होने के लिए विवश हुआ है। इसका असर कार्यक्रमों पर पड़ा है। कार्यक्रम अधिकारियों में पहले जैसी साहित्यिक अभिरुचि का अभाव हो गया है। साहित्यिक कार्यक्रम का स्थान फिल्मी गानों ने ले लिया है। पुनरावृत्ति तथा

भरती के कार्यक्रम जनमानस को उबासी प्रदान कर रहे हैं। साहित्य-सृजन को बढ़ावा देने वाला वह वातावरण अब नहीं रह गया। फिर भी कुछ अच्छी कविताएँ, कहानियाँ, वार्ताएँ रेडियो प्रसारित करता है, लेकिन अब उनके श्रोता नहीं हैं। श्रव्य माध्यम को दृश्य माध्यम ने पछाड़ रखा है। लोग रेडियो की अपेक्षा टी०वी० देखना अधिक पसंद करते हैं।

इलेक्ट्रॉनिक मीडिया के विस्फोटक प्रसार ने जनजीवन को गहराई तक प्रभावित किया है। जाहिर है, साहित्य जनता की चित्तवृत्ति का संचित प्रतिबिंब है। इसलिए जनजीवन में आए व्यापक परिवर्तनों ने साहित्य की भी दिशा और दशा बदल डाली है। श्रव्य एवं दृश्य माध्यम होने के कारण टी०वी० काफी सशक्त एवं आकर्षक माध्यम है। यद्यपि इसका उद्देश्य मनोरंजन, संदेश और प्रचार था, लेकिन अब यह केवल मनोरंजन और प्रचार तक सीमित रह गया है। साहित्य केवल मनोरंजन नहीं है, उसमें संदेश/उपदेश भी है और वह भी कांतासम्मित उपदेश। टी०वी० चैनलों की संख्या लगातार बढ़ रही है लेकिन उनके द्वारा परोसी गई सामग्री सनसनीखेज, रहस्य और मदभरी है। उनका उद्देश्य दर्शकों को रिझाना और विज्ञापन के नाम पर अत्यधिक पैसा कमाना है। उन्हें न तो सामाजिक सरोकारों एवं कर्तव्याकर्तव्य का बोध है और न ही जीवन-मूल्यों के संरक्षण का। उन पर बाजार पूरी तरह हावी है। बाजार संवेदनाओं को कुंद और भोथरा बनाता है। उसकी दृष्टि में सहानुभूति और सहिष्णुता के स्थान पर विनिमय तत्त्व की प्रधानता है। विनिमय भावनाओं को भी 'वस्तु' की तरह देखता-परखता है। आज का संसार एक-दूसरे के बहुत निकट आया है लेकिन संबंधों की उष्णता गायब हुई है। बाजार अपने साथ लोभ, भोग, सुख की चौंधियाती रोशनियों का समुद्र लाया है जिसके उफनते ज्वार में नग्नता, मद्यता और विलासिता का उन्मादी नर्तन है। उद्‌दाम संगीत के साथ शरीर भोगोन्मुख होकर थिरकने को आतुर है। यही कारण है कि बाजार-नियंत्रित मीडिया का दृष्टिकोण भी बदला है। अपसंस्कृति, उपभोक्तावाद, स्त्री-छवि और भोग की प्रक्रिया में निरंतर परिवर्तन तथा जीवन-मूल्यों, आदर्शों, नैतिकताओं, वर्जनाओं की विनाशलीला उसी दृष्टि और चिंतन का परिणाम है। विभिन्न टी०वी० चैनलों द्वारा परोसी जा रही सामग्री इसी पृष्ठभूमि की उपज है। प्रारंभ में टी०वी० दर्शन संदेश-समन्वित था। परिवार के सभी सदस्य एक साथ बैठकर उसे देख सकते थे, किंतु अब बच्चों के साथ बैठे माता-पिता अथवा बूढ़े-बुजुर्ग कई बार बगलें झाँकने के लिए विवश हैं। संकोच की सीमा में मनोरंजन मन का रंजन नहीं करता, वह व्यक्ति को चिड़चिड़ा बनाता है। बेडरूम के दृश्यों और परिवार नियोजन संबंधी विज्ञापनों के दृश्यों से

उपजे बालक-मन के प्रश्नों के उत्तर देने में असमर्थ माता-पिता के संकटों का अनुमान भुक्तभोगी ही लगा सकते हैं। कुछ धारावाहिक पारिवारिक पृष्ठभूमि की कथा लेकर गतिशील जरूर होते हैं किंतु आगे चलकर उनमें भी वही भौतिकता व्याप्त हो जाती है जिससे दर्शक ऊबता और निराश होता है। आखिर कब तक वही अनर्गल कथा-शृंखला, भोंड़ा प्रदर्शन, फिल्मी लटके-झटके, द्वयर्थी गीत-संगीत और ऊल-जलूल बेढंगी प्रस्तुति उसके दर्शक-मन को बाँधकर रख सकती है ?

अंत्याक्षरी के माध्यम से हिंदी कविता को याद करने की परंपरा और प्रवृत्ति पर टी०वी० संस्कृति ने भीषण कुठाराघात किया है। विभिन्न टी०वी० चैनलों द्वारा आयोजित प्रतियोगिताओं के लिए बच्चे कविता नहीं, फिल्मी गीत याद करते और सुनाते हैं। पहले घर और विद्यालयों में अंत्याक्षरियों के बहाने बच्चे ढेरों हिंदी कविताएँ याद करते थे, उनका सस्वर वाचन करते थे। इससे उनके मन में कविता के प्रति रुझान और लगाव पैदा होता था। कविता का एक वातावरण अपने आप बनना शुरू हो जाता था। उसका दूरगामी परिणाम जीवन की विभिन्न समस्याओं को सुलझाने के काम आता था। सूक्तियाँ और नीतिवचन इसमें मददगार होते थे, किंतु टी०वी० ने जो वज्रपात किया है; उससे यह लहलहाती प्रवृत्ति सूखने के कगार पर है। इतना ही नहीं, आज की पीढ़ी अपनी सभ्यता और संस्कृति को छोड़ फिल्मी गीत-संगीत, क्रियाकलाप, नेता, अभिनेता के नाम याद करने में जिस तरह मशगूल है, वह साहित्य अथवा समाज के लिए शुभ संकेत नहीं है। वर्ज्य दृश्यों का असर बच्चों पर इतना पड़ रहा है कि वे असमय ही जवान होकर वह सब करने के लिए उद्यत हैं जो छोटे परदे पर दिखाया जा रहा है। इस तरह विभिन्न टी०वी० चैनलों की मेहरबानी से घर में घुस आई अपसंस्कृति को नियंत्रित करने में माँ-बाप की असमर्थता विचारणीय है।

इलेक्ट्रॉनिक मीडिया के अंतर्जगत् में अपने को सर्वोत्तम साबित करने के लिए जब से घोर प्रतिस्पर्द्धा शुरू हुई है तब से दृश्य-श्रव्य माध्यमों ने जो हथकंडे अपनाए हैं, उनसे हिंदी भाषा और साहित्य का स्वास्थ्य अधिक विकारग्रस्त हुआ है, किंतु एक समय ऐसा था जब दूरदर्शन ने जन-मन के परिष्कार हेतु उत्कृष्ट साहित्य की प्रस्तुति की थी। वस्तुतः दूरदर्शन के गद्यपरक कथात्मक कार्यक्रम एक प्रकार से साहित्य के ही दूरदर्शनीकरण हैं। जब इसने धारावाहिकों की शुरुआत की तब अनेक साहित्यिक व्यक्तित्व भी इससे जुड़े। 'बुनियाद' और 'हम लोग' जैसे धारावाहिकों ने जो कीर्तिमान स्थापित किया, उसमें मनोहर श्याम जोशी के साहित्यिक व्यक्तित्व की अमिट छाप थी। 'रामायण' और 'महाभारत' जैसे उपजीव्य ग्रंथों की कथा और

उनमें निहित संदेशों को जनता तक पहुँचाकर दूरदर्शन ने अपनी पहुँच की ताकत का एहसास कराया था। 'निर्मला', 'कर्मभूमि', 'गोदान', 'मैला आँचल', 'तमस', 'रागदरबारी', 'गणदेवता', 'श्रीकांत', 'चरित्रहीन', 'रथचक्र', 'मृत्युंजय', 'मालगुडी डेज' आदि महत्त्वपूर्ण आधुनिक भारतीय साहित्य तथा पौराणिक घटना-प्रसंगों एवं कथा-संदर्भों को जनता तक संप्रेषित कर दूरदर्शन ने साहित्य और समाज को अपने से जोड़ा था। लोगों को कभी इन धारावाहिकों को देखने की ललक भी थी, किंतु आज दूरदर्शन की ओर से प्रस्तुत विभिन्न कार्यक्रमों में साहित्यिक धारावाहिकों की या तो कमी हो गई है अथवा कोई नामी-गिरामी व्यक्तित्व उन्हें अपना साहित्यिक स्पर्श देकर जुड़ने में असमर्थता का अनुभव कर रहा है। पहले प्राइम टाइम साहित्य को समर्पित था, लेकिन अब उसका उपयोग फिलर की तरह होने के कारण भी जनता उन साहित्यिक कार्यक्रमों को देख नहीं पाती है। इसके साथ एक विसंगति यह भी उत्पन्न हुई है कि कुछ साहित्य आधारित धारावाहिकों के निर्माता-निर्देशकों ने धनलोलुपता के कारण द्रौपदी के चीर की तरह एपिसोडों की संख्या इतनी बढ़ाई है कि साहित्यिक कृति ('चंद्रकांता' आदि) की आत्मा का हनन तो हुआ ही है, दर्शकों में ऊब और निराशा भी पैदा हुई है। समाचारों में साहित्य के लिए कोई खास जगह पहले ही नहीं रही है, अब होने का तो कोई सवाल ही नहीं है।

बाजार-नियंत्रित इलेक्ट्रॉनिक मीडिया के प्रभाव से हिंदी साहित्य में भी सनसनी और उत्तेजना पैदा करने वाले तत्त्व निरंतर बढ़ रहे हैं या यों कहें कि बाजार की माँग के अनुसार हिंदी रचनाकारों ने भी अपने को ढालना शुरू कर दिया है। बाजार का इतना व्यापक और गहरा प्रभाव पड़ा है कि उसके पंजे साहित्य की छाती में भी धँसे हैं। कभी सेक्स से परहेज करने वाले हिंदी साहित्यकार अब किसी नैतिक अंतर्बाधा के शिकार नहीं हैं। कहानियों में गाली-गलौज आम बात है।

सिनेमा संचार का एक सशक्त माध्यम है। सांस्कृतिक अतिक्रमण ने जहाँ कला में नए मूल्यबोधों को उजागर किया है, वहीं तकनीक के नए रूपों ने रचनात्मकता को हाशिये की ओर धकेला है। आज का सिनेमा-जगत् भी इससे अछूता नहीं है। वैसे तो कथानक, संवाद, गीत और अभिनयशीलता आदि को लेकर सिनेमा और साहित्य में घनिष्ठ संबंध रहा है, किंतु फिल्म में तकनीकी प्रयोग की संभावना का अनुपात अपेक्षाकृत आज अधिक होने के कारण यह संबंध पूर्ववत् नहीं रह गया है। हिंदी सिनेमा ने कभी हिंदी के महान् कथाकारों प्रेमचंद, फणीश्वर नाथ रेणु, राही मासूम रजा, भीष्म साहनी आदि को अपने से जोड़ने की कोशिश की थी। नीरज, नेपाली, प्रदीप, शैलेंद्र, भरत व्यास, राजेन्द्र कृष्ण आदि से गीत लिखवाए थे,

किंतु आज की स्थिति पहले से काफी भिन्न है। कथानक जिस सामाजिक चेतना एवं अनुभूतियों के अंग होते थे, वे तत्त्व अब सिनेमा से गायब हैं। अब भावों की सूक्ष्मता एवं गहराई को कलात्मकता के साथ उभारने वाले गीत नहीं हैं। संवादों में भोंड़ापन और अभिनय में नग्नता का समावेश हुआ है। फिल्मों का उद्देश्य मात्र सस्ता मनोरंजन रह गया है। हिंसा, वासना और अश्लीलता उनके प्रमुख तत्त्व हैं। पहले गीतों में अलंकारों, मिथकों और लोकतत्त्वों का सम्मिश्रण होता था। गीतकार अपने गीतों में काव्यात्मकता का श्रेष्ठ तत्त्व भरता था। आज के गीत द्वयर्थी शब्दजाल बनकर रह गए हैं। यही कारण है कि 'सरकाय लो खटिया', 'आती क्या खंडाला', 'लोटन कबूतर', 'चने के खेत में' जैसे गीत सनसनी और उत्तेजना भले ही पैदा करें, हृदय-तंत्री को जाग्रत करने की सामर्थ्य उनमें नहीं है। साहित्यिकता का दामन पकड़कर चलने वाली फिल्मों का अपना अलग ही महत्त्व था।

इलेक्ट्रॉनिक मीडिया के कारण ब्लॉग (चिट्ठा) लेखन संभव हुआ है। अभिजात वर्ग के लिए यह फैशन बनता जा रहा है। हिंदी के कुछ रचनाकार भी इस दिशा में सक्रिय हैं। उनकी इस सक्रियता से हिंदी साहित्य को क्या लाभ होगा, यह समय ही बताएगा।

बदलते सरोकारों के कारण मीडिया हिंदी साहित्य के लिए भले ही चुनौती खड़ी करे, किंतु हमें आश्वस्त रहना चाहिए कि अनंत संभावनाओं वाला हिंदी साहित्य अपनी सभी बाधाओं/संकटों को पार करता हुआ निरंतर गतिशील रहेगा।

दायित्वहीनता के दंश

प्रा० कुमारी कमलिनी श० पशीने

'मीडिया' आज हिंदी का शब्द हो गया है। पहले लोग इसे ही 'संचार-माध्यम' कहते थे। 'मीडियम' अर्थात् माध्यम। 'मीडिया' शब्द बहुवचनी है, अर्थात् विविध प्रकार के संचार-माध्यम। आरंभ में इसका रूप पत्रकारिता का था, जिसे 'प्रिंट मीडिया' कहते हैं। अब हम 'मल्टीमीडिया' को पीछे छोड़कर 'हाईपर मीडिया' की स्थिति में प्रवेश कर चुके हैं। पाठ (टेक्स्ट), ध्वनि (श्रव्य), दृश्य, दृश्य व श्रव्य, ग्राफिक्स, कंप्यूटर प्रोग्रामिंग, मोबाइल आदि मिलकर त्वरित संप्रेषण की भूमिका निभा रहे हैं।

मीडिया

'मीडिया' समकालीनता में व्याप्त उपभोक्तावादी संस्कृति का महत्त्वपूर्ण अंग बन चुका है। तकनीकी, विज्ञान, इतिहास, समाजशास्त्र, मनोविज्ञान आदि विषयों की बारीकियों का अध्ययन करते हुए वह अपनी बात इस ढंग से पेश करता है कि यह भेद करना कठिन हो जाता है कि बाजार में मीडिया है या मीडिया में बाजार। 'सूचना प्रौद्योगिकी' एक ऐसा अनुशासन है जिसमें सूचना का संचार अथवा आदान-प्रदान त्वरित गति से, दूरस्थ अंचलों में विभिन्न तरह के साधनों तथा संसाधनों के माध्यम से सफलतापूर्वक किया जाता है। सूचना टेक्नोलॉजी ने हमारे सामाजिक जीवन में एक बड़ी क्रांति ला दी है, जिसके परिणामस्वरूप कल का औद्योगिक समाज आज 'सूचना समाज' में परिवर्तित हो चुका है।

सूचना और संचार के क्षेत्र में आधुनिक तकनीकी—इलेक्ट्रॉनिक डिजिटल संचार प्रणाली आश्चर्यजनक उपलब्धि है। यह मानव-जीवन के प्रायः सभी क्षेत्रों में परंपरागत मान्यताओं और दृष्टियों को आंदोलित कर संस्कृति के नियामक के रूप में विश्व-दृष्टि का प्रसार कर रही है। वास्तव में देखा जाए तो पश्चिमी औद्योगिक हितों को बढ़ावा देकर तथा उन्हें वैधता प्रदान करते हुए निर्धारित सामाजिक-सांस्कृतिक मूल्यों को स्थापित करने में आजकल जनसंचार-माध्यमों के

आगमन के पश्चात् समाज के सम्मुख अनेकानेक चुनौतियाँ खड़ी हुई हैं। आधुनिकता की चकाचौंध ने एक ओर समाज की आँखों में सतरंगी सपने बुने हैं तो दूसरी ओर हमारे मानवीय मूल्य भी विघटित हुए हैं।

इसमें दो मत नहीं कि गद्य साहित्य के विकास में पत्रकारिता का विशेष महत्त्व है। पत्रकारिता के माध्यम से भाषा और साहित्य को बल मिला। भारतीय पत्रकारिता की कहानी राष्ट्रीयता एवं साहित्य के विकास की कहानी है। उस समय पत्रकार और साहित्य में दूरी बिलकुल नहीं थी। पत्रकार साहित्य को लेकर चलते थे और यही उनका आदर्श था। भारतेन्दु हरिश्चंद्र से लेकर श्रीकांत वर्मा तक तथा अन्य साहित्यकारों का पत्रकारीय योगदान कभी भी विस्मृत नहीं किया जा सकता। आज बदलते वक्त के साथ पत्रकारिता और साहित्य के संबंध भी बदल रहे हैं। इसका प्रमुख कारण है, व्यवसायीकरण। हम अपने आपको बाजार मान बैठे हैं और धीरे-धीरे सृजन को छोड़कर अनुवाद और रूपांतरण पर निर्भर होने लगे हैं। कभी पत्रकारिता विचारों और आदर्शों की अभिव्यक्ति का माध्यम थी, जो आज के परिवेश में पूर्णतः ढलकर व्यावसायिकता का दामन ओढ़ रही है। हमें यह नहीं भूलना चाहिए कि साहित्य और पत्रकारिता एक लक्ष्य और सरोकार के कारण सहोदर हैं।

सूचना प्रौद्योगिकी में संचार-साधनों का स्वयमेव समावेश हो जाता है। संचार के साधन ही 'माध्यम' (मीडिया) कहलाते हैं। मीडिया के अंतर्गत वे सारी क्रियाएँ-वस्तुएँ आती हैं जिनके द्वारा संदेश प्रेषित होता है। सूचनाओं के आदान-प्रदान का मुख्य साधन 'भाषा' है। भाषा तो मनुष्यत्व की सबसे प्रामाणिक धरोहर है। भाषा के माध्यम से ही प्रतीति, अनुभूति आदि मानसिक भाव, सोच-विचार तथा कल्पना एवं स्मरण आदि सारी क्रियाएँ घटित होती हैं। सूचना-संचार-व्यवस्था में भाषा की अहम भूमिका होती है।

हिंदी भाषा

आज सूचना प्रौद्योगिकी अपने विकास के चरम पर है। जनसंचार-माध्यमों में मानव-जीवन की सामाजिक, शैक्षिक, राजनीतिक, धार्मिक, आध्यात्मिक, सांस्कृतिक एवं मनोवैज्ञानिक उपलब्धियों के मूल्यांकन की होड़ है। इस प्रगतिपरक स्पर्धा में भाषा का अमूल्य योगदान है। 'हिंदी' ही एक ऐसी संपर्क भाषा है, जो भारतवर्ष के अधिकांश लोगों द्वारा समझी और प्रयोग की जाती है। इसलिए जनसंचार-माध्यमों में हिंदी के महत्त्व को नकारा नहीं जा सकता। भारत सरकार के सूचना

प्रौद्योगिकी मंत्रालय के नीति-निर्धारण से 'हिंदी' भाषा को समुचित स्थान प्राप्त हो रहा है। विभिन्न जनसंचार-माध्यमों में हिंदी अभिव्यक्ति का माध्यम बनी हुई है।

वैश्वीकरण के इस युग में सूचना प्रौद्योगिकी के लक्ष्य को पूर्ण करने में समर्थ भाषा 'हिंदी' ने अपना जनसंचारी व्यक्तित्व स्थिर करते हुए अपनी बहुआयामी सामर्थ्य को विभिन्न स्तरों पर सिद्ध किया है। भूमंडलीकरण के इस प्रभामंडल के निर्माण में तथा संचार-माध्यमों में आई अभूतपूर्व क्रांति को सफल बनाने में 'हिंदी' का विशेष योगदान है। डॉ॰ अमरसिंह वधान के मतानुसार, 'विश्वभाषा के रूप में हिंदी इसलिए विकसित हो रही है क्योंकि इसमें आत्मसातीकरण की जबरदस्त ताकत है।'[1]

हिंदी को अब सूचना प्रौद्योगिकी के तमाम आयामों, दिशाओं एवं क्षेत्रों से जोड़ दिया गया है। समाचार-पत्र, पत्रिकाएँ, पोस्टर, बैनर, पुस्तक-लेखन आदि अनेक मुद्रण-माध्यमों में अब हिंदी अपना वर्चस्व स्थापित कर चुकी है। उसी प्रकार 'हिंदी' आज राजभाषा व संपर्क भाषा के समानांतर जनसंचार के साधनों में प्रचलित तकनीकी समृद्धि के अनुरूप आकाशवाणी, दूरदर्शन, कंप्यूटर, इंटरनेट और पत्रकारिता से होते हुए सेटेलाइट एवं डिजिटल क्रांति से भी संपृक्त है। हिंदी भारतवर्ष की संपर्क भाषा, राष्ट्रभाषा, राजभाषा ही नहीं है बल्कि अब वह विश्वभाषा बनने जा रही है। विश्व की मान्यताप्राप्त भाषाएँ क्रमशः अंग्रेजी, रूसी, चीनी, स्पेनिश, फ्रेंच, अरबी एवं हिंदी हैं।

वास्तव में सूचना प्रौद्योगिकी के क्षेत्र में नित नए प्रयोगों ने ही सुविधाजनक तरीके से संचार-माध्यमों को सर्वव्यापी बना दिया है। उदारीकरण तथा निजीकरण भूमंडलीकरण के सबसे सशक्त हथियार हैं। उदारीकरण अलग-अलग क्षेत्रों में अलग-अलग अर्थ देता है, जैसे नैतिक उदारीकरण मूल्यों, अधिकारों तथा स्वाभिमान से संबद्ध है तो आर्थिक उदारीकरण व्यक्ति द्वारा खरीदने तथा उपभोग करने की स्वतंत्रता तथा बाजार के माध्यम से खरीदने-बेचने की स्वतंत्रता से। आज बाजार की गति समाज की गति निर्धारित करती है। समाज की समस्त गतिविधियाँ बाजार के माध्यम से संचालित होती हैं, जिसमें 'हिंदी' भाषा को ही 'संपर्क भाषा' के रूप में अपनाकर सुचारु रूप से कार्य संचालित किया जा रहा है। हिंदी ने विश्व स्तर पर उपयोगिता की रुचि को ध्यान में रखकर अनेक अंतरराष्ट्रीय शब्द अपने में समाहित कर लिए हैं। भाषा में समावेशक शक्ति उसका गुण है। एक भाषा को दूसरी भाषा के प्रचलित शब्दों को ग्रहण करने से भाषा समृद्ध ही होती है।

वर्तमान समय में पत्रकारिता का क्षेत्र बहुआयामी एवं विशिष्ट बन गया है।

सामाजिक, धार्मिक, आर्थिक, साहित्यिक, सांस्कृतिक, वैज्ञानिक आदि क्षेत्रों में पत्रकारिता राष्ट्रीय एवं अंतरराष्ट्रीय स्तर पर अपनी जड़ें जमा रही है, हालाँकि पत्रकारिता का स्वरूप अब मीडिया के आने से बदल गया है। जब हम मीडिया या अखबार की बात करेंगे तो निश्चित रूप से हमें मानकीकृत, सरल, प्रवाहपूर्ण एवं प्रभावपूर्ण भाषा का प्रयोग करना पड़ेगा। ऐसा न करने से निश्चय ही उसकी संप्रेषण-क्षमता एवं ग्रहण-क्षमता में कमी आ जाएगी। किसी भी भाषा के व्याकरण के अंतर्गत उसकी लेखन-शैली के लिए हमें एक मानक स्वरूप अपनाना पड़ता है। उसमें कहीं भी अराजकता नहीं आनी चाहिए, क्योंकि सृजन या रचना में भाषा का स्थान बिलकुल ही भिन्न होता है। पत्रकारिता में साहित्यिक भाषा का प्रयोग करना यद्यपि अत्यंत जटिल और विडंबनापूर्ण होता है, लेकिन इसका मतलब यह कदापि नहीं कि पत्रकारिता में कैसी भी भाषा का प्रयोग किया जाए। आदर्श स्थिति तो यह होगी कि पत्रकारिता आदर्श भाषा को या दूसरे शब्दों में भाषा के आदर्श को प्रस्तुत करे ताकि भाषा का एक स्थायी, शिष्ट और सभ्य रूप सामने आ सके। यह भी ध्यान रखना होगा कि भाषा की शुद्धता या अतिरेकी आग्रह भाषा को बिगाड़ता है। अतः पत्रकारिता की भाषा शिष्ट, संभ्रांत, स्थायी, परिष्कृत और भाषा के मान्य मानक के प्रचलित रूप की होनी चाहिए। संचार-साधनों की भाषा नियमबद्ध न होकर हर तरह से आकर्षक हो, रोचक हो, इस ओर अधिक ध्यान दिया जाता है क्योंकि मनोरंजन व रोचकता ही उनका एकमात्र लक्ष्य होता है। इस संदर्भ में यह ध्यान देना अनिवार्य है कि भाषा निकृष्ट न हो तथा वह अपभाषा का स्वरूप न ले। कृष्णकुमार यादव का अभिमत है कि 'निश्चिततः भूमंडलीकरण के दौर में दुनिया के सबसे बड़े लोकतंत्र, सर्वाधिक जनसंख्या वाले राष्ट्र और सबसे बड़े उपभोक्ता बाजार की भाषा हिंदी को नजरअंदाज करना अब संभव नहीं रहा।'[2]

हिंदी साहित्य

साहित्य की प्रकृति भाषा-निर्मित होती है। भाषा-निर्मिति होने से साहित्य की रचनाधर्मिता से लेकर उसके आस्वाद और पठन तक की प्रक्रिया मानव-मन की भाषिक क्षमताओं पर ही निर्भर है। भाषिक वस्तु के रूप में साहित्य की शक्ति उसके पाठक की भाषिक चेतना से अनुप्राणित है। साहित्य मूलतः और अंततः पाठक की विश्व-दृष्टि को, मानव और उसके परिवेश-बोध को संस्कार देकर अपनी उपयोगिता का प्रमाण देता है। एस० नारायण अय्यर के शब्दों में, 'साहित्य की संवेदना का संबंध ज्ञान के ऐसे क्षेत्र से है जो रचनाकार/पाठक में मानव-संवेदनशीलता

को भाषिक बोध से उत्पन्न करता है। साहित्य मूलतः और अंततः भाषा ज्ञान है। भाषा मानव को परिभाषित करती है, भाषा उसके सभी व्यापारों और व्यवहारों की संवाहक ही नहीं, नियामक भी है। 'मानव' की संकल्पना भाषा-केंद्रित है और 'साहित्य' मानव-केंद्रित। इसलिए ज्ञान भाषा में संरक्षित होकर, कोडीकृत होकर तब तक साहित्य में स्थान पा सकता है, जब तक वह मानव-संवेदना से संपृक्त है।'[3]

हमें स्वतंत्रता और उत्तरदायित्व में संतुलन रखने के लिएं निरंतर प्रयत्नशील रहना होगा, क्योंकि गंभीर साहित्य कभी व्यावसायिकता की दौड़ और होड़ में नहीं रहा। सूचना, संचार-तंत्र, प्रौद्योगिकी, भूमंडलीकरण, बाजारवाद आदि साहित्य के लिए उतना कठिनाई भरा समय नहीं है, जितना भारतीय साहित्य झेल चुका है। भारत का मध्यकाल कितना उथल-पुथल व विनाश का था ? उसी का परिणाम है कि भक्तिकाल में नैतिकता और सौंदर्य के उच्च शिखर को छूते हुए जनमानस में साहित्य रच-बस गया और आज भी भारतीय की अमिट पहचान के रूप में 'स्वर्णयुग' कहलाने लगा। वास्तव में साहित्य की उपयोगिता को प्रचार, विज्ञापन, क्रांति, सामाजिक परिवर्तन, आत्म-सुख आदि के साधन के रूप में आँकना साहित्य की साहित्यिकता को नकारना है।

मीडिया-साहित्य-सहसंबंध

साहित्य शब्दों की विधा है। साहित्य की सत्ता शब्दों में बँधकर साकार होती है। उसे अपनी सार्थकता के लिए मीडिया या किसी अन्य की जरूरत नहीं। मीडिया अपने आप में एक परिपूर्ण संप्रेषण का माध्यम है, जिसके अंतर्गत जनसंचार माध्यम—नाटक, सिनेमा, पत्रकारिता आदि का समावेश होता है, लेकिन बिना साहित्य के मीडिया कुछ भी नहीं कर सकता। साहित्य सृजनात्मक है जबकि पत्रकारिता एक कुशलता है, हुनर है, शिल्प है। साहित्यकार सोच-समझकर एक प्रशांत मनोदशा में प्रतिक्रिया करता है, जबकि पत्रकार तात्कालिक प्रतिक्रिया करता है। निष्कर्षतः साहित्य सत्यपरक है तो पत्रकारिता तथ्यपरक रचना-विन्यास है। मीडिया की गंभीरता एक खास अंश में व्याप्त रहती है जबकि साहित्य अपने समग्र प्रभाव के कारण अपनी महत्ता पाता है। साहित्य का कार्य जीवन के अनुभवों को संवेदना में परिवर्तित करना है। इसके विपरीत मीडिया का कार्य इन्हीं अनुभवों को सूचना में बदलना है। साहित्य उन तमाम चीजों की महीन परतों को देखने-समझने की दृष्टि प्रदान करता है, जिन्हें मीडिया मोहक अंदाज में प्रस्तुत करता है। साहित्य एक संस्कार-सा होता है। वह हमें उस उतावलेपन से सचेत करता है जिसमें शामिल होने के लिए

हमें मीडिया उकसाता है। साहित्य सूचनाओं के भीतरी आवरण को परखने की सूक्ष्म दृष्टि देता है, जबकि मीडिया केवल सूचनाओं को परोसता है। अतः कह सकते हैं कि मीडिया केवल एक आवरण है और साहित्य उसमें कहीं भीतर छिपी बैठी आत्मा।

साहित्य की अधिकांश ऊर्जा पदार्थवाद में रमे मीडिया के प्रतीकात्मक, निरर्थक व अश्लील को रेखांकित करने और परोक्ष रूप में एक नैतिक स्वरूप का गैर-भौतिकवादी चित्रण करने में लक्षित होती है। आज के दौर में पूँजीवादी स्वरचना के कारण, बाजार का प्रतीक मीडिया हर सत्ता को आवश्यक महसूस होता है, इसलिए उसकी स्वतंत्र सत्ता है, जबकि साहित्य निर्बल की शक्ति होता है। एस० नारायण अय्यर के मतानुसार, 'मानव और यंत्र के बीच सबसे बड़ा विभेदक सृजनात्मक साहित्य है। भाषा और साहित्य के संबंध को मानव-मन ही परिभाषित कर सकता है। जब यह क्षमता यंत्रों और उपकरणों में भी आ जाएगी, तब संभवतः सूचना और साहित्य की प्रकृतियों का सही विश्लेषण हो सकेगा।'[4]

सूचना और मीडिया साहित्य के लिए खतरा न होकर वरदान साबित हो सकता है, यदि व्यवसायीकरण के आकर्षण में न पड़कर मीडिया साहित्य के सचेतन रूप को, जो साहित्य का अनिवार्य अवयव है, क्षतिग्रस्त न करे। साहित्य की रचना-प्रक्रिया को जिन विभिन्न रूपों में दर्शन, मनोविज्ञान, समाजशास्त्र, भाषा-विज्ञान आदि प्रतिपादित करते हैं उनमें सबसे अनिवार्य आधारभूत घटक है, मानव-मन की संवेदन-प्रक्रिया। यदि मीडिया अपनी क्षमता को मानव-चेतना के स्तर पर पहुँचाने में सफल होता है तो निश्चित ही वह साहित्य की धरोहर का संरक्षण कर पाएगा।

प्रकाशन तकनीक, प्रिंटिंग टेक्नोलॉजी, कंप्यूटर, इंटरनेट तथा अन्य उपलब्ध सुविधाएँ भारतीय साहित्य को देश-विदेश तक पहुँचाने व सहजता से सहेजने का कार्य कर सकती हैं। मीडिया और साहित्य दोनों एक-दूसरे का हित कर सकते हैं, किंतु इस झंझानिल दौर में मीडिया ने साहित्य का दायरा और प्रभाव कई स्तरों पर सीमित कर दिया है। वास्तव में वांछनीय यह है कि मीडिया इस बात का विशेष खयाल रखे कि प्रस्तुति और संप्रेषण द्वारा साहित्य व्यापक समाज तक पहुँचे।

भूमंडलीकरण

'भूमंडलीकरण' वास्तव में वैश्विक पूँजीवादी विकास का पर्याय है। इस पूँजीवादी भूमंडलीकरण की प्रकृति आधिपत्यवादी रही है। इलेक्ट्रॉनिक मीडिया ने भूमंडलीकरण

को अधिक गतिशील तथा अनिवार्य कर दिया है। भूमंडलीकरण के इस प्रभामंडल को बनाने में संचार-माध्यमों में आई अभूतपूर्व क्रांति का विशेष योगदान है। सूचना प्रौद्योगिकी के क्षेत्र में नित नए प्रयोगों ने ही इसे सुविधाजनक तरीके से सर्वव्यापी बना दिया है। मीडिया भले ही हिंदी भाषा का प्रयोग कर रहा हो, लेकिन यह कहना अनुचित नहीं होगा कि भूमंडलीकरण के इस दौर में हिंदी भाषा और साहित्य पर संकट के बादल छाए हुए हैं। भूमंडलीकरण के कारण हिंदी में वंशानुगत शिक्षा, संस्कृति, अतीत के अनुभवों तथा संस्कारों की अव्याहत रूप से प्रवाहित परंपरा आज अवरुद्ध हो रही है। मूल्यहीन साहित्य बाजार की शोभा बढ़ा रहा है तथा स्तरीय मूल्यवान साहित्य की उपेक्षा हो रही है। हिंदी एक ऐसी जीवंत भाषा है जिसे व्यवहार के विविध संदर्भों के अनुरूप ढाला जा सकता है। मीडिया यदि चाहे तो हिंदी के प्रचार-प्रसार में महत्त्वपूर्ण भूमिका निभाकर, हिंदी भाषा के प्रायोगिक क्षेत्र के दायरे में वृद्धि करते हुए, हिंदी भाषा एवं हिंदी साहित्य के संरक्षण में महत्त्वपूर्ण भूमिका निभा सकता है। भूमंडलीकरण के आधुनिकीकरण से हमें हिंदी को परिचित तो कराना ही होगा, लेकिन उसके दुष्प्रभावों का निषेध करते हुए हिंदी की प्रकृति एवं संस्कृति की सुरक्षा भी करनी होगी। निःसंदेह हिंदी को संचारमूलक एवं प्रयोजनमूलक बनाते हुए शिक्षा और रोजगार से जोड़कर पारिभाषिक शब्दावली का प्रयोग करते हुए उसे लोकप्रिय बनाना अनिवार्य है।

आज मीडिया अत्यंत विकसित अवस्था में है, लेकिन इस विकास ने साहित्य के प्रति अपने उत्तरदायित्व को भुला दिया है। इसलिए सतर्क, चौकन्नी एवं आलोचनात्मक दृष्टि रखना साहित्य का कार्य है। जो लोग साहित्य, कला, रंगमंच, एवं शिक्षा से जुड़े हैं, उनका कर्तव्य है कि वे मीडिया का अवांछनीय रूप सामने लाएँ। रामजी तिवारी का अभिमत है कि 'साहित्यकार और मीडियाकर्मी दोनों को आलोचना की प्रक्रिया से गुजरते हुए अपना दायित्व समझना होगा। भाषा के माध्यम से, भाषा के प्रयोक्ता की तत्परता से तथा मानकीकृत विचार से हमें सचेत रहते हुए आज के दौर के इस सांस्कृतिक क्षरण को नियंत्रित करना होगा, उस पर शिकंजा कसना होगा।'[5]

आज हमारे सामने हिंदी भाषा और साहित्य से संबंधित अनेक चुनौतियाँ हैं, लेकिन भयभीत होने का कोई कारण नहीं है, क्योंकि अंत में मीडिया ही हिंदी भाषा एवं साहित्य की समृद्धि में सहायक सिद्ध होगा। ऐसा इसलिए कहा जा सकता है, क्योंकि प्रिंट मीडिया के बाद जब इलेक्ट्रॉनिक मीडिया ने पदार्पण किया था तो उस समय भी यह आशंका उठी थी कि अब प्रिंट मीडिया समाप्त हो

जाएगा, लेकिन ऐसा कुछ भी नहीं हुआ। जितने अखबार एवं पत्रिकाएँ पहले छपते थे, उससे कहीं अधिक आज छप रहे हैं। हमें यह बात हमेशा ध्यान में रखनी चाहिए कि साहित्य का सृजन होता है, उत्पादन नहीं। उसी प्रकार संस्कृति की बिक्री-दर नहीं होती, कीमत नहीं होती बल्कि उसका मूल्य होता है। इसलिए मीडिया यदि किसी घटना, कार्यक्रम अथवा सीरियल को भारतीय सांस्कृतिक संपदा को विरूपित और विकृत करके जनता के सामने प्रस्तुत करता है तो निश्चय ही सांस्कृतिक क्षरण होगा। ऐसी परिस्थिति में प्रयोक्ता की तत्परता का सबसे बड़ा महत्त्व होता है। प्रसिद्ध आलोचक, विचारक एवं कुशल संपादक नामवर सिंह के मतानुसार, 'मीडिया और हिंदी साहित्य पहले आम तौर पर जुड़े थे। इलेक्ट्रॉनिक माध्यमों के आगमन के बाद इनके बीच एक 'फॉक' दिखाई पड़ रही है। मीडिया के इस विस्फोट में साहित्य के लिए एक चुनौती है। साहित्य और साहित्यकार को चौकन्ना, सावधान और आलोचनात्मक दृष्टि-संपन्न होने की आवश्यकता है।'[6]

आजादी के पूर्व हिंदी साहित्य और पत्रकारिता ने मिलकर अन्याय, अत्याचार, शोषण एवं गुलामी के विरुद्ध आवाज उठाई, लेकिन आजादी के बाद दोनों अपने-अपने दायरे में सिमटकर रह गए। बाजार और मीडिया की इस कदमताल में साहित्य की स्थिति में भी उल्लेखनीय परिवर्तन आया है। लोग रचनात्मक और गंभीर साहित्य की ओर से उदासीन हैं। साहित्य से जीवन की विसंगतियाँ, उलझन, संघर्ष लगातार लुप्त होते जा रहे हैं। आज साहित्यकार समाज में घुल-मिल नहीं पाता। निःसंदेह हम आज भौतिक समृद्धि के बीच आत्मिक रिक्तता से गुजर रहे हैं। भूमंडलीकरण, उपभोक्तावाद, मीडिया तथा विज्ञापनों का कुप्रभाव आज साहित्य, संस्कृति एवं सौंदर्य चेतना पर पड़ा है, क्योंकि इन्हीं के कारण साहित्य तथा सौंदर्य चेतना का मनुष्य की अनुभूति एवं संवेदनाओं से बहिष्कार हुआ है। प्रिंट और इलेक्ट्रॉनिक मीडिया हिंदी साहित्य के क्षेत्र में नाममात्र औपचारिक भूमिका निभा रहा है। मीडिया ने साहित्यकार के प्रति अपना दायित्व न निभाकर समाज के अधिक संवेदनशील मानस को केवल प्रभावित ही नहीं किया बल्कि उसने समूचे समाज में रचना-धर्मिता के विरोध में अप्रिय कार्य किया है।

सुझाव

हिंदी भाषा एवं साहित्य में इतनी क्षमता निश्चित है कि वे सूचना तकनीक की चुनौतियों का सामना करते हुए स्वयं को इस नए परिवेश में समायोजित कर ही लेंगें। फिर भी, भूमंडलीकरण के इस दौर में मीडिया के प्रभाव से हिंदी भाषा

व साहित्य को बचाने के लिए निम्नांकित प्रयास किए जाने चाहिए—

1. उपभोक्तावादी मानसिकता के कारण उत्पन्न हुई हिंदी के प्रति उदासीनता को दूर करना होगा। यह जरूरी है कि हिंदी के विद्वान्, साहित्यकार, पत्रकार, अध्यापक-प्राध्यापक एवं अन्य हिंदीभाषी विज्ञान तथा तकनीकी के उद्योग तथा प्रौद्योगिकी के विषयों को, अनुशासनों को हिंदी में लाएँ। उसी प्रकार इन क्षेत्रों व अनुशासनों के विशेषज्ञ भी हिंदी के माध्यम से इन विषयों को जन-जन तक पहुँचाने का कार्य करें। ऐसा करने से निश्चय ही ज्ञान एवं प्रतिभा का दोहरा विकास होगा।
2. यह भ्रांति मन से निकाल देनी होगी कि हिंदी साहित्य एक अनुत्पादक विषय है तथा उसकी आज उतनी आवश्यकता नहीं है। साहित्य में हिंदी भाषा के विविध प्रयोग उपलब्ध हैं। वह हमारे स्वर्णिम विकास तथा समृद्धि के द्योतक भी हैं। भाषा और साहित्य गतिशील होते हैं। निरंतर प्रवाह ही उन्हें संजीवनी प्रदान करता है।
3. हिंदी साहित्य से जुड़े पत्र-पत्रिकाओं के प्रकाशन का विकास होना जरूरी है ताकि हिंदी को नया आयाम मिले। हिंदी के वर्चस्व को आज बाजारवाद, उपभोक्तावाद, व्यवसायवाद तथा रोजगार की अन्य अनेकानेक संभावनाओं के साथ-साथ बढ़ाना चाहिए।
4. प्रकाशकों को अपनी व्यावसायिक दृष्टि में पूर्णत : बदलाव लाना आवश्यक है, जिससे हिंदी साहित्य की श्रेष्ठ रचनाएँ मूल्यहीन रचनाओं की तुलना में अधिक प्रकाशित हो सकें। साहित्यकारों-प्रकाशकों-संपादकों के त्रिगुट के कारण ही हिंदी और हिंदी साहित्य को उचित प्रतिष्ठा नहीं मिल पा रही है।
5. हिंदी भाषा का स्वरूप जनपदीय होना चाहिए। भाषा मानकीकृत अवश्य हो, लेकिन उसकी कृत्रिमता एवं यांत्रिकता को कम करना होगा।
6. मीडिया के विकास में जिस गति से साधन उपलब्ध कराए जा रहे हैं, उसी गति से हिंदी भाषा के विकास और प्रसिद्धि में परिवर्तन के अनुरूप साधन उपलब्ध कराए जाने चाहिए। हिंदी के साहित्यकार को नए कथ्य, मौलिकता और जीवंत भाषा की चुनौती स्वीकार करनी होगी। साहित्यकार और आलोचक कुँवर नारायण का अभिमत है कि 'परिवर्तन साहित्य का दुश्मन नहीं है, क्योंकि साहित्यकार स्वयं परिवर्तनों के आगे-आगे चलने वाली सचेत जीवन-दृष्टि है।'[7]
7. हिंदी को कंप्यूटर व इंटरनेट की भाषा बनाने के भरसक प्रयत्न होने चाहिए

तािक हिंदी भी अंग्रेजी भाषा की तरह आधुनिक वैज्ञानिक उपादानों से सुसज्जित हो सके।

8. हिंदी में अधिकाधिक अनुवाद किए जाने चाहिए। इस उद्देश्य की प्राप्ति हेतु हिंदी को अन्य भाषाओं से तालमेल कर, आपसी सामंजस्य स्थापित कर, उनके प्रचलित शब्दों को ग्रहण कर आधुनिकता के आधार पर सशक्त होना जरूरी है।
9. हिंदी साहित्य की पठनीयता के प्रति लोगों में यह भावना जागृत करनी होगी कि वे बाजार में उपलब्ध बीभत्स एवं मूल्यहीन साहित्य पढ़कर मस्तिष्क को प्रदूषित करने की बजाय संस्कृति एवं संस्कारों से जुड़े पठनीय साहित्य में रुचि लें। हमें यह नहीं भूलना चाहिए कि नई पीढ़ी मूल्यबोधविहीन या स्मृतिविहीन नहीं है। ऐसा लगता है कि हिंदी साहित्य का स्वरूप इस पर निर्भर करेगा कि जो नवसाक्षर होंगे, वे हिंदी बोलने और पढ़ने में कितनी रुचि लेंगे, क्योंकि जागृत जनता जागृत साहित्य की प्रणेता होती है।
10. अंतरराष्ट्रीय पटल पर हिंदी आज विश्व की एक प्रतिष्ठित और मान्यताप्राप्त भाषा बनी है। सूचना प्रौद्योगिकी, तकनीकी एवं विज्ञान संबंधी सारे कार्य जो अंग्रेजी में हो रहे हैं, उन सभी कार्यों को हिंदी एवं अन्य भारतीय भाषाओं में करना जरूरी है। आज परिदृश्य बदल रहा है, बाजार ने हिंदी की ताकत को पहचाना है। अतः यह अनिवार्य है कि इलेक्ट्रॉनिक मीडिया हिंदी भाषा को अपनाता रहे ताकि हिंदी अधिक लोकप्रिय हो सके। यदि सिनेमा के माध्यम से हिंदी और हिंदी गाने लोकप्रिय हो सकते हैं तो इंटरनेट, मीडिया, संचार हिंदी को शिखर तक क्यों नहीं पहुँचा सकते?
11. इलेक्ट्रॉनिक मीडिया एक ऐसा माध्यम है जो दृश्य-श्रव्य द्वारा मनुष्य के मनोमस्तिष्क के पटल पर अंकित होता है। जिस तरह फिल्म-डॉक्यूमेंटरी के माध्यम से समाज में व्याप्त अन्याय, शोषण, कुरीतियाँ, रूढ़ि-परंपराओं आदि विसंगतियों को प्रसारित किया जाता है, उसी प्रकार विस्मृत साहित्यकारों के जीवनवृत्त एवं व्यक्तित्व-कृतित्व पर धारावाहिक, डॉक्यूमेंटरी, कहानियाँ, साक्षात्कार, रिपोर्ताज, फीचर इत्यादि प्रसारित किए जाने चाहिए।
12. इलेक्ट्रॉनिक मीडिया को हिंदी साहित्य को भी तरजीह देनी चाहिए।
13. प्रिंट मीडिया में पुराने एवं नए साहित्यकार की जीवनी तथा उनकी रचनात्मक कृतियों का परिचय एवं उनका संक्षिप्त विवरण देना चाहिए, क्योंकि साहित्यकार ही एक ऐसा व्यक्ति है जो अपनी लेखनी द्वारा समाज में जनजागृति फैलाकर

जीवन जीने की कला की नवचेतना प्रस्फुटित करता है और यही उद्देश्य मीडिया का भी है। इसलिए दोनों परस्पर अन्योन्याश्रित हैं और एक-दूसरे के मददगार साबित हो सकते हैं।

14. मीडिया का सर्वप्रथम उत्तरदायित्व यह है कि साहित्यकार के अस्तित्व एवं साहित्य की रक्षा करते हुए हिंदी का प्रचार-प्रसार एवं विकास तो करे, लेकिन वैश्वीकरण के इस युग में हिंदी भाषा के साथ ही अन्य भारतीय भाषाओं की भी अस्मिता बनाए रखे।

    'शिक्षा क्षेत्र में आज परिवर्तन अनिवार्य है', यह बात मानकर मीडिया को परिमार्जित-परिवर्द्धित भाषा का प्रयोग करना चाहिए ताकि इस अनुसंधानात्मक दृष्टिकोण के बदलते परिवेश में विद्यार्थी, शोधार्थी एवं प्राध्यापकगण को अपनी गुणवत्ता बढ़ाने का अवसर मिले। इससे सुसंस्कृत एवं आदर्श समाज बनाने में निस्संदेह भरपूर मदद मिलेगी।

15. हम जानते हैं कि आज व्यावसायिकता के इस दौर में दिन-ब-दिन साहित्यिक पत्र-पत्रिकाओं की संख्या कम होती जा रही है। इसलिए प्रिंट एवं इलेक्ट्रॉनिक मीडिया का दायित्व और भी बढ़ जाता है। इस समय जनसंचार-माध्यमों को अपने दायित्व के प्रति केवल आश्वस्त ही नहीं, सचेत होना चाहिए ताकि वे अपने उद्देश्य पूर्ण करने में सफल हो सकें।

निष्कर्ष

आज की पत्रकारिता ने व्यावसायिकता की महामारी की चपेट में 'सनसनी' और 'वारदात' को ही प्रधान बना लिया है। आज पत्रकारिता में सबसे पहला खतरा दायित्वहीनता का है, जो प्रत्येक स्तर पर देखा जा सकता है।

जनसंचार-माध्यमों में वैज्ञानिक, औद्योगिक और व्यापारिक स्पर्द्धा के फलस्वरूप 'विज्ञापन' में हिंदी का महत्त्व बढ़ रहा है। 'विज्ञापन' शब्द विशेष रूप से ज्ञापित वस्तु का द्योतन करता है। क्रय-विक्रय हेतु ग्राहकों को आकर्षित करना तथा वस्तु की उपयोगिता, गुणवत्ता और मूल्यवत्ता को प्रचारित करने का माध्यम विज्ञापनी भाषा है। आर्थिक उदारीकरण के तहत भारत के बाजार विदेशी कंपनियों के लिए खुले किए जा रहे हैं। विदेशी कंपनियाँ भी भारतीय उपभोक्ताओं को आकर्षित करने हेतु विज्ञापन में हिंदी का बखूबी प्रयोग कर रही हैं।

मीडियाकर्मियों को आत्मालोचना की प्रक्रिया से गुजरना होगा और साहित्यकारों को भी अपने दायित्व को समझना होगा। यदि साहित्यकार, रचनाकार, संचार-

माध्यमों से जुड़े लोग, फिल्म जगत् एवं रंगमंच से जुड़े लोग रचनाधर्मिता को अपनाते हुए अपना कार्य हिंदी में करते हैं तो हिंदी साहित्य को मीडिया से किसी प्रकार का संभाव्य खतरा नहीं रहेगा। लेकिन इसके लिए हमें सचेत रहकर प्रयास करते रहना होगा ताकि हिंदी साहित्य को किसी प्रकार की क्षति न पहुँचे।

अतः कहा जा सकता है कि समाज को सूचना देना, शिक्षित करना एवं मनोरंजन करना—ये पत्रकारिता के प्रमुख उद्देश्य जब मीडिया के द्वारा पूर्ण होंगे तभी समाज को हितोपदेश मिलेगा और मानव का जीवन सुखमय एवं शांतिप्रिय बना रहेगा। संस्कृति एवं साहित्य का संरक्षण तथा परिवर्धन करना मीडिया का परम कर्तव्य है।

संदर्भ-ग्रंथ सूची

1. डॉ० वधान, अमरसिंह, राष्ट्रभाषा, नवंबर, 2005, पृ० 15
2. यादव, कृष्णकुमार, 'भूमंडलीकरण के दौर में हिंदी', राष्ट्रभाषा, मार्च, 2007, पृ० 8
3. अय्यर, एस० नारायण, 'सूचना और साहित्य : प्रविधि और प्रौद्योगिकी, भाषा', मई-जून, 2002, पृ० 210
4. अय्यर, एस० नारायण, 'सूचना और साहित्य : प्रविधि और प्रौद्योगिकी, भाषा', मई-जून, 2002, पृ० 212
5. तिवारी, रामजी, 'मीडिया : संवाद से संवाद', अनभै, अप्रैल-सितंबर, 2006, पृ० 25
6. सिंह, नामवर, 'यह क्रांति नहीं विस्फोट है', अनभै, अप्रैल-सितंबर, 2006, पृ० 16
7. कुँवर नारायण, इंडिया टुडे (वार्षिक विशेषांक), 2000, पृ० 22

कर्तव्य बनाम कमाई

ओमप्रकाश कश्यप

समाज में मीडिया की भूमिका संवादवहन की होती है, वह समाज के विभिन्न वर्गों, सत्ता-केंद्रों, व्यक्तियों एवं संस्थाओं के बीच पुल का कार्य करता है, इसके लिए एक ओर जहाँ वह सरकार और सत्ता-केंद्रों, यथा—धर्मसत्ता, राजसत्ता, अर्थसत्ता आदि की योजनाओं, कार्यक्रमों तथा उपलब्धियों को जनता के बीच ले जाता है—उनकी विशेषताओं, कमजोरियों और खामियों पर समालोचनात्मक विमर्श करता है, वहीं वह जनता की इच्छा-आकांक्षाओं, सपनों, उसकी अंदरूनी हलचलों और विभ्रमों को भी उसके दूसरे वर्गों एवं विभिन्न सत्ता-केंद्रों तक पहुँचाने का कार्य करता है। संवादवहन की इस प्रक्रिया में तथ्यों एवं घटनाओं के प्रस्तुतीकरण की ईमानदारी और निस्पृहता ही उसकी व्यावसायिक नैतिकता को रेखांकित करती है। लोकतांत्रिक समाजों में जनता चूँकि अपने निर्वाचित प्रतिनिधियों के माध्यम से स्वयंशासित होती है, इसलिए उनमें मीडिया का दायित्व और भी बढ़ जाता है। अतएव यह अन्यथा नहीं है कि लोकतंत्र मीडिया की उपादेयता एवं उसकी भूमिका का आकलन करते हुए उसको अपने चौथे स्तंभ का सम्मान देता है। यहाँ एक प्रश्न स्वाभाविक रूप से उठ सकता है कि आखिर क्यों और किसके भरोसे मीडिया सत्ता-केंद्रों की गतिविधियों का आलोचनात्मक विमर्श रचने, यहाँ तक कि उनसे टकराने तथा उनके विरुद्ध जनमत पैदा करने का साहस कर पाता है? उत्तर एकदम स्पष्ट है—मीडिया और मीडियाकार को अपनी शक्तियाँ, अन्याय के प्रतिकार की प्रेरणा अपनी उस स्वयंस्फूर्त प्रतिबद्धता द्वारा प्राप्त होती हैं, जो उसकी ईमानदार मूल्यनिष्ठा और कर्तव्य-भावना की उपज होती है। यह अनुभूति कि उसके किसी निर्णय अथवा कार्य से व्यापक लोकहित संबद्ध है, उसे उस कार्य को पूरा करने की प्रेरणा और संबल प्रदान करती है। इसी नैतिक चेतना और विश्वास के भरोसे वह बड़ी से बड़ी सत्ता से दुश्मनी मोल लेने का साहस कर पाता है। कुशल नेतृत्व मिलने पर मीडिया समाज की शक्ति एवं लोकमानस पर उसकी पकड़ को पहचानते हुए महान् लोगों ने उसका उपयोग लोक-परिवर्तन के अहिंसक, प्रभावशाली और

भरोसेमंद हथियार के रूप में किया है।

अब बात करते हैं साहित्य की। उसका शब्दार्थ है, सबका कल्याण। सः हितः। यानी ऐसी युक्ति, ऐसा नियोजन, ऐसा माध्यम, ऐसी संप्रेरणा जिसके पीछे किसी एक वर्ग-जाति-धर्म-समाज-समूह-संप्रदाय-देश के बजाय समस्त विश्व-समाज के कल्याण की भावना सन्निहित हो। साहित्यकार के पास भरपूर कल्पनाशीलता और विश्वदृष्टि होती है। अपनी नैतिक चेतना से अभिप्रेत, कल्पनाशीलता के सहयोग से वह श्रेयस् के स्थायित्व एवं उसकी सार्वत्रिक व्याप्ति के लिए शब्दों तथा अभिव्यक्ति के अन्य माध्यमों द्वारा प्राणीमात्र के कल्याण का प्रयोजन रचता रहता है। संपूर्ण चराचर जगत् के कल्याण यानी 'सर्व भूत हिते रतः' की सद्कामना ही साहित्यकार का अभीष्ट होती है। सृजन के आनंदोत्सव के दौरान वह न तो 'राजपाट की वांछा रखता है, न स्वर्ग, न ही मोक्ष आदि की। वह सच्चे मन से कामना करता है कि प्राणिमात्र के दुःखों और व्याधियों का अंत हो।'[1] 'सभी सुखी हों, सभी निर्भीक होकर मुक्त विचरण करें।'[2] 'वसुधैव कुटुंबकम्' की भावना पर जोर देते हुए वह कामना करता है कि समस्त वसुधावासी परिवार की भाँति, एक रहते हुए सदैव फलते-फूलते रहें। अभी तक केवल पृथ्वी पर जीवन की ज्ञात उपलब्धता है। यदि किसी अन्य ग्रह पर जीवन की संभाव्यता की भनक लगे तो साहित्य तुरंत अपनी प्रार्थना में संशोधन करते हुए 'वसुधैव कुटुंबकम्' की भावना से युक्त कोई नई और प्रभावशाली प्रार्थना गढ़ लेगा।

यहाँ आकर मीडिया और साहित्य की अंतर्संबद्धता एकदम स्पष्ट हो जाती है। मीडिया यानी वह उद्यम, जो समाज के विभिन्न वर्गों, ध्रुवों, शक्ति-केंद्रों के बीच संप्रेषण का दायित्व वहन करे, उपेक्षित-उत्पीड़ित वर्गों के सपनों, आशा-आकांक्षाओं को सरकार और उसके प्रभावशाली वर्गों तक पहुँचाने की जिम्मेदारी निभाए तथा दोनों के बीच निर्भीक-निष्पक्ष और विश्वसनीय संवाद-सेतु का काम करे ताकि लोग एक-दूसरे की इच्छा-आकांक्षाओं, सपनों और समस्याओं को जानें, समझें तथा मिल-जुलकर साथ-साथ प्रगति-पथ पर आगे बढ़ सकें। साहित्य वह, जो लोक-कल्याण की भावना के साथ विभिन्न विचारधाराओं, जीवन-मूल्यों, सांस्कृतिक प्रतीकों-प्रतिमानों, कलाओं एवं लोकैषणाओं के समन्वयीकरण, संरक्षण, संवर्धन, संप्रेषण आदि का दायित्व वहन करता हुआ, उनके बीच वैचारिक, सांस्कृतिक, सामाजिक संदेशों के आदान-प्रदान का माध्यम बने। 'अधिकतम लोगों का अधिकतम कल्याण' की भावना से युक्त साहित्यकार ऐसी परिस्थितियों की रचना पर जोर देता है, जिनके बीच आम आदमी की भूख और उसके जीवन की जटिल जनसमस्याओं का हल खोजा जा सके।'[3]

यहाँ स्पष्ट कर दें कि मीडिया का सामान्य अभिप्राय समाचार-पत्र, पत्रिकाओं, टेलीविजन, रेडियो, इंटरनेट आदि से लिया जाता है। ये आधुनिक मीडिया के चर्चित और प्रभावशाली रूप हैं, जो सूचनाओं के संग्रहण एवं संप्रेषण का दायित्व बखूबी निभाते हैं। लेकिन जिसे हम मीडिया यानी संवादवहन की युक्ति मानते आए हैं, उसकी हदें इससे कहीं अधिक व्यापक और समाज में विभिन्न रूपों में पैठी हुई हैं। पुराने जमाने के नौटंकी, स्वाँग, नाटक सभा से लेकर बैनर, पोस्टर, पंफलेट्स, संभाषण, लोकगायन, विज्ञापन, सेमिनार, चित्रकला आदि मीडिया की प्रचलित परिभाषा से किंचित् भिन्न होने के बावजूद उसी के विविध रूप हैं। आधुनिक मोबाइल फोन का प्रारंभिक उद्देश्य भले ही अलग-अलग स्थान पर मौजूद व्यक्तियों के बीच संवाद-प्रक्रिया को आसान, बहुव्यापी और चलायमान बनाना हो, लेकिन उन्नत तकनीक, बाजार की जरूरतों तथा बढ़ती विज्ञापन-स्पर्द्धा ने उसे भी मीडिया के आधुनिक और शक्तिशाली विकल्प के रूप में प्रस्तुत किया है। इसी प्रकार साहित्य भी लिखित शब्द, कविता, कहानी, उपन्यास, नाटक इत्यादि ही नहीं है। ये महज विधाएँ हैं, जिनमें साहित्य अपने विभिन्न कलेवरों और रूपाकारों के साथ प्रकट होता है। साहित्य इनमें अंतर्निहित वह तत्त्व है, जो पाठक-श्रोता-द्रष्टा आदि के मन में नैतिक प्रेरणाओं और आत्मविश्वास का संचार करते हुए उनके विवेकीकरण में सहायक बनता है।

उल्लेखनीय है कि सत्ता चाहे राजनीति की हो, पूँजी की या फिर धर्म की—वर्चस्व की भावना उसके चरित्र का अभिन्न हिस्सा होती है। चूँकि जागरूक और चैतन्य समाज ऐसी सत्ता को उखाड़ फेंकने की सामर्थ्य रखता है, इसी डर के कारण सत्ताएँ अपनी वर्चस्वकारी प्रवृत्तियों को छिपाए रखने का भरपूर प्रयास करती हैं। उचित समय पर पर्दाफाश न किया जाए तो उनका दमनकारी रूप लगातार उग्र होता चला जाता है। साहित्य और मीडिया से अपेक्षा की जाती है कि वे परस्पर एकजुट होकर लोक-जागरण का संधान करें। चूँकि धर्म की भाँति बाजार भी समाज के विवेकीकरण से बचता है, इसलिए पूँजीवादी समाजों में मीडिया का स्वरूप इस तरह गढ़ा जाता है कि वह लोगों को ज्ञान-विज्ञान से समृद्ध करने, उनकी आलोचनात्मक प्रवृत्तियों को विस्तार देने के बजाय मात्र सूचनाओं के आदान-प्रदान या मनोरंजन को अपना लक्ष्य माने रहता है। साहित्य अपने पाठकों-श्रोताओं के विवेकीकरण पर जोर देता है। केवल सूचनात्मक ज्ञान से संतुष्ट न होकर वह सूचनाओं की पृष्ठभूमि में निहित तथ्यों के विश्लेषण पर भी समान रूप से विचार करता है। उदाहरण के रूप में टी०वी० तथा पत्र-पत्रिकाओं में आधुनिक स्त्री को अर्धनग्न और फैशनेबल

रूप में दिखाया जाना पूँजीवादी शक्तियों के स्वार्थानुकूल है, इसलिए उन पर निर्भर मीडिया बगैर किसी शर्म/संकोच के वैसा करता है। साहित्यिक विमर्श का दायरा विस्तृत होता है। गाँव-शहर की गरीब-विपन्न अपने अस्तित्व के लिए जूझती और लिंग-भेद की मार सहती स्त्री भी उसके विमर्श के दायरे में होती है। इसलिए वह मीडिया की अपेक्षा अधिक विश्वसनीय माना जाता है।

साहित्य के साथ यह संभव है कि वह किसी खास वर्ग, समूह अथवा क्षेत्र की समस्याओं को केंद्र में रखकर रचा गया हो। मगर स्थानीयता साहित्य का तात्कालिक लक्षण भले हो, उसका आदर्श नहीं हो सकती। साहित्य को सामाजिक मान्यता तभी मिलती है, जब वह समाज के विभिन्न वर्गों में समन्वय और सद्भाव की बात करे। नैतिक मूल्यों से आबद्ध साहित्यकार केवल प्रचार अथवा सत्ता-प्राप्ति की लालसा में ऐसा कोई कार्य नहीं कर सकता जो मानवादर्शों के विपरीत हो। अपनी व्याप्ति को व्यापक, स्थायी एवं संग्रहणीय बनाने के लिए साहित्य रसज्ञता का गुण रखता है। मनःरंजन की अनिवार्यता मीडिया के लिए भी है, लेकिन केवल लोक-रुचि अथवा मनःरंजन से न तो साहित्य का काम सधता है, न मीडिया का। इसलिए अपनी उपस्थिति को सार्थक और जनसाधारण की पहुँच में बनाए रखने के लिए साहित्य जहाँ मीडिया से सहयोग की अपेक्षा रखता है, वहीं मीडिया अपनी प्रामाणिकता बनाए रखने के लिए साहित्य को न केवल अपने साथ रखता है, बल्कि जरूरत पड़ने पर उसे नारे के रूप में उछालने से भी बाज नहीं आता।

अपनी पूँजी संबंधी जरूरतों को पूरा करने के लिए मीडिया बार-बार सरकार और बाजार की शरण में जाने को बाध्य होता है। इसी से उसके दुरुपयोग होने तथा लक्ष्य से भटक जाने की संभावना बढ़ जाती है। पूँजीपति और सरकार मीडिया की मदद तो करते हैं, लेकिन वे यह भी चाहते हैं कि उनके उपकार का बदला चुकाते हुए मीडिया और साहित्यकार उनके हितों के अनुकूल कार्य करें। शक्तिशाली सत्ताएँ प्रायः मनुष्य के विवेकीकरण से घबराती हैं। उनकी कोशिश होती है कि मनुष्य के सोच, उसके विचारों पर हमला किया जाए। इसके लिए उसके दिल-दिमाग का अनुकूलन करते हुए वे उसको अपने अनुसार सोचने के लिए बाध्य कर देते हैं। इसके लिए उसके दिल-दिमाग का अनुकूलन करते हुए वे उसको अपने अनुसार सोचने के लिए बाध्य कर देते हैं। इसके लिए मीडिया का उपयोग इतिहास को तोड़ने-मरोड़ने तथा सांस्कृतिक प्रतीकों की बाजारानुकूल व्याख्या द्वारा किया जाता है। मनुष्य के मुक्त सोच को बाधित करने के लिए ज्ञान को सूचना और सूचना के स्रोतों तक सीमित कर दिया जाता है। प्रभावित साहित्य भी होता है, मगर

उसके बदलाव की गति अपेक्षाकृत काफी धीमी और अस्थायी प्रवृत्ति की होती है। इसलिए वह परिवर्तन के स्थायी और भरोसेमंद औजार के रूप में काम करता है। स्मरणीय है कि हर परिवर्तन पहले विचार के रूप में जन्मता है, बाद में साहित्य के माध्यम से लोक-चेतना का हिस्सा बनता है। मीडिया उसे जनांदोलन में ढाल देता है, जिनसे वास्तविक परिवर्तन की राह निकलती है।

मीडिया का आदि रूप प्रिंट मीडिया यानी पत्रकारिता का है। वैश्विक पत्रकारिता का इतिहास लगभग 59 ईसवी पूर्व रोम से शुरू होता है। वहाँ का तत्कालीन सम्राट् जूलियस सीजर चाहता था कि राज्य की प्रमुख सामाजिक एवं राजनीतिक घटनाओं की जानकारी उसके प्रजाजनों तक भी पहुँचे। कागज के आविष्कार से पहले समाचार-प्रेषण के लिए पत्थर या धातु की पट्टियों का उपयोग होता था। जरूरी समाचार उकेरकर वे नगर के मुख्य स्थलों पर जनसाधारण के अवलोकन के लिए रख दी जाती थीं। उनमें वरिष्ठ अधिकारियों की नियुक्ति, नागरिक-सभाओं की रिपोर्ट तथा सम्राट् द्वारा लोकहित में लिए गए निर्णयों की सूचना होती थी। उन दिनों ग्लेडिएटरों की लड़ाई संभ्रांत वर्ग के मनोरंजन का मुख्य माध्यम थी, इसलिए इन सूचनापट्टों पर उनका विवरण भी मजेदार भाषा में उकेर दिया जाता था। इस तरह विश्व के पहले समाचार-पत्र Acta Diurna का जन्म हुआ, जिसका शाब्दिक अर्थ है–'दिन की घटनाएँ'। चीन से आठवीं शताब्दी में हाथ के लिखे समाचार-पत्र के प्रकाशन के प्रमाण मिलते हैं। मगर प्रिंट मीडिया के क्षेत्र में क्रांति का आगमन पंद्रहवीं शताब्दी से हुआ। सुनार का काम करने वाले योहन गुटेनबर्ग ने छपाई मशीन का आविष्कार किया। फिर भी सोलहवीं शताब्दी के अंत तक समाचार-पत्र हाथ से ही लिखे जाते रहे। 1605 में यूरोप के योहन कारोलूस नामक व्यवसायी ने सबसे पहले अपने धनवान ग्राहकों के लिए सूचना-पत्र मशीन से छपवाया। Relation नाम का वह समाचार-पत्र विश्व का पहला मुद्रित अखबार माना जाता है।

भारत में छपाई मशीन 1674 में ही आ चुकी थी, किंतु अखबार-प्रकाशन के लिए 102 वर्ष का लंबा इंतजार करना पड़ा। 1776 में विलेम बॉल्ट नामक अंग्रेज ने ईस्ट इंडिया कंपनी के समाचारों को लोगों तक पहुँचाने के लिए अंग्रेजी में अखबार निकालना आरंभ किया। भारत का पहला समाचार-पत्र, जिसमें समाचारों की विविधता के साथ स्वतंत्र अभिव्यक्ति को भी महत्त्व दिया गया था, जेम्स ओगस्टस हिकी का 'हिकी बंगाल गजट' अथवा 'बंगाल गजेटियर' था। दो पन्नों के उस अखबार में ईस्ट इंडिया कंपनी की गतिविधियों और उसके वरिष्ठ अधिकारियों के जीवन पर लेख छपते थे। एक बार निर्भीक पत्रकारिता का परिचय

देते हुए हिकी ने गवर्नर की पत्नी के दुराचरण पर लेख लिखा। उसके छपते ही कंपनी के अधिकारी नाराज हो गए। दंडस्वरूप हिकी को 500 रुपये का जुर्माना भरना पड़ा। मगर इससे उसकी पत्रकारीय निष्ठा पर कोई प्रभाव न पड़ा। कुछ दिन बाद हिकी ने गवर्नर और सर्वोच्च न्यायालय के न्यायाधीश की आलोचना से भरा लेख अपने अखबार में छाप दिया। इस पर कंपनी के अधिकारी उससे पूरी तरह खफा हो गए। हिकी को 5000 रुपये जुर्माने तथा एक साल की कैद की सजा मिली। अखबार बंद कर देना पड़ा।

भारत की भाषाओं में प्रिंट मीडिया का उदय वर्षों की गुंलामी के विरुद्ध भारतीय चेतना का शंखनाद था। हिंदी के पहले साप्ताहिक 'उदंत मार्तंड' का प्रकाशन 1826 में कलकत्ता की हवेली नंबर 37, आमड़तल्ला गली, कोटू टोला नामक स्थान से हुआ था। संपादक थे—जुगलकिशोर मुकुल। पहला अंक 30 मई, 1826 को बाजार में पहुँचा। इसके बाद तो वह प्रत्येक मंगलवार को पाठकों के दरवाजे पर दस्तक देने लगा। पत्र के प्रथम अंक से ही पत्रकारिता और हिंदी साहित्य के शाश्वत रिश्ते का संकेत मिलता है। अखबार के मुखपृष्ठ पर, शीर्षक के ठीक नीचे, उसके उद्देश्य को स्पष्ट करतीं संस्कृत की पंक्तियाँ छपी होती थीं।[4] पत्र के पहले ही अंक में पाठकों से अपील करते हुए कहा गया था—

> *'यह 'उदंत मार्तंड' अब पहले-पहल हिंदुस्तानियों के हित के हेत जो आज तक किसी ने नहीं चलाया पर अंग्रेजी ओ पारसी ओ बंगाल में जो समाचार का कागज छपता है उनका सुख उन बोलियों के जानने और पढ़ने वालों को ही होता है। इससे सत्य समाचार हिंदुस्तानी लोग देख आप पढ़ ओ समझ लेयँ ओ पराई अपेक्षा न करें ओ अपने भाषे की उपज न छोड़े। इसलिए दयावान करुणा और गुणनि के निधान सबके कल्यान के विषय गवरनर जेनेरेल बहादुर की आयस से ऐसे साहस में चित्त लगाए के एक प्रकार से यह नया ठाट ठाटा...'*[5]

संपादक की भरसक कोशिशों के बावजूद अखबार लंबा न खिंच सका। अंग्रेजी के समाचार-पत्रों को सरकार की ओर से विशेष डाक-सुविधाएँ प्राप्त थीं। प्रयासों के बावजूद 'उदंत मार्तंड' को वे सुविधाएँ प्राप्त न हो सकीं। 4 दिसंबर, 1827 के आखिरी अंक के साथ मात्र डेढ़ वर्ष की अवधि में उसे बंद कर देना पड़ा। अखबार समेटने की घोषणा काव्य-पंक्तियों द्वारा की गई थी। 'उदंत मार्तंड' के असामयिक अवसान के पीछे उसके प्रकाशक-संपादक की आर्थिक कठिनाइयाँ थीं, मगर उनमें पत्रकारीय निष्ठा और संकल्प की कमी नहीं थी। इसलिए करीब 23 वर्ष बाद

मुकुल जी की भावनाओं ने पुनः जोर मारा। फलस्वरूप 'उदंत मार्तंड' के नए अवतार 'सोमदत्त मार्तंड' का जन्म हुआ।

हिंदी का पहला दैनिक होने का गौरव कोलकाता से ही श्यामसुंदर सेन के संपादन में प्रकाशित 'समाचार सुधावर्षण' (1854) को प्राप्त है। 'उदंत मार्तंड' की भाँति यह भी गैर-साहित्यिक पत्र था। उन दिनों अखबार निकालना संपादक-प्रकाशकों के निजी जुनून का परिणाम था। कोई बड़ा उद्योगपति घराना, खासकर भारतीय भाषाओं के समाचार-पत्रों से उस समय तक नहीं जुड़ा था। संसाधनों की कमी उनकी प्रमुख समस्या थी। लेकिन उनके संपादकों की निष्ठा असंदिग्ध थी। तत्कालीन पत्रकारिता का प्रमुख लक्ष्य था—समाज-सुधार, भारतीय राष्ट्रीय चेतना का विकास तथा रूढ़ियों का बहिष्कार। इसके लिए वे अपने पाठकों को नए ज्ञान से समृद्ध कराना चाहते थे, जो अंग्रेजी भाषा के जरिए समाज में आ रहा था।

प्रारंभिक दौर में जो साहित्यकार खड़ी बोली को साहित्यिक समृद्धि प्रदान करने के लिए आगे आए उनमें राजा शिवप्रसाद सितारेहिंद, सदल मिश्र, लल्लूलाल, देवकीनंदन खत्री प्रमुख थे। उनके आगे प्रमुख समस्या थी कि भाषा का रूप तत्सम हो या आम बोलचाल वाला। राजा शिवप्रसाद सितारेहिंद ने 1946 में जब 'बनारस समाचार' का प्रकाशन आरंभ किया तो उन्होंने संस्कृतनिष्ठ भाषा के इस्तेमाल पर जोर दिया। उसी समय देवकीनंदन खत्री आम बोलचाल की भाषा में लोकप्रसिद्ध रचनाएँ दे रहे थे। दोनों के बीच की दूरी को पाटने का काम किया भारतेंदु हरिश्चंद्र ने। 1968 में उन्होंने 'कविवचन सुधा' नामक पत्रिका की शुरुआत की तो उसमें सरल खड़ी बोली को महत्त्व दिया। भाषा के इस समन्वयकारी रूप का सर्वत्र स्वागत हुआ। इस पत्रिका का पहला अंक 28 मार्च, 1874 को निकला था। कविताओं पर केंद्रित इस सोलह पृष्ठीय पत्रिका की आवृत्ति आरंभ में मासिक थी, जिसे पाठकों की माँग पर पहले पाक्षिक और तदनंतर साप्ताहिक कर दिया गया। भारतेंदु हरिश्चंद्र ने ही आगे चलकर 'हरिश्चंद्र मैग्जीन', 'बालाबोधिनी', 'हरिश्चंद्र चंद्रिका' पत्रिकाएँ निकालीं। उनसे प्रेरणा लेकर अन्य पत्रकारों-साहित्यकारों ने भी समाचार-पत्र-पत्रिकाओं के संपादन-प्रकाशन का दायित्व-भार सँभाला। हिंदी के कुछ प्रमुख आरंभिक पत्र-पत्रिकाओं में 'हिंदी प्रदीप' (बालकृष्ण भट्ट), 'आनंद कादंबिनी' (चौधरी बद्रीनारायण प्रेमघन), 'ब्राह्मण' (प्रतापनारायण मिश्र), 'भारत मित्र' (रुद्रदत्त शर्मा), 'सरस्वती' (महावीरप्रसाद द्विवेदी) आदि प्रमुख हैं। इसके बाद तो उनकी बाढ़-सी आ गई। 'नागरी प्रचारिणी पत्रिका', 'विशाल भारत', 'चाँद', 'मतवाला', 'इंदु', 'माधुरी', 'हंस', 'सरस्वती' आदि पत्रिकाएँ हिंदी साहित्य के प्रचार-प्रसार का आधार बन

गईं। यह सिलसिला लगातार आगे देश के दूसरे हिस्सों में भी फैलता चला गया।

उस समय में भी साहित्य केवल साहित्यिक पत्रिकाओं तक सीमित नहीं था। बल्कि वह दूसरे विषयों पर केंद्रित समाचार-पत्रों में भी प्रमुख रूप से प्रकाशित होता था। दरअसल उन दिनों तक पत्रकार और साहित्यकार के बीच बड़ी विभाजन रेखा भी नहीं थी। भारतेन्दु हरिश्चंद्र, महावीरप्रसाद द्विवेदी जैसे समर्पित लेखकों में यह पहचान करना कठिन था कि वे पत्रकार बड़े हैं या साहित्यकार। उस समय के प्रमुख साहित्यकार पत्रकारिता के माध्यम से ही साहित्य के क्षेत्र में आए और प्रतिष्ठित हुए थे। कुछ ऐसे भी थे, जिन्होंने पहले लेखन में नाम कमाया, फिर हिंदी पत्रकारिता जगत् पर भी छाए रहे। हिंदी पत्रकारिता और साहित्य को एक-दूसरे का पूरक बनाने की उन्होंने जो मुहिम आरंभ की, उसी के फलस्वरूप तत्कालीन मीडिया भारतीय स्वाधीनता-संग्राम के दौरान लोक-जागरण की जनोन्मुखी भूमिका भली-भाँति निभा सका। भारतीय संस्कृति और जीवन-मूल्यों के पक्ष में लोक-चेतना फैलाने के साथ-साथ उसने स्वाधीनता की भावना का सतत प्रचार-प्रसार कर, आंदोलन की आँच को प्रखर बनाए रखने का काम भी किया, जिसके फलस्वरूप माखनलाल चतुर्वेदी, गणेशशंकर विद्यार्थी, विष्णु पराड़कर जैसे समर्पित पत्रकार हिंदी जगत् को मिल सके।

स्वतंत्र भारत में लोकतंत्रीय बयार के बीच मीडिया को अपने पाँव पसारने का भरपूर अवसर मिला। नए-नए अखबार और पत्र-पत्रिकाओं की शुरुआत हुई। इलेक्ट्रॉनिक मीडिया के वर्तमान रूप उन दिनों इतने प्रचलित नहीं थे। कुछ के तो आविष्कार ही भविष्य की गर्भनाल में छिपे थे। ले-देकर एक रेडियो हुआ करता था। वह भी अपने व्यावसायिक उपयोग की संभावनाएँ तलाश रहा था। दूसरी ओर हिंदी साहित्य के पास वेद-वेदांगों, महाकाव्यों के अतिरिक्त बौद्ध, जैन एवं भक्ति-साहित्य की विपुल बौद्धिक-शास्त्रीय संपदा थी। हम कह सकते हैं कि तत्कालीन भारतीय समाज और साहित्य का बौद्धिक चरित्र अपनी पाँच हजार वर्ष से भी अधिक पुरानी संस्कृति, सभ्यता, सुदीर्घ दर्शन-परंपरा और लोकानुभवों से समृद्ध था, जिनकी उपेक्षा कर समाज में पहचान बना पाना असंभव था। जिसे आज 'व्यावसायिक नैतिकता' कहा जाता है, उसका उन दिनों तक जन्म ही नहीं हो पाया था। उत्पादन जनता की जरूरतों के लिए होता था, न कि उत्पादन के अनुसार बाजार और जरूरतों के निर्माण की प्रवृत्ति थी। दूरदर्शन आया तो उसे भी अपनी पहचान बनाने के लिए साहित्य का शरणागत बनना पड़ा। 'महाभारत', 'रामायण', 'वेताल पचीसी', 'बृहत्कथा', 'कथासरितसागर', 'पंचतंत्र', 'गोदान',

'रंगभूमि', 'भारत : एक खोज', 'चित्रलेखा', 'तमस', 'सिंहासन बतीसी' जैसी हिंदी की विशुद्ध साहित्यिक कृतियों पर धारावाहिक बने और चर्चित रहे। साहित्य का ऐसा ही दबदबा प्रिंट मीडिया के क्षेत्र पर भी बना रहा। चूँकि साहित्य और साहित्यकारों के सहयोग के अभाव में समाचार-पत्र की गंभीरता और विश्वसनीयता दोनों ही संकट में पड़ जाते थे, इसलिए प्रायः सभी समाचार-पत्रों ने साहित्य को प्रमुखता दी। फलस्वरूप धर्मवीर भारती, सच्चिदानंद हीरानंद वात्स्यायन 'अज्ञेय', कमलेश्वर, राजेंद्र माथुर, मनोहर श्याम जोशी जैसे लेखक सामने आए, जो साहित्य और पत्रकारिता दोनों में समान रूप से प्रवीण थे। प्रकाशन-सुविधा बढ़ने पर निजी प्रयासों से भी पत्र-पत्रिकाओं का प्रकाशन आरंभ हुआ। साहित्यिक पत्र-पत्रिकाओं को छोड़ भी दिया जाए तो राजनीतिक और सामाजिक उद्देश्यों के लिए निकाले गए अखबारों में साहित्य अपनी भरपूर मौजूदगी बनाए रहा।

प्रारंभ में जब तक सरकारों पर स्वाधीनता-संग्राम जैसे जनांदोलनों का प्रभाव था, तब तक सरकारें मीडिया के प्रोत्साहन, प्रेषण को अपने नैतिक धर्म की तरह निभाती रहीं। हालाँकि उस दौर में सरकार तथा अन्य स्वार्थी वर्गों ने मीडिया पर अपने प्रभुत्व का बेजा इस्तेमाल भी खूब किया। फिर भी उसका एक विश्वसनीय चरित्र बना रहा। पूँजीवादी दबावों के बीच सत्ताओं की नैतिक शक्तियाँ क्षीण होने से मीडिया, जो तब तक अत्यधिक महत्त्वाकांक्षी हो चला था, खुशी-खुशी पूँजीवाद के चारणगान में जुट गया। अपनी महत्त्वाकांक्षाओं की पूर्ति के लिए मीडियाकारों को पूँजीवादी व्यवस्था के हाथों का खिलौना बनने से भी गुरेज नहीं था। लोकतांत्रिक अधिकारों का उपयोग करते हुए बड़े पूँजीपतियों ने स्वतंत्र मीडिया संस्थान खड़े कर लिए, जिनका उद्देश्य सिर्फ अपने व्यावसायिक हितों के लिए सरकार पर दबाव बनाना तथा बाजार को विस्तार देना था। चूँकि परंपरागत भारतीय सोच और मान्यताएँ मिल-बाँटकर खाने, भोग को नियंत्रित रखने और बचत को समान महत्त्व देती थीं, अधिकांश साहित्य इन्हीं के आधार पर रचा गया था। इसके अलावा साहित्य का जीवन के प्रति यथार्थवादी दृष्टिकोण भी बाजार के किसी काम का न था, इसलिए नई मीडिया-नीति में साहित्य और साहित्यकार उत्तरोत्तर अप्रासंगिक होते चले गए।

बीसवीं शताब्दी की नवीं दशाब्दी से आर्थिक उदारीकरण के दौर में पूँजीपति घरानों को मिली छूट के बाद उत्पादन का आधार आदमी की जरूरत न रहकर मुनाफा कमाना हो गया। अधिकतम मुनाफे के लिए विशालतम बाजार अपरिहार्य था। मनमाफिक विस्तार के लिए पूँजी-केंद्रित उद्यमों ने मीडिया को और ज्यादा सक्षम बनाने हेतु आधुनिक प्रौद्योगिकी का सहारा लिया, जो काफी महँगी थी।

उतनी पूँजी सरकारों की ओर से भी आ सकती थी, मगर वे संसाधनों की कमी का बहाना बनाए रहीं। बड़े औद्योगिक घरानों का कब्जा हो जाने से मीडिया पर कारपोरेट संस्कृति का असर होने लगा। परिणामस्वरूप पत्रकारों के लिए नई आचारसंहिताएँ गढ़ी जाने लगीं। मीडियाकारों में व्यावसायिक कौशल को महत्त्व दिया जाने लगा, जिसे बाजारवादी व्यवस्था के अनुचर विद्वान् व्यावसायिक नैतिकता जैसा लोकलुभावन नाम देने लगे। बाजार की नब्ज पहचानना, सूचनाओं के भंडार को खँगालकर नए उपभोक्ताओं तक पहुँचना सफल मीडियाकार की अनिवार्य योग्यता मान लिया गया। बाजारवादी नैतिकता के अनुसार हर वह कार्य वरेण्य था, जिसमें अधिकतम लाभ की संभावना निहित हो। लाभ की अवधारणा परंपरागत प्रौद्योगिकी का भी अभिन्न हिस्सा थी; मगर नई अवधारणा ने लाभ को अधिकतम मुद्रार्जन के लक्ष्य तक सीमित कर दिया था, जबकि अपने परंपरागत अर्थों में लाभ का प्रत्यय उत्पाद के संपूर्ण सामाजिक, आर्थिक और नैतिक मूल्यों से जन्मता था। लाभ-वृद्धि की रफ्तार को बनाए रखने के लिए मीडिया ने साहित्य के साथ अपनी सालों-साल पुरानी जुगलबंदी को किनारे कर, खुद को सूचनाओं के आदान-प्रदान तक सीमित कर दिया। उल्लेखनीय है कि साहित्य सोच का परिष्कार करता है, मीडिया रुचि का। सोच अमूर्तन अवस्था है, उसका व्यावसायिक लाभ संभव नहीं। इसलिए पूँजीपति का ध्यान मीडिया की ओर होता है, क्योंकि बाजार के विस्तार की संभावनाएँ कहीं न कहीं रुचि के परिष्कार पर भी निर्भर होती हैं।

यह कहना भी अनुचित होगा कि साहित्य बाजार के दुष्प्रभावों से स्वयं को बचाने में सर्वथा सफल रहा। बड़े-बड़े समाचार-पत्रों ने, जो पूँजीपति घरानों से निकलते थे, अपने समय के प्रसिद्ध साहित्यकारों को नौकरियाँ दीं तथा प्रत्यक्ष-अप्रत्यक्ष रूप में उन्हें अपने हितों के विरुद्ध जाने से रोका। साहित्य-संवर्द्धन और साहित्यकारों के सम्मान के बहाने इस वर्ग ने बड़े-बड़े पुरस्कार घोषित किए। उनका उद्देश्य साहित्यकारों के सोच और कर्म को अपने अनुरूप ढालना था। लोगों के दिमागों में तरह-तरह से यह बिठाया जाने लगा कि साहित्य और अन्य कलाएँ राज्य और पूँजी के ही संरक्षण में सुरक्षित रह सकती हैं। बावजूद इसके वर्चस्वकारी स्वार्थी शक्तियाँ साहित्य को पूरी तरह कब्जाने में नाकाम रहीं। क्योंकि साहित्यकारों के एक वर्ग को खरीद लेना, कुछ सुविधापरस्त साहित्यकारों की लेखनी की धार कुंद कर देना तो बाजार के लिए संभव था, मगर वह साहित्यकार बनाने का काम नहीं कर सकता था। जनाक्रोश को स्वर देने वाली साहित्यिक प्रतिभाएँ प्रायः विसंगतियों और विषमताओं के बीच विकसित होती हैं। इसलिए तमाम पूँजीवादी प्रतिबंधों

और आयोजनों के बीच साहित्यिक प्रतिभाएँ जन्मती रहीं। उन्हीं के दम पर किंचित् परिवर्तनों के बावजूद साहित्य आज भी अपनी स्वतंत्र उपस्थिति बनाए हुए है।

साहित्यकारों का एक वर्ग हमेशा ही पूँजी और प्रौद्योगिकी के अंतहीन विस्तार को मानवीय अस्मिता पर संकट के रूप में देखता है। हिंदी साहित्य और मीडिया के वर्तमान संबंधों के विरुद्ध उठ रही बहसें दरअसल इसी वर्ग के जीवट और संघर्ष-चेतना की प्रतीति हैं। साहित्य और आधुनिक मीडिया में एक अंतर यह भी है कि साहित्य मानवीय विवेकीकरण के प्रति निरंतर प्रयासरत रहता है, जबकि पूँजीवाद-प्रेरित मीडिया की व्यावसायिक नीति लोगों को अनुगामी बनाने की होती है। स्थितियों की मूल्यवादी विवेचना की ओर उसका कोई रुझान नहीं होता। वह ज्ञान को सूचनाओं तक समेट देने का प्रयास करता है। यही कारण है कि आधुनिक मीडिया, जिनमें हिंदी मीडिया भी सम्मिलित है, के अधिकांश आयोजन अपने दर्शकों, पाठकों के समक्ष सूचनाएँ परोसने तक सीमित हैं। विमर्श के नाम पर वह तंत्र-मंत्र, खेल और सिनेमा जगत् जैसी उन घटनाओं को लेता है, जो किसी न किसी रूप में बाजार को विस्तार देने के ही टोटके हैं। काले धन के बूते फल-फूल रहा आधुनिक मीडिया इतना बोल्ड हो चुका है कि वह किसी दायित्व-भावना को अपने सिर नहीं लेता। वह खुद को केवल मनोरंजन उद्योग के नाम से परचाना चाहता है ताकि उससे किसी भी प्रकार की उम्मीद न रखी जाए। लेकिन बात जब सुविधाओं एवं अधिकारों की आती है तो संविधान का हवाला देते हुए वह खुद को लोकतंत्र का संरक्षक घोषित करने लगता है तथा इस बहाने सरकार से अधिकाधिक सुविधाओं की अपेक्षा रखता है।

सुप्रसिद्ध कन्नड़ साहित्यकार वेणुगोपाल ने अपने आलेख 'प्रेमचंद और समकालीन राजनीति'[6] में आपातकाल की एक घटना का जिक्र किया है। यह आधुनिक मीडिया के चरित्र का खुलासा करने के लिए पर्याप्त है—

बात तब की है, जब राजकपूर की 'बॉबी' फिल्म का हल्ला था। 'दिनमान' में उन्हीं दिनों एक रपट छपी थी। एक विदेशी विचारक ने यह फिल्म देखी तो हॉल से निकलने पर कहा—'ऐ फेंटास्टिक पॉलिटिकल फिल्म।' उनके भारतीय यजमान और दूसरे सुनने वाले हैरान-परेशान कि बॉबी और पॉलिटिकल फिल्म ! सोचा गया कि शायद विदेशी होने के कारण फिल्म उनकी समझ में नहीं आई होगी, तब उन्हें कहा गया—'यह फिल्म तो नई उम्र के एक छोकरे और छोकरी की इश्किया दास्ताँ है, इसमें पॉलिटिकल क्या है ?' तो विदेशी विचारक मुस्कराकर बोले—'इससे बढ़कर पॉलिटिकल और क्या होगा कि जिस उम्र में पूरी दुनिया के छोकरे-छोकरियाँ 'यूथ

पावर' और 'स्टूडेंट पावर' के नाम से हड़कंप मचाए हुए हैं, उस उम्र में इस फिल्म के हीरो-हीरोइन सिर्फ कमरे में बंद होकर चाबी खो देने में लगे हैं। इससे ज्यादा खतरनाक पॉलिटिक्स और क्या होगी !' [6]

भटकाव का शिकार हिंदी का आधुनिक प्रिंट मीडिया तो भाषा के मूल स्वरूप से ही खिलवाड़ कर रहा है। तथाकथित राष्ट्रीय अखबारों में हिंदी के स्थान पर 'हिंग्लिश' का जिस प्रकार धड़ल्ले से प्रयोग हो रहा है, वह चिंता की बात है। गंभीर साहित्य टेलीविजन और अखबार दोनों से गायब होता जा रहा है। धुन के पक्के लोग इसकी भरपाई इंटरनेट के माध्यम से करने का प्रयास कर रहे हैं, लेकिन वहाँ 'संपादक' नामक अनचाहे जीव की अनुपस्थिति साहित्यिक गुणवत्ता का सबसे बड़ा संकट बनी हुई है, हालाँकि वह दिन दूर नहीं जब इंटरनेट पर गंभीर और पठनीय साहित्य का भरपूर जमावड़ा होगा, और वह पूरे समाज में वैचारिक हलचल पैदा करने में सक्षम होगा। अभी तो भाषा के साथ खिलवाड़ और सांस्कृतिक अपसरण पर साहित्यकारों, बुद्धिजीवियों की चुप्पी हालात को लगातार खतरनाक बनाती जा रही है। ऐसे में सुधी साहित्यकारों और पत्रकारों की यह जिम्मेदारी है कि वे एकजुट होकर लोकतंत्र के इस चौथे स्तंभ के अनियंत्रित व्यावसायीकरण के विरुद्ध जनमत बनाने का हरसंभव प्रयास करें। बस हमें याद रखना होगा कि मीडिया और साहित्य दोनों अन्योन्याश्रित हैं, उनके बीच अटूट-सी सहसंबद्धता है, उनके वर्तमान संबंध भले ही अस्पष्ट और दुविधामय नजर आते हों।

संदर्भानुक्रमणिका

1. न त्वहं कामये राज्यं, न स्वर्ग ना पुनर्भवम्।
   कामये दुःखतप्तानां प्राणिनामार्तिनाशनम्।।
2. सर्वेऽपि सुखिनः भवंतु, सर्वे संतु निरामया।
   सर्वे भद्राणि पश्यंतु मा कश्चिद् दुःखभाग्भवेत्।।
3. ऐसा चाहौं राज मैं जहाँ मिलै सबन को अन्न!
   छोटे बड़ों सब सम बसै रविदास रहे प्रसन्न !! —संत रविदास।
4. दिवा कांत क्रांति विनाध्वांदमंतं
   न चाप्नोति तद्वज्जागत्यज्ञ लोकः।
   समाचार सेवामृते ज्ञत्वमाप्तां
   न शक्नोति तस्मात्करोति यत्रं।।
   डॉ० सी० जयशंकर बाबू के आलेख 'हिंदी पत्रकारिता के उद्‌भव की पृष्ठभूमि' से उद्धृत।
5. वही।
6. आज दिवस लौं उग चुक्यौ मार्तंड उदंत।
   अस्ताचल को जात है, दिनकर दिन अंत।।—वही
6. 'गूँज', संपादक अकिंचन, सितंबर-अक्तूबर, 2008

हिंदी साहित्य के झरोखे से

मोनी कुमारी सिंह

प्रिंट एवं इलेक्ट्रॉनिक मीडिया में हिंदी साहित्य से जुड़े समाचार तथा अन्य प्रचार एवं रचनाकर्म के लिए जगह लगातार सँकरी हुई है और इस प्रकार अधिकतर पाठक-समुदाय के साथ रचना और साहित्यकारों की दुनिया का संपर्क-सेतु क्षीण हो गया है। मीडिया में साहित्यिक समाचार, विचार, नई पुस्तकों के प्रकाशन की जानकारी तथा कहानी, कविता, उपन्यास आदि विधाओं की रचनाधर्मिता की उपस्थिति मात्र औपचारिक है। हिंदी साहित्यकारों के जीवनवृत्त अथवा व्यक्तित्व प्रचार की ओर भी मीडिया का ध्यान नहीं है और अनजाने में ही वह रचना विरोध की भूमिका निबाहता प्रतीत होता है।

मीडिया हिंदी साहित्य के प्रचार-प्रसार में कम दिलचस्पी या न के बराबर उत्साह दिखा रहा है। परंतु ऐसा क्यों हो रहा है ? इसके कारणों को समझना बेहद जरूरी है। कारण को जाने-समझे बगैर इस समस्या का उचित समाधान नहीं पाया जा सकता।

प्रिंट मीडिया को ही लीजिए! पत्र-पत्रिकाओं में हिंदी साहित्य से संबंधित खबरें, विचार, साक्षात्कार या साहित्य से जुड़ी अन्य सूचनाओं को जगह मिलती ही नहीं है या फिर मिलती भी है तो इस तरह कि कम से कम जगह में उसे निपटा दिया जाता है। अन्य विषयों के साथ-साथ विज्ञापन के लिए सबसे ज्यादा स्पेस दिया जाता है। वर्तमान अर्थव्यवस्था ने व्यक्ति को वस्तु बना दिया है और मीडिया ने उसके प्रचार-प्रसार में महत्त्वपूर्ण भूमिका निभाई है। इसका सबसे बड़ा प्रमाण है विज्ञापन। विज्ञापन ने पूरी तरह से मीडिया को अपने चंगुल में फँसा रखा है। प्रॉफिट की जंजीर ने मीडिया को जकड़ लिया है। पहले विज्ञापन मीडिया की गुलाम थी, परंतु आज मीडिया विज्ञापन की गुलाम हो गई है। साहित्यिक पत्रिकाओं को ही लें तो कुछ पत्रिकाओं को छोड़कर ये पत्रिकाएँ भी व्यावसायिक मानसिकता का ही परिचय देती हैं, नहीं तो आर्थिक तौर पर घाटे में जाते-जाते ऐसी पत्रिकाओं का प्रकाशन बंद कर देना पड़ता है।

हिंदी पत्रकारिता के प्रारंभिक स्वरूप के विषय में जगदीश्वर चतुर्वेदी का मानना है कि 'हिंदी पत्रकारिता का उदय औपनिवेश-विरोधी चिंतन-परंपरा के गर्भ से हुआ। राष्ट्र, राष्ट्रीयता एवं जातीय अस्मिता से जुड़े प्रश्नों को पत्र-पत्रिकाओं एवं साहित्यिक कृतियों में केंद्रीय महत्त्व मिला। स्वतंत्रता की आकांक्षा और नए समाज की परिकल्पना को पत्रकारिता ने बृहत्तर परिप्रेक्ष्य में रूपायित किया। उस समय पत्रकारिता एवं साहित्य में अंतर्क्रियाएँ चल रही थीं।' परंतु आज ऐसा लगता है कि पत्रकारिता ने साहित्य से अपना संबंध विच्छेद कर लिया है।

अपने दायित्वों से भटकी हुई पत्रकारिता के विषय में पत्रकार इंदिरा मोहन का कहना है कि भारत जैसे विकाशील देशों में पूँजीवाद ने कोई मर्यादाएँ विकसित नहीं की हैं बल्कि सभी मर्यादाओं को नष्ट किया है। ऐसा नहीं है कि उससे पूर्व काल का समाज अच्छा था किंतु वहाँ मूल्य, परंपराएँ और नैतिक आग्रह भी था। समाज का डर था, आसपास, परिवार, नातेदार का डर था। स्वतंत्रता के बाद सब कुछ समाप्त हो गया। कल तक जो पत्रकारिता स्वतंत्रता आंदोलन के दौरान राष्ट्र का निर्माण कर रही थी, आज राष्ट्र के ताने-बाने उधेड़ रही है, खबर देना एक जिम्मेदारी का काम है, उसके साथ समष्टि-हित का भाव है, वर्तमान के प्रति जवाबदेही है, जबकि बाजार कुछ नहीं देखता। उसे तो माल बेचना है, अधिक से अधिक खरीदार बढ़ाने हैं, अपने पाठकों की संख्या बढ़ानी है। यही कारण है कि आज की दुनिया आदर्श और प्रेरणारहित होती जा रही है। बाहर से सजी-सँवरी दीखती है, लेकिन अंदर से खोखली, दीन-हीन, थकी-थकी-सी। न ऊँचे विचार, न कोई प्रेरणा-केंद्र।

नेपोलियन के अनुसार दुनिया में दो ही ताकतें हैं—कलम और तलवार। भारतीय समाज में भी लेखकों की एक परंपरा रही है जिन्होंने स्वयं जलकर रोशनी फैलाई है। परंतु आज लेखक ऐसे दायित्वों से कटते जा रहे हैं। यदि लेखक ही पतन की दौड़ में शामिल हो जाएगा तब ऐसे में समाज की क्या दशा होगी ? जरा सोचिए!

इलेक्ट्रॉनिक मीडिया का हाल भी कुछ ऐसा ही है। टेलीविजन का उपयोग मनोरंजन के साधन के तौर पर सबसे ज्यादा किया जाता है। घरेलू महिलाएँ टी०वी० पर सबसे ज्यादा समय व्यतीत करती हैं। सीरियल्स सबसे ज्यादा देखे जाते हैं, न्यूज चैनल कम से कम। अन्य चैनलों में फैशन शो, कुकिंग से संबंधित कार्यक्रम पेश करने वाले चैनल्स महिलाएँ ज्यादा पसंद करती हैं। चैनल्स अपना मुनाफा देखते हैं। बाजारवाद से आज समाज इतना आक्रांत है कि समाज का एक बड़ा तबका अपने दायित्वों को भूलकर या नजरअंदाज करके अपने मुनाफे के बारे

में ही सोचता है। इसके लिए ईमानदारी और दायित्वों के सरोकारों को छोड़कर बेईमानी, घपलेबाजी या धाँधली को अपनाना बुरा नहीं समझता। बाजारवादी संस्कृति में अपनी साख मजबूत करनी है या जमकर खड़े रहना है तो इसके लिए ये सारे 'ट्रिक्स' भी अपनाने पड़ते हैं और इसके पक्ष में तर्क यह है कि 'जमाने के साथ चलो, नहीं तो पिछड़ जाओगे।' उपभोक्तावादी मनोवृत्ति ने भारतीय समाज को भी अपनी चपेट में ले लिया है। उसी समाज का एक अंग भारतीय मीडिया है। अतः वह भी इन सब चीजों से बिलकुल अछूता नहीं रह सकता। बल्कि यूँ कहें कि मीडिया हमेशा समाज से दो कदम आगे रहा है और इस अंधी दौड़ में भी आगे ही है!

मीडिया भी पिछड़ना नहीं चाहता। टी०वी० चैनल्स अपनी लोकप्रियता बढ़ाने के लिए ऐसे कार्यक्रम पेश करते हैं जिससे ज्यादा से ज्यादा दर्शक मिलें। यदि किसी चैनल पर कोई 'रियलिटी शो' पेश किया जा रहा है और अगर वह लोकप्रिय होने लगता है तो दूसरे चैनल्स भी उसी की देखा-देखी, उसी की नकल पर 'रियलिटी शो' पेश करने लगते हैं ताकि उस चैनल की भी टी०आर०पी० बढ़े। 'बिग बॉस', 'रोडीज', 'स्वयंवर' जैसे रियलिटी शो नकल की तर्ज पर धड़ल्ले से टी०वी० पर पेश किए जा रहे हैं। यही हाल पहले 'सास-बहू' के सीरियल्स का था। ऐसा लगता है कि भारतीय टेलीविजन की स्वस्थ कल्पना और सृजनात्मकता की क्षमता ही खत्म हो गई है।

'न्यूड संस्कृति' का प्रचार-प्रसार टी०वी० पर जोर-शोर से हो रहा है और ऐसा दावा भी किया जा रहा है कि 'न्यूड संस्कृति' युवा वर्ग को ज्यादा रास आ रही है। विज्ञापन का बोलबाला यहाँ भी है। विज्ञापन और नैतिकता का छत्तीस का आँकड़ा चलता है। विज्ञापन की तरफ दर्शकों को आकर्षित करने के लिए भी 'न्यूडिटी' का सहारा लिया जाता है। आजकल बदन-उघाड़ू विज्ञापनों की भरमार हो रही है। भाषा में भी श्लीलता-अश्लीलता का कोई खयाल नहीं रखा जाता है।

मीडिया के दायित्व, नैतिकता और ईमानदारी की बात तो आप छोड़ ही दीजिए, वह अपनी टी०आर०पी० बढ़ाने के लिए, मुनाफा कमाने के लिए इस कदर गिर सकती है कि 'सच का सामना', 'इस जंगल से मुझे बचाओ' जैसे शो पेश किए गए। ऐसे में मीडिया को दायित्वबोध का पाठ पढ़ाना एक टेढ़ी खीर है। जहाँ तक हिंदी साहित्य के प्रचार-प्रसार की बात है तो मीडिया की इस कदर उदासीनता को देखते हुए यह अंदाजा आसानी से लगाया जा सकता है कि ऐसे लोगों को काफी कठिनाई का सामना करना पड़ेगा, उल्टा-सीधा सुनने की भी

नौबत आएगी परंतु हिंदी वाले ऐसी चीजों का सामना करने का दम भी रखते हैं, तभी इतनी कठिनाइयों के बावजूद हिंदी साहित्य समृद्ध हो ही रहा है।

ऐसे में भी कुछ चैनल हैं, जो अपने दायित्वों को नजरअंदाज नहीं कर रहे हैं। 'दूरदर्शन' का योगदान इस क्षेत्र में उल्लेखनीय है। इस पर साहित्यकारों के साक्षात्कार, कविता-पाठ या साहित्य जगत् से जुड़ी अन्य सूचनाएँ पेश की जाती हैं, किंतु ऐसे कार्यक्रमों को देखने वाले दर्शकों की संख्या आज नगण्य है, जिससे ऐसे कार्यक्रमों को पेश करने का उत्साह धीरे-धीरे कम होता जा रहा है। यदि कोई ऐसे कार्यक्रम देखेगा ही नहीं तो फिर किसके लिए चलेंगे ऐसे कार्यक्रम ?

बाजारवादी-उपभोक्तावादी संस्कृति और भोग्यवादी मानसिकता अपनी जड़ें मजबूत कर चुकी है। ऐसे में साहित्यिक चर्चाएँ, रचनाकारों का साक्षात्कार, कविता-पाठ, ये सब सुनने के बजाय गॉसिप हॉलीवुड-बॉलीवुड की, अभिनेताओं के साक्षात्कार और रिमिक्स गानों की चर्चा दर्शकों को अधिक लुभा रही है।

रेडियो का भी यही हाल है। विविध भारती, हिंदी भाषा के साहित्य के प्रचार-प्रसार में हमेशा से उत्साह दिखाती रही है। आज भी दिखा रही है, परंतु एफ०एम० की होड़ में विविध भारती को आज कम सुना जा रहा है। स्पर्द्धा के युग में बने रहने के लिए दर्शक और श्रोताओं को ध्यान में रखकर कार्यक्रम पेश किए जा रहे हैं। ऐसे कार्यक्रम, जिनके दर्शक कम मिलते हैं या फिर जो देखे ही नहीं जाते, उनका प्रसारण बंद कर दिया जाता है।

ऐसा लगता है कि मीडिया का आत्मविश्वास कम होता जा रहा है। पहले जब बाजारू संस्कृति मीडिया पर इस कदर हावी नहीं हुई थी, मीडिया को अपने ऊपर एतबार था कि वे जो कार्यक्रम पेश करेंगे, लोकहित में दर्शक उसे स्वीकार करेंगे। और ऐसा होता भी था, क्योंकि मीडिया लोकहित के प्रति ज्यादा ईमानदार था। साथ ही साथ नैतिकता और मौलिकता दोनों का ध्यान रखा जाता था। परंतु अब मीडिया की मानसिकता कुछ ऐसी हो चुकी है कि मुँहदेखी कहने-लिखने की आदत लग चुकी है। विज्ञापनों और सूचनाओं में भी इस बात का खयाल रखा जाता है।

इस संबंध में कंप्यूटर-इंटरनेट पर भी चर्चा आवश्यक है। यहाँ परिस्थितियाँ थोड़ी अलग हैं। इंटरनेट-वेबसाइट के अंतरराष्ट्रीय स्तर से जुड़े होने के कारण इसे सबसे ज्यादा उपभोक्ता मिलते हैं। यह भी हर तरह के उपभोक्ताओं की रुचि का खयाल रखता है। परंतु इसका स्याह पक्ष 'पौर्न वेबसाइट' है, जो आज के युवा वर्ग की मानसिकता को विकृत करने में सबसे महत्त्वपूर्ण भूमिका अदा कर रहा है। इंटरनेट उपभोक्ता कम उम्र के बच्चे भी हैं। इंटरनेट सूचनाओं का खजाना है।

इंटरनेट हिंदी साहित्य के प्रचार-प्रसार में महत्त्वपूर्ण भूमिका अदा कर सकता है, यदि इस पर ध्यान दिया जाए तो।

हिंदी भाषा विश्व की सबसे ज्यादा बोली जाने वाली भाषाओं में से एक है। हिंदी भाषा की बढ़ती लोकप्रियता को मीडिया ने हाथोंहाथ लिया है। इंटरनेट के परिप्रेक्ष्य में भी हिंदी भाषा की लोकप्रियता का नोटिस लिया जा चुका है। नेटजाल डॉट कॉम नामक महापोर्टल की शुरुआत की वजह भी यही थी। हिंदी सहित नौ भाषाओं में यह महापोर्टल शुरू किया गया था, परंतु अपनी स्थापना के एक साल में ही नेटजाल बंद हो गया। यह वेबसाइट खबरों और लेखों के अलावा ई-मेल जैसी सुविधाएँ भी प्रदान करता था। इसके बाद हैदराबाद से निहार ऑनलाइन के नाम से एक वेब परियोजना भी शुरू हुई थी, परंतु यह भी जल्दी ही बंद कर दी गई।

तकनीकी मामलों के जानकार और ब्लॉगर बालेंदु दधीच के अनुसार, 'इसकी एक बड़ी वजह यह थी कि उस समय भारतीय भाषाओं में न इंटरनेट आधारित पाठक थे और न ही आमदनी का कोई जरिया। इसका कारण भी था। आम मध्यवर्गीय भारतीयों के लिए कंप्यूटर खरीदना और इंटरनेट कनेक्शन के मासिक बिल का भुगतान करना कठिन था। अतः स्वभाषी भारतीयों में कंप्यूटर-इंटरनेट का प्रसार देर से और धीमी गति से हुआ। पर अब समय बदल गया है, इंटरनेट मध्यवर्ग की पहुँच में आ चुका है।' नए-नए साइबर कैफे हर जगह खुल रहे हैं। अपना इंटरनेट कनेक्शन नहीं भी हो तो भी साइबर कैफे में कम पैसे में घंटे-दो घंटे बैठा ही जा सकता है। आज भारतीय भाषाओं की वेबसाइटों, पोर्टलों आदि को इंटरनेट पर लाने के रास्ते की ज्यादातर रुकावटें दूर हो चुकी हैं और माइक्रोसॉफ्ट के नवीनतम ऑपरेटिंग सिस्टम 'विंडोज विस्टा' के लोकप्रिय होने के बाद हिंदी में काम करना और भी आसान हो गया है।

यूनिकोड के आने से हिंदी में वेबसाइट बनाना अब और भी आसान हो गया है। परंतु सबसे महत्त्वपूर्ण बात यह है कि मीडिया पर ही सारी जिम्मेदारियाँ लादकर हमें मुक्त नहीं हो जाना चाहिए। इन सुविधाओं का लाभ उठाना चाहिए। हिंदी वालों का अपना दायित्व बनता है कि वे हिंदी साहित्य के प्रचार-प्रसार के लिए कंप्यूटर इंटरनेट जैसे साधनों का ज्यादा से ज्यादा उपयोग करें, क्योंकि सूचनाओं को जल्द से जल्द विश्व में प्रसारित करने का यह सबसे सशक्त माध्यम है।

हिंदी भाषा की लोकप्रियता दिन-प्रतिदिन बढ़ रही है। इंटरनेट पर हिंदी भाषा में ब्लॉग-लेखन भी चालू किया जा चुका है। ब्लॉग-लेखन में हिंदी के रचनाकारों

को भी हिस्सा लेना चाहिए। अन्य भाषाओं के रचनाकार कंप्यूटर-इंटरनेट का प्रयोग अपने साहित्य के प्रचार-प्रसार के लिए कर रहे हैं, जबकि हिंदीभाषी लोग इसमें बहुत पीछे हैं। यह काम हिंदी वालों को स्वयं करना होगा—'अपना हाथ, जगन्नाथ।' इससे बेहतर विकल्प और क्या हो सकता है ?

इस दिशा में प्रयास भी शुरू हो चुका है। हिंदी की अनेक प्रतिष्ठित साहित्यिक पत्रिकाएँ इंटरनेट पर भी उपलब्ध हैं, जैसे—'हंस', 'अन्यथा', 'तद्भव', 'वागर्थ', 'नया ज्ञानोदय' आदि। अनेक पत्र-पत्रिकाओं के ताजा अंकों की विषयवस्तु की सूचना अब नेट पर मिलने लगी है, जैसे—'संबोधन', 'वर्तमान साहित्य' आदि। ऐसा ही उत्साह साहित्यिक पुस्तकों के प्रचार-प्रसार में, लेखन में भी दिखाने की आवश्यकता है। इससे हिंदी साहित्य ज्यादा से ज्यादा लाभान्वित हो सकेगा। परस्पर प्रतिस्पर्द्धा और मनोमालिन्य को परे रखते हुए अच्छे और उत्कृष्ट लेखन को प्रोत्साहित करना चाहिए।

इसके लिए लेखन क्षेत्र में जागरूकता और सतर्कता बरतने की आवश्यकता है। साहित्य लेखन में आज रचनाओं की भरमार है। लेखक बनने की होड़ ने हिंदी साहित्य जगत् को भी गहरे आक्रांत किया है। रोज नए-नए लेखक पैदा होते रहते हैं, परंतु लेखन में नकल ही ज्यादा देखने को मिल रही है। लेखन में मौलिकता का खयाल भी लेखकों को रखना होगा, खासकर नए लेखकों का। लेखकों के चिंतन-मनन की परिपाटी भी अपनी होनी चाहिए। विषय के चुनाव में, समस्याओं के चित्रण में सावधानी बरतने की आवश्यकता है। प्रायः ऐसा देखने में आता है कि यदि किसी विषय पर लेखन लोकप्रिय हो रहा है तो उस विषय की तरफ लेखकों का ध्यान ज्यादा आकर्षित होता है और फिर लेखक उसी विषय में ऊभ-चूभ होने लगते हैं और तत्कालीन समस्याओं पर चिंतन-मनन की अपनी पकड़ को ढील दे देते हैं। इससे पाठकों की संख्या घटती है, क्योंकि ऐसे में विषय के प्रति रुचि की जगह कभी-कभी अरुचि भी पाठकों में देखने को मिलती है। उदाहरण के लिए, 'स्त्री-मुक्ति-संघर्ष' को ही लें। इस विषय ने भी नए-पुराने लेखकों को खूब लुभा रखा है, हिंदी साहित्य में इस विषय पर लेखन की बाढ़ आ गई है, किंतु ऐसे लेखन में नवीनता कितनी है और नकल कितनी है, यह एक सजग पाठक ही समझ सकता है।

आज के लेखक अपने आसपास या दूर-दराज के वातावरण के प्रति कितने सजग हैं, इस संबंध में भी जानना जरूरी है। केवल इल्जाम लगाने से ही काम नहीं चलता, प्रमाण भी देना होता है। प्रमाण के तौर पर मंदी (रिसेशन) की ही समस्या

लीजिए। साल-डेढ़ साल से 'मंदी' की समस्या देश और विदेश को गहरे प्रभावित कर रही है, जिसकी वजह से दांपत्य जीवन प्रभावित हुआ है। आत्महत्या (वह भी पूरे परिवार समेत), घर से बेघर होकर सड़क पर भिखारियों की तरह जिंदगी बसर करने के लिए मजबूर लोगों आदि की समस्याओं पर हिंदी में कितना लेखन इस अवधि में हुआ है ? आज की तारीख में 'रिसेशन' की समस्या या उससे जुड़े आयामों का चित्रण हिंदी साहित्य में खोजिए, मेरा दावा है कि आपको निराशा ही हाथ लगेगी।

अतः हिंदी साहित्य को ज्यादा से ज्यादा अंतरराष्ट्रीय क्षेत्रों से भी जुड़ना होगा, तभी रचनाओं को पढ़ने वाले पाठकों की संख्या भी बढ़ेगी और मीडिया भी विवश हो जाएगा ऐसी चीजें छापने और दिखाने के लिए।

भाषा के संबंध में रामशरण जोशी का कथन उल्लेखनीय है—'भाषा वही जीवित रहती है जिसमें समकालीन चुनौतियों का सामना करने की और वांछित रेस्पॉन्स देने की सामर्थ्य हो। उसमें आधुनिक संवेदनाओं और विमर्शों को अभिव्यक्त करने की शक्ति हो। अतः हिंदी के प्रति मध्ययुगीन मानसिकता, विवेकहीनता, भावुकता और अंधराष्ट्रवाद की दृष्टि अपनाने के बजाय ऐसी दृष्टि से काम लेने की जरूरत है, जो राष्ट्रीय स्थानीयताओं तथा वैश्विक विविधताओं के बीच एक व्यावहारिक सेतु की भूमिका निभा सके।' यही बात हिंदी साहित्य पर भी लागू होती है।

इस परिदृश्य में हिंदी के विश्व में प्रचार-प्रसार के लिए चंद ठोस कदम उठाना भी अनिवार्य प्रतीत होता है—हिंदी में मौलिक समाजविज्ञान साहित्य के लेखन को प्रोत्साहित करना, अनुवाद, डबिंग, सब-टाइटलिंग, एस०एम०एस०, ई-मेल आदि कामों के लिए हिंदी को सशक्त बनाना; सरल हिंदी को प्रोत्साहन देना और हिंदी क्षेत्रों के बाजार से आर्थिक संबंध रखने वालों से हिंदी प्रयोग के लिए आग्रह करना; विश्व की प्रमुख समृद्ध भाषाओं में हिंदी की प्रतिनिधि कृतियों का अनुवाद करवाना; हिंदी के मौलिक चिंतन-विचार साहित्य को भी अनुवाद कराकर विदेशी भाषाओं में उपलब्ध कराना; हिंदी में भविष्य विज्ञानशास्त्र लेखन के अनुशासन को विकसित करना, क्योंकि 'हिंदी को विश्वलोक हृदय से जुड़ना होगा।' (रवींद्र त्रिपाठी)

रही बात मीडिया की तो मीडिया में टी०आर०पी० और सर्वेक्षणों के बहाने मीडिया मार्केटिंग और विज्ञापन एजेंसियों की पकड़ इतनी मजबूत हो गई है कि चैनलों और अखबारों की विषय-वस्तु उन्हीं के आधार पर तय हो रही है। समाचार और अखबार अपने दायित्वों को भूलते जा रहे हैं। उनका सारा ध्यान दर्शकों के

मनोरंजन और सिर्फ मनोरंजन पर ही है।

मीडियाकर्मी आनंद प्रधान का कहना है कि मीडिया को बेहतर बनाने के लिए, मीडिया के बेहतर, जागरूक और मीडिया-साक्षर उपभोक्ताओं की जरूरत है। ऐसे मीडिया-साक्षर उपभोक्ताओं की, जो बेहतर मीडिया को आगे बढ़ाएँ और पथ-विचलित मीडिया को सबक सिखाने से हिचकिचाए नहीं। इससे भी बात न बने तो लोकतांत्रिक विरोध का वह तरीका अपनाएँ जो किसी भी अन्य जनहित के मुद्दे पर अपनाए जाते हैं। इसी तरह भटके हुए मीडिया को सही राह पर लाया जा सकेगा।

ऐसे में मीडिया-प्रशिक्षण संस्थानों की भी कुछ जिम्मेदारी बनती है। मीडिया और मनोरंजन उद्योग तेजी से बढ़ रहा है। मीडियाकर्मियों की बढ़ती माँग को पूरा करने के लिए सरकारी, खासकर निजी क्षेत्र में मीडिया-प्रशिक्षण और शिक्षा संस्थानों के जहाँ-तहाँ कुकुरमुत्ते के छत्ते की तरह उग आने के बावजूद मीडिया में प्रतिभाशाली, प्रशिक्षित मीडियाकर्मियों की बहुत कमी है। इसका असर मीडिया-उद्योग के विकास पर भी पड़ रहा है। जरूरत है इन प्रशिक्षण-संस्थानों को अपनी बंद दुनिया से बाहर निकलकर मीडिया जगत् से एक नियमित संवाद शुरू करने की।

और अंत में मैं इतना ही कहना चाहूँगी कि आज जब ज्यादातर लोग भौतिकता की आँधी में बहे जा रहे हैं, ऐसे में यदि मीडिया भी त्याग और ईमानदारी के पथ से विचलित हो गया है, तो हमें आक्रोश की जगह सहानुभूति से काम लेना होगा। साथ ही साथ आवश्यकता है ऐसे लोगों की जो एक भटके हुए राही को सही राह दिखा सकें।

मीडिया और साहित्य

हरिकृष्ण निगम

आज के युग में समाचार-पत्रों एवं श्रव्य-दृश्य मीडिया की उपयोगिता या उनके योगदान की बात करना शब्दों का अपव्यय करना ही है। समाचार-पत्रों को बहुधा एक दर्पण की संज्ञा दी जाती है और कहा जाता है कि इस दर्पण के सहारे किसी भी देश की सामाजिक परिस्थितियों या गतिविधियों का सही-सही मूल्यांकन किया जा सकता है। महत्त्व और उपयोगिता की दृष्टि से आज के युग में समाचार-पत्रों को वह शीर्षस्थ स्थान प्राप्त हो चुका है जहाँ से वे एक ओर यह आवाज उठा सकते हैं कि उन्हें अपने क्षेत्राधिकार में किसी का हस्तक्षेप सहन नहीं है, दूसरी ओर वे यह भी समझने लगे हैं कि उनका मूल्य अस्थायी या मात्र उस दिनभर मात्र के लिए नहीं है। विशेषकर संपादकीय पृष्ठ या अग्रलेखों को वे समकालीन संबद्ध विषयों की सामग्री के महत्त्वपूर्ण हिस्से की दृष्टि से देखते हैं तथा सप्ताहांत परिशिष्टों में संकलित साहित्यिक प्रस्तुति को आज साहित्यिक संकलनों में अभिलेखित करने की प्रथा भी चली है। अंग्रेजी साहित्य में विशेषकर आधुनिक उपन्यासों की विधा में पत्रकारिता-शैली इस तरह आत्मसात् हो चुकी है जिसमें इतिहास, पुरातत्त्व, मिथक और सामयिक सरोकारों को मिलाकर ऐसा रोचक ताना-बाना बुना जाता है कि कभी-कभी दुनिया-भर की सत्ताएँ उन्हें अपना शत्रु भी मानने लगती हैं। सलमान रुश्दी या तसलीमा नसरीन के उपन्यासों व कथा-साहित्य के आधुनिक संदर्भ कट्टरपंथियों को उद्वेलित कर देते हैं पर मूलतः पत्रकार की साहसिकता ही कभी उन्हें निर्वासन, कभी बहिष्कार, कभी धमकियों का शिकार भी बनाती है। इस प्रकार जब भी मीडिया और साहित्य के अंतर्संबंध पर विमर्श होता है, कालजयी साहित्यिक के दायरे से पत्रकारिता शैली व तात्कालिक सरोकारों पर आधारित कृतियों को, विरोधाभासों या विवादग्रस्त होने से बचाने के लिए, बहुधा अलग किया जाता है। पर आज के द्रुत गति से बदलते सामाजिक परिदृश्य में साहित्य-पारखियों के लिए यह रुख अपनाना किस सीमा तक उचित है ?

इस प्रश्न पर नए सिर से ध्यान देना अपेक्षित है। आज समाचार-पत्रों या

मीडिया की अन्यान्य विधाओं का वही महत्त्व है जो भोजन का है। जैसे बिना भोजन अथवा पोषण के हम अधिक दिन जीवित नहीं रह सकते हैं, उसी तरह शायद समाचार-पत्रों या विविध समाचार चैनलों को देखे बिना हम अपने को अधूरा महसूस करते हैं। अभिव्यक्ति के माध्यमों पर कितने ही विवाद हों, राज्य के प्रत्यक्ष या अप्रत्यक्ष नियंत्रण के मुद्दे हों या हस्तक्षेप का प्रश्न, पर आज के उनके अनसुलझे, पेचीदा और दिलचस्प सवालों और घटनाक्रमों पर रहस्य-रोमांच का मसाला चढ़ाकर अनेक लेखक इतने लोकप्रिय उपन्यास लिख चुके हैं कि विस्मय होता है। पिछले कुछ दशकों में पश्चिम में मूल रूप से एक पत्रकार की शैली में लिखे कथा साहित्य की काफी धूम रही है। अल्पज्ञात तथ्यों के प्रति कौतूहल, मनोवैज्ञानिकों के सर्वेक्षणों में सहज आकर्षण और जिज्ञासा, अश्वेतों की गंदी बस्तियों का दैनिक जीवन आदि एक समय ऐसे विषय थे जिन्हें सदाशयता से प्रस्तुत कर अनेक लेखकों ने विश्व-भर में ख्याति पाई। एक उदाहरण ही हमें सारे परिदृश्य का अनुमान दे सकता है। अमेरिकी उपन्यासकार इरविंग वैलेस इस विधा के सबसे बड़े उदाहरण माने जाते हैं। उनकी कृतियाँ लोकप्रिय और अभिजात दोनों तरह के साहित्य बाजारों में क्यों चली थी ? इसका सीधा उत्तर था—मात्र सनसनीखेज, उत्तेजक यौनाचरणों के चित्र नहीं, सब कुछ एक विशेषज्ञ की तथ्यपरक दृष्टि से संकलित, पर उसमें कहीं नाटकीयता की चाशनी भी थी। इरविंग वैलेस ने अमेरिकी महिलाओं और पुरुषों के यौनाचरण के विषय में प्रसिद्ध डॉक्टर किन्सी के सर्वेक्षण की धूम मचते ही इस प्रकार के सर्वेक्षण को विषयवस्तु बनाने का निर्णय लिया था। किन्सी की रिपोर्ट के चौखटे पर उन्होंने 'चैपमैन रिपोर्ट' नामक उपन्यास की रचना की जो पाठकों की इस जिज्ञासा का समाधान करता है कि यौन जीवन संबंधी सर्वेक्षण किस तरह किए जाते हैं। और अंत में इस तरह के सर्वेक्षणों की उपयोगिता के आगे एक प्रश्नचिह्न लगाकर उन्होंने विशाल पाठक-समूह के नैतिक आग्रह को भी तुष्ट किया। पत्रकारिता के इसी फॉर्मूले को दोहराकर वैलेस ने फिर 'द प्राइज' उपन्यास रचा जो नोबेल पुरस्कार के विषय में पाठकों की जिज्ञासाओं का समाधान रहस्य और रोमांच के वातावरण में करता है। तथ्य और ऐतिहासिक सूचनाओं से छेड़छाड़ न करते हुए इस उपन्यास को लिखते समय आवश्यक संदर्भ सामग्री जुटाने के लिए वैलेस ने स्वीडन की यात्रा की थी। बातचीत के दौर में अनेक लोगों से साक्षात्कार किए और कई शोध-सहकारी भी नियुक्त किए। स्पष्ट है, एक पत्रकार का हर हथियार उन्होंने प्रयुक्त किया। वैलेस की तरह अनेक उपन्यासकारों ने अमेरिका में पत्रकार की व्यावसायिक दृष्टि का

सफलतापूर्वक उपयोग किया। दूसरे विश्वप्रसिद्ध उपन्यासकार अल्बर्टो मोरेविया ने भी समाजशास्त्र और मनोविज्ञान को अपने पांडित्य की साहित्यिक सरसता से आप्लावित किया और साहित्य में दंतकथा बन गए। हॉलीवुड के जीवन के सत्य को उजागर करने वाले उपन्यास 'द कार्पेट बैगर्स' के रचयिता हैरल्ड रॉबिंस आज भी दुनिया भर में उसी चाव से पढ़े जाते हैं। जॉन कैनेडी के शासन पर चाहे 'वन थाउजेंड डेज' हो या रोनाल्ड रीगन या निक्सन या हाल के पूर्व राष्ट्रपति जॉर्ज डब्ल्यू० बुश हों, उन पर राजनीतिक वृत्तांतों की पटकथाएँ चटखारे लेकर पढ़ी जाती हैं। उनमें अतिशयोक्ति है भी तो यथार्थ के छोटे से छोटे सत्यापित किए जाने वाले विवरणों के दायरे में।

इसी तरह पत्रकारिता शैली के तथ्यपरक उपन्यासों में आर्थर हेली का 'रूट्स', जिसमें अश्वेत पूर्वज के बचपन की जड़ों की तलाश की झकझोरने वाली गाथा लिखी गई है। इसी तरह विज्ञापन युग व छवि-निर्माण उद्योग की विभीषिकाओं पर 'द हिडन पर्सुएडर्स' और अमेरिकी लोकतंत्र में नए वर्ग या वर्ण-विधान पर 'द स्टेटस सीकर्स' नामक उपन्यास इस शैली का सर्वाधिक बिक्रीवाला उपन्यास था। न्यूयॉर्क और ब्रकलिन की गंदी बस्तियों पर अथवा सी०आई०ए० की गुप्त रिपोर्टों पर आधारित आणविक विस्फोटों के भयादोहन की पटकथाओं व अनेक राष्ट्रपतियों की हत्याओं व अपहरण के षड्यंत्रों की चटपटी कहानियों पर सजीव उपन्यास लिखे गए हैं। इंग्लैंड में तो इन विषयों के अलावा जातीय समस्याओं और अनेक उपसंस्कृतियों पर भी रोचक और तथ्यपरक उपन्यास साहित्य लिखा गया है। अब तो रिपोर्ताज-उपन्यासों का ऐसा सिलसिला चल निकला है कि विवादों के बावजूद भी साहित्यकार इस विधा की ओर खिंचे आ रहे हैं और पटकथाओं, कहानियों और राजनीतिक व ऐतिहासिक घटनाक्रमों के शोध के लिए अपने अलावा स्टाफ भी रखते हैं। कुछ लोगों का यह मानना है कि उस तरह के उपन्यासों या कथा साहित्य की सफलता का सबसे बड़ा कारण यह है कि 'उपन्यास या कथाशिल्प की मौत' का नारा देने वाले साहित्यिक उपन्यासकार आधुनिक बोध के नाम पर स्वयं जो लिखते रहे हैं वह एक नीरस, आत्मकेंद्रित वक्तव्य है या आत्म रहस्योद्घाटन से अधिक कुछ नहीं। इसकी तुलना में पत्रकारिता शैली के उपन्यास अभिजात्य वर्ग अथवा सामान्य पाठक दोनों को अधिक ग्राह्य हों, तो कोई आश्चर्य नहीं। भारत में भी इधर बंगला और मराठी में, विशेषकर आज के राजनीतिक व सामाजिक सरोकारों की पृष्ठभूमि, में रचा कथा साहित्य अधिक चाव से पढ़ा जा रहा है। आलोचकों के अनुसार पत्रकारिता शैली के समर्थक चिंतन को निर्वासित करने में

या किसी भी बड़े विचार को केंद्रित करने की असमर्थता पर पर्दा डालकर कथा साहित्य को सतही बना रहे हैं। उपन्यास कला क्या हिंदी में पत्रकारिता की सीमांत चौकी का रूप ले सकेगी ? इस विषय पर आज कुछ कहना मुश्किल है। भारत में ही पर्याप्त प्रसिद्धि प्राप्त किए आज के एक उपन्यासकार डोमिनिक लैपियर ने 'फ्रीडम एट मिडनाइट', 'ओ जेरूसलेम' या 'सिटी ऑफ जॉय' जैसे तथ्यपरक कथात्मक वृत्तांत लिखे, बाद में यह उपेक्षित क्षेत्र है, क्योंकि ऐसा प्रतीत होता है कि हम पहले से ही सोच बैठे हैं कि ऐसा साहित्य स्थायी महत्त्व का अथवा कालजयी नहीं हो सकता है। शायद इसलिए वस्तुपरक, वैज्ञानिक अथवा तथ्यपरक दृष्टि को लेकर इस विधा का उपयोग करने वाले होंगे।

आज से लगभग 42 वर्ष पूर्व 13 अगस्त, 1967 को प्रसिद्ध पत्रिका 'दिनमान' में लगभग 5000 शब्दों में 'अज्ञेय' का डॉ० हजारीप्रसाद द्विवेदी से एक साक्षात्कार 'सन् 2000 में हिंदी साहित्य' शीर्षक से प्रकाशित हुआ था। उनमें एक ऐसे भविष्यदर्शी के दर्शन होते हैं जो आगे आने वाले दशकों में हिंदी साहित्य के भविष्य पर आने वाले समय के मीडिया के प्रभाव का अनुमान सही-सही लगा सका था। डॉ० द्विवेदी का यह कहना कि 'जो कुछ हमें दिखाई देता है, उसका उतना महत्त्व नहीं है जितना हमारी देख पाने की व्याकुलता का', आज उनकी व्याकुलता के आकलन की उपलब्धियाँ हमारे समक्ष हैं। कदाचित् मीडिया के माध्यम से 'प्रतिक्षण घटने वाली घटनाओं के सातत्य या धारावाहिकता लाने में' एक साहित्यकार को भविष्य में मिलने वाली 'रूप सर्जन' की एक नई आँख को वे तभी पहचान चुके थे।

सन् 1967 में ही द्विवेदी जी ने लगभग एक तिहाई शताब्दी में क्या कुछ होने वाला है या सन् दो हजार में हिंदी साहित्य की क्या स्थिति होगी, इस पर जो अपने अनुमानों के आधारों का जिक्र किया था, वे हमारे सामने मूर्त रूप ले चुके हैं। आज से चार दशक पूर्व किसी को यदि आज की स्थिति पर विचार करना होता तो एक भविष्यवक्ता ही कह सकता था कि हिंदू-मुस्लिम तनातनी या अलगाव 'कदाचित् अशुभ परिणाम की पुष्टि अवश्य करेगा।' यह तो उन्होंने नहीं कहा कि यह पार्थक्य आतंकवाद का रूप ले सकता है, पर संकेत स्पष्ट था। डॉ० द्विवेदी ने बिना झिझक के कहा था कि हिंदी भाषा और साहित्य का घनिष्ठ संबंध देश की अखंडता, एकता और समृद्धि से है। 'क्या होने वाला है इस देश का? क्या यह देश, एक और अंखड बना रहेगा ?' यह प्रश्न उन्होंने स्वयं किया था। सामाजिक जीवन के प्रति अस्वस्थ दृष्टिकोण व स्वयं हिंदी प्रदेशों में स्थानीय बोलियों को भाषा की मर्यादा देने की प्रबल माँग अथवा प्रवृत्ति आगे चलकर चिंता का विषय

हो सकती है, यह उन्होंने रेखांकित किया था। आगे आने वाले संचार-माध्यम युवाओं में विचित्र प्रकार का अजनबीपन, संत्रास, असहाय वृत्ति और निराशा का वातावरण प्रस्तुत कर सकते हैं। उनकी सबसे बड़ी चिंता थी कि नए साहित्यकार और उनके द्वारा प्रयुक्त मीडिया शायद तात्कालिक दबावों के कारण पुराने मूल्यों के अनुसंधान को व्यर्थ का प्रयास मानने लगा है और एक समय आएगा जब संपूर्ण सभ्यता को ही कृत्रिम, प्रपंचपूर्ण और मृग-मरीचिका के रूप में देख सकता है। पर फिर भी आगामी दशकों में वे नई आस्थाओं, नए उत्साह, नई आशाओं के संदर्भों का उल्लेख करते हैं जो देश में आर्थिक विषमता और दुर्व्यवस्था के घिनौने रूप को दूर कर सकेंगे। उन्होंने यह भी कहा कि दूसरे प्रांतों की तरह हिंदीभाषी प्रदेशों में भी अंग्रेजी शिक्षा के कारण नवशिक्षितों में मानसिक क्षितिज का विस्तार होगा, पर वहाँ एक नया दोष आ गया है कि वे देश के बृहत्तर समाज से कट रहे हैं और ऐसा ही चलेगा। यह दुर्भाग्य ही होगा कि शिक्षित जनता के मानसिक क्षितिज का विस्तार साधारण जनता के लिए अपरिचित ही बना रहा है और उनकी भाषा, शैली, वक्तव्य, वस्तु सब कुछ ऐसे होने लगे जिनकी जड़ें देश की मिट्टी में गहराई तक नहीं पहुँच पा रही हैं। जनता की संवेदना को परिष्कृत करने में मीडिया को अपनी भूमिका निभानी होगी। द्विवेदी जी ने उस आने वाले समय का भी अंतर्दर्शन किया था जब हिंदी में ज्ञान का साहित्य प्रचुर मात्रा में लिखा जाएगा और वह उच्चतम शिक्षा, उच्चतम न्याय और उच्चतम विधान की भाषा होगी। तब उनके अनुसार हिंदी की अभिव्यंजना शक्ति अकल्पनीय ढंग से शक्तिशाली होगी।

उपर्युक्त साक्षात्कार में द्विवेदी जी ने संचार के माध्यमों द्वारा साहित्य-सृजन की प्रकृति में जो परिवर्तन हो सकते हैं, उनकी भी चर्चा की थी—'वर्तमान काल में मुद्रण यंत्र के प्रतिद्वंद्वी रेडियो आदि श्रुतिग्राह्य यंत्रों का आविष्कार हुआ है और उनके कारण काव्य, नाटक, कथा आदि की अभिव्यक्ति में कुछ थोड़े-थोड़े प्राविधिक परिवर्तनों का आभास मिला है। टेलीविजन के चक्षुग्राह्य विषयों की प्राविधिक विशेषताओं के कारण भविष्य में जब शब्द-संचार के अधिक शक्तिशाली साधन उपलब्ध होंगे, पृथ्वी के ऊपर उपग्रहीय स्टेशनों से विविध भाँति के राग-लय समन्वित साहित्य का प्रसारण होगा, तब मुद्रण यंत्र का एकच्छत्र आधिपत्य उससे अवश्य प्रभावित होगा।' इससे 'शब्द और अर्थ का साहित्य' नया रूप ग्रहण करेगा।

आने वाले समय में साहित्य जनजीवन के और निकट आएगा क्योंकि ऊहात्मक लेखों का उस समय कोई मूल्य नहीं रह जाएगा, यदि संघर्षों या भावी युद्धों की

संभावना बनी रहेगी, यह चेतावनी भी द्विवेदी जी ने दी थी। महायुद्ध तो नहीं होगा, पर खंड-युद्धों का ताँता बना रहेगा। संचार-माध्यमों से जुड़ी समाचार-भूमि के द्विवेदी जी एक इतने पैने और बारीक अध्येता थे, यह आज भी एक विस्मय की बात है क्योंकि अब तक उनके अवदान को पुरानी पीढ़ी की परिपाटी में दीक्षित साहित्यकार के रूप में प्रस्तुत किया जाता रहा है। सच तो यह है कि वे कोई अतीतजीवी विद्वान् नहीं थे और उनके सारे साहित्य में 'अतीत के' पुनर्संस्कार और उसके आधुनिकीकरण की कोशिश रही थी।

वैसे तो पत्रकारिता और अन्य संचार के माध्यम आज आधुनिक मानवीय व्यवस्था का अनिवार्य अंग बन चुके हैं पर प्रजातंत्र और पत्रकारिता अन्योन्याश्रय संबंध के कारण एक निष्पक्ष, निर्भीक एवं प्रतिबद्ध प्रेस की भूमिका का कोई विकल्प सोचना भी मुश्किल है। दिन-प्रतिदिन होने वाले द्रुतगामी परिवर्तनों के, चाहे मुद्रित पत्रकारिता हो या रेडियो या टी०वी० पत्रकारिता हो, स्वरूप का परिवर्तन कितना भी हो, पर दायित्व में कोई बदलाव नहीं हो सकता है। मीडिया की यह शक्ति निरंतर बढ़ती ही गई है, क्योंकि इसका कारण है बढ़ती साक्षरता एवं राजनीतिक जागरूकता। इसलिए विश्वसनीयता की कसौटी को अनदेखा नहीं किया जा सकता है। कतिपय पत्र-पत्रिकाएँ, पत्रकार एवं विविध टी०वी० चैनल मुक्त बाजारवाद और वैश्वीकरण के समर्थन के पीछे पश्चिम के अंधानुकरण के कारण सामान्य जनता से कहते जा रहे हैं। पत्रकारिता वस्तुतः सूचना संप्रेषण का ही एक अनिवार्य भाग है, पर इसका यह अर्थ है कि अधिकाधिक लोगों से उसका प्रत्यक्ष संवाद बना हुआ है। शायद आज भारत के भीतर ही दो देश हैं। चमक-दमक से भरे संचार क्रांति ने और उसके सर्वाधिक महत्त्वपूर्ण माध्यम पत्रकारिता द्वारा एक भारत ऐसा भी है जहाँ इसका प्रभाव अनछुआ रह गया है। इलेक्ट्रॉनिक मीडिया में श्रव्य-दृश्य माध्यम की पकड़ अवश्य गहरी हुई है, पर पश्चिमी अपसंस्कृति के हर उस चित्रात्मक एवं सांकेतिक चंगुल में आज वह इस तरह फँसता जा रहा है जो देश की युवा पीढ़ी के लिए एक नई चुनौती बन गया है। प्रतिबद्धता का संकट, पीत पत्रकारिता, विज्ञापनों का दबाव और राष्ट्रीय अस्मिता के आग्रहों को नकारना आज के मीडिया के नकारात्मक लक्षण हैं। व्यावसायिकता के दबावों के कारण लगता है, सामाजिक दायित्वों का अहसास आज लुप्त होता जा रहा है। आज भारत की सत्तारूढ़ संपन्न वर्ग की भाषा अंग्रेजी बन चुकी है, पर जब तक देश की राजनीति लोकतंत्र के कारण भारतीय भाषाओं में चलेगी, हिंदी का भविष्य संशयपूर्ण न होगा।

अंतरराष्ट्रीय दृष्टि आज जितनी आवश्यक है, अंतरराष्ट्रीयता का मोह उतना ही खतरनाक सिद्ध हो सकता है। आज यह प्रश्न बार-बार उठ रहा है कि अभिव्यक्ति की स्वतंत्रता के नाम पर क्या प्रेस को अनुत्तरदायी रूप से सामाजिक समरसता भंग करने का अधिकार है? इस स्वतंत्रता की सीमा को यदि वे स्वयं निर्धारित करते हैं, तब उन्हें यह उच्छृंखलता महँगी पड़ सकती है। सेकुलरिज्म, मानवाधिकार की पुनर्व्याख्या और देश की सुरक्षा ऐसे सवाल हैं जहाँ अधिकांश लोगों को प्रतीत हो रहा है कि मीडिया उन अतिरेकियों के मूल अधिकारों पर अधिक चिंता कर रही है जिन्हें न संविधान से कुछ लेना-देना है, न ही शासन व्यवस्था के मानदंडों या आदर्शों से। यह भी सच है कि सामाजिक बदलाव मीडिया में किसी परिचर्चा के संपूर्ण होने का इंतजार कभी नहीं करता है। इसलिए मीडिया की राह काँटों-भरी है क्योंकि पत्रकारिता के सीने पर राजनीति का तांडव चल रहा है और इलेक्ट्रॉनिक मीडियाकर्मियों की आज की प्राथमिकता मात्र देश की एकता और अखंडता को बचाने की होनी चाहिए। जिस तरह आज कई समानांतर साहित्यिक दुनियाएँ एक साथ सृजनरत् हैं—हर विधा में कुछ न कुछ हो रहा है, मीडिया को भी सामाजिक परिवर्तन के एक अस्त्र के रूप में देखना चाहिए।

इलेक्ट्रॉनिक माध्यमों की चुनौती

प्रो० सूर्यप्रसाद दीक्षित

पारंपरिक मुद्रित माध्यम और उसका बेहतर विकल्प बनने का दावेदार इलेक्ट्रॉनिक मीडिया अभी पूर्णतः न विचार दे पा रहा है और न स्वच्छ जनरंजन का संस्कार। सूचना-संचार में भी ये श्रव्य-दृश्य माध्यम एवं अखबारपूरक प्रतिस्पर्द्धी नहीं बन पाए हैं। इनके बाहरी चाकचिक्य के बावजूद संप्रति जनमानस काफी ऊब चला है, शायद इसलिए कि वे सही जनसंचार न होकर मात्र प्रचार-व्यापार यानी 'टी०आर०पी०' बनकर रह गए हैं।

आज भारतीय मीडिया के अंतर्गत चार प्रकार के माध्यमों की गणना की जा रही है–(1) अखबार, (2), रेडियो, (3) टी०वी०, (4) इंटरनेट। ये माध्यम चूँकि पठ्य-श्रव्य-दृश्य हैं, चूँकि ये सूचना प्रौद्योगिकी से सीधे जुड़े हुए हैं और चूँकि ये विकसित राष्ट्रों के सशक्त चैनलों द्वारा संचालित हैं, इसलिए इनमें बड़ा 'ग्लैमर' भर गया है। अभी कुछ दिनों पूर्व तक टी०वी० चैनलों के सामने मुद्रित माध्यम अर्थात् समाचार-पत्र निष्प्रभावी-से दिख रहे थे। अब विदेशों के चैनल्स इस बीच अपने पूरे वर्चस्व यानी पूरे तकनीकी आडंबर के साथ भाँति-भाँति के दृश्यों, वृत्तांतों तथा समाचार संबंधी कार्यक्रमों को लेकर भारतीय जनमानस पर छा गए हैं। उनके समक्ष मुद्रित माध्यम ही क्या, दूरदर्शन तक निस्तेज-सा हो गया है। 'प्रसार भारती' के पुनर्गठन के बावजूद डी०डी०-1, मेट्रो चैनल, दूरदर्शन भारती आदि के कार्यक्रम स्टार टी०वी०, जी० न्यूज, सब, आज तक, ई०टी०वी०, सहारा समय, कलर, इमेजिन आदि के समक्ष लगभग निष्फल हो चले हैं। यही स्थिति 'आकाशवाणी' की है। पहले तात्कालिक और पुष्ट प्रामाणिक समाचार की पर्यायवाची थी आकाशवाणी। अब उससे कहीं ज्यादा प्रभावी भूमिका अदा कर रहे हैं, 'रेडियो मिर्ची', एफ०एम० युक्त सिटी रेडियो। पिछले दशकों में संचार मंत्रालय के संरक्षण में आकाशवाणी और दूरदर्शन की जो अधोगति हुई है, उस पर विचार करते हुए यह आशंका स्वाभाविक ही है कि आगामी कुछ दशकों बाद इनका अस्तित्व शायद कागज पर ही रह जाएगा। इसलिए इलेक्ट्रॉनिक मीडिया के भविष्य पर और इस

संकट के संभावित निराकरण पर यथासमय विचार कर लेना अत्यावश्यक हो गया है। इसका एक संकटग्रस्त क्षेत्र है—साहित्य। सर्वप्रथम द्रष्टव्य है इन माध्यमों में साहित्य की स्थिति।

1. रेडियो में साहित्य

विश्व में रेडियो का आविष्कार 1901 में हुआ था, जबकि भारत में इसका आरंभ अगस्त, 1921 से हुआ। सरकार ने 23 जुलाई, 1927 को इंडियन ब्रॉडकास्टिंग सेवा शुरू की, अस्तु 5 मई 1932 से रेडियो का पूरा 'मैनेजमेंट' सरकारी हाथों में आ गया। 9 जनवरी, 1936 के दिन पहला प्रसारण केंद्र दिल्ली में खोला गया। फिर क्रमशः बंबई, कलकत्ता (1927), लाहौर (1928), मद्रास (1930) में केंद्र खोले गए। 8 जून, 1936 में 'इंडियन ब्रॉडकॉस्टिंग' की व्यवस्थित शुरुआत हुई। यही आगे चलकर 'ऑल इंडिया रेडियो' तथा 'आकाशवाणी' कहलाई।

भारत-पाक विभाजन के समय देश में छह प्रसारण केंद्र तथा 18 ट्रांसमीटर थे। इस समय भारत में लगभग 300 ट्रांसमीटर हैं और 165 एफ०एम० केंद्र हैं। आकाशवाणी 20 चैनलों के लिए रिले प्रसारण कर रही है। प्रसार भारती, स्काई रेडियो और उपग्रह इनसेट-दो के कारण उसनें अनेक प्रकार की सेवाओं का विस्तार किया है। साहित्यिक कार्यक्रमों के इसमें तीन निमित्त हैं—(1) पत्रकारिता, (2) वार्ता, (3) नाटक।

रेडियो पत्रकारिता समय-समय पर प्रसारित बुलेटिनों के माध्यम से प्रस्तुत की जाती है। प्रसारण अवधि औसतन 15 मिनट की होती है, इसलिए एक बुलेटिन में इतने समाचार नहीं आ पाते, जितने समाचार-पत्रों में छपते हैं। इनमें स्थानीय घटनाएँ बहुत ही कम होती हैं। वे केवल साप्ताहिक झलकियों में दी जाती हैं। रेडियो में विवादास्पद और व्यवस्था-विरोधी समाचार भी बहुत कम होते हैं। इससे समाचारों की रोचकता काफी घट जाती है। प्रसार भारती के परिणामस्वरूप इधर कुछ नियम ढीले अवश्य हुए हैं, फिर भी यह माध्यम उतना मुक्त नहीं हो पाया है, जितना मुद्रित माध्यम है। चूँकि यह सरकार द्वारा प्रसारित समाचार अपेक्षाकृत अधिक संवेदनशील होता है, इसकी पहुँच बड़े क्षेत्र तक है, इसलिए रेडियो समाचारों पर कुछ प्रतिबंध लगाना जरूरी है।

रेडियो पर सबसे अधिक समय समाचारों या उनसे संबंधित कार्यक्रमों को दिया जाता है। साहित्यिक कार्यक्रमों को बहुत कम समय मिलता है। मुख्य साहित्यिक कार्यक्रम इस प्रकार हैं—

रेडियो नाटक

रेडियो के आविष्कार के साथ ही नाट्य साहित्य में एक नई विधा 'रेडियो नाटक' का आगमन हुआ। यह एक ऐसी विधा है, जिसमें नाटक के सभी गुण होते हैं। नाटकीयता के सभी गुणों के विद्यमान होते हुए भी रेडियो में एक नए शिल्प विधान की आवश्यकता महसूस हुई। इस नए शिल्प-विधान के कारण रेडियो नाटक को 'ध्वनि एकांकी', 'ध्वनि नाटक', 'श्रव्य नाटक', 'रेडियो रूपक', 'रेडियो एकांकी' आदि नामों से अभिहित किया गया, किंतु प्रधानतः 'रेडियो नाटक' संज्ञा को ही सर्वाधिक स्वीकृति प्राप्त हुई। प्रारंभ में कुछ नाटकों के रूपांतरण प्रस्तुत किए गए। 1927 में रेडियो नाटक का प्रयोग प्रारंभ हुआ। आजादी से पूर्व हिंदी रेडियो नाटक न के बराबर थे। जुलाई, 1936 में रेडियो नाटक लेखन प्रतियोगिता का आयोजन किया गया। उस समय अंग्रेजी और उर्दू नाटकों का आधिक्य था। कारण, तत्कालीन आकाशवाणी नियामक थे—लायनन फीडर, जो बी०बी०सी० की कल्पना लेकर आए थे। इसी प्रकार बुखारी की अपनी प्रतिबद्धता थी। उन दिनों नियाजी, हमीद, खुमानी, इम्तियाज अली आदि लेखकों का बोलबाला था। हिंदुस्तानी भाषा में 1934 में एक नाटक प्रसारित हुआ, जो पारसी थियेटर से प्रभावित था।

दिल्ली केंद्र के उद्‌घाटन के साथ प्रसारित 'तरंग' नामक एकांकी अधिक उल्लेखनीय सिद्ध हुआ। इसी समय 'सन्नाटा' नामक कालजयी नाटक प्रसारित हुआ, जिसमें निःशब्दता को कुछ विशिष्ट प्रयोगों के माध्यम से प्रतिध्वनित किया गया। इम्तियाज अली का रेडियो नाटक 'अनारकली' भी इसी समय प्रसारित हुआ। अन्य लेखकों में कृश्नचंदर, मंटो, शौकत थानवी, रहमानी, मुंशी और उपेन्द्रनाथ 'अश्क' भी चर्चित रहे। उस समय उर्दू लेखकों के बाहुल्य के कारण 'दीदी' के स्थान पर 'आपा' और 'नमस्ते' के स्थान पर 'आदाब' शब्दों का प्रयोग हुआ। उन दिनों संवादों में तीव्र ध्वनियों का प्रयोग होता था। धीरे-धीरे प्रयोगों में नई शैलियाँ उभरने लगीं। तीव्र ध्वनियों के स्थान पर मिश्रित ध्वनियाँ आने लगीं। प्रारंभिक दौर के ध्वनि नाटकों में कविता की भाषा बहुत हावी थी, किंतु धीरे-धीरे अनुभव किया जाने लगा कि रेडियो नाटक केवल कविता नहीं हैं, उसकी विषयवस्तु को स्वतंत्र रूप से श्रोता के मानस में उतारना आवश्यक है। इसके लिए ध्वनि-संयोजन का अति विस्तार किया गया।

इसी बीच केशकर ने अपने कार्यकाल में आग्रहपूर्वक कई साहित्यकारों को रेडियो से जोड़ा। सुमित्रानंदन पंत, भगवतीचरण वर्मा, अमृतलाल नागर, श्रीनारायण

चतुर्वेदी आदि अनेक विशिष्ट लेखक इससे संबद्ध किए गए। रेडियो नाटक को राष्ट्रीय कार्यक्रमों में स्थान मिला। फिर कई नए-नए प्रयोग किए गए। एस०एस० ठाकुर का 'कठपुतली', इकबाल का 'सूखा दरख्त' काफी चर्चित हुए। 1947 से 1962 के बीच धारावाहिक रेडियो नाटक आरंभ हो गया। उस समय राष्ट्रीयता, सामाजिकता, मनोविज्ञान तथा हास्य-व्यंग्य प्रमुख कथानक ज्यादा लोकप्रिय थे। इसी काल में 'सुबह से पहले' (मोहन राकेश) 'जनमकैद' (गिरिजाकुमार माथुर), 'खाई बढ़ती गई' (भारतभूषण) 'महाभारत' आदि प्रसारित हुए। इस समय के रेडियो नाटकों में मधुमालती, प्रभा, शर्मिला, बीना आदि के स्वर अधिक सुनाई दिए। आधुनिक परिवेश में रेडियो नाटक ने कई नए प्रयोग किए। इस अवधि में आकाशवाणी से धर्मवीर भारती के 'अंधायुग' का प्रसारण हुआ। सामाजिक भ्रष्टाचार, एकीकरण, आपातकाल, आतंकवाद, सरकारी विचार-प्रसार आदि रेडियो नाटक के मुख्य विषय थे। डॉ० लक्ष्मीनारायण लाल, रेवती रमण, विष्णु प्रभाकर, चिरंजीत, अमृतलाल नागर, डॉ० रामकुमार वर्मा आदि ने इसमें अपनी विशिष्ट पहचान स्थापित की। लक्ष्मीनारायण लाल की विषयवस्तु परिकल्पना सर्वथा अभिनव थी। नागर जी ने इस क्षेत्र में अनेक महत्त्वपूर्ण प्रयोग किए, मौन को मुखर करके। उनका 'गूँगी' नामक नाटक उसी बीच प्रसारित हुआ। यह प्रयोग बड़ा सार्थक रहा। उस समय दीनानाथ जैसे निर्देशकों ने कई कीर्तिमान स्थापित किए।

समकालीन रेडियो नाटक के सामने कई नई चुनौतियाँ हैं। एक ओर उसकी प्रतिस्पर्धा दूरदर्शन से है। दूसरे, उसे वैज्ञानिक युग के अनुरूप अमूर्त ध्वनि-बिंबों के ताने-बाने बुनने पड़ रहे हैं। इधर वैज्ञानिक फैंटेसी जैसी एक नई 'नाट्य विधा' का जन्म हुआ है। कुमुद नागर, डॉ० नवल बिहारी मिश्र, के०के० नैयर आदि ने इस दिशा में कई विचित्र प्रयोग किए हैं।

साहित्यिक वृत्तचित्र निर्माण

उन्नीसवीं शताब्दी के अंतिम दशक में सिनेमा का आविष्कार एक चमत्कार की तरह हुआ। यह कला कौतुक की वस्तु कुछ ही वर्षों में मनोरंजन का एक विश्वव्यापी माध्यम बन गई। अपने विकास के तीसरे चरण में यह कला एक औजार के रूप में सामने आई। एक ऐसे साधन के रूप में, जिसे अगणित गंभीर कार्य करने थे, मानवता की भलाई के लिए। 'सिनेमा' आज वृत्तचित्र या डॉक्यूमेंट्री फिल्म के रूप में भी देखा जाता है। ये वृत्तचित्र हमें वह दुनिया दिखाते हैं, जिसमें हम रहते हैं। उस दुनिया के विविध चेहरे, उस दुनिया में रहने वाले हमारे साथियों

का रहन-सहन, उनका रंग-ढंग समस्त चल और अचल प्रकृति और उस दुनिया का बदलता मिजाज। कहीं जो कुछ अच्छा है, कहीं जो कुछ अलग है, कहीं जो कुछ विशिष्ट है, कहीं जो कुछ हमें जानना चाहिए, वह सब दिखाना वृत्तचित्र का कार्य है। वृत्तचित्रों के द्वारा आज तीन उद्देश्यों की पूर्ति की जा रही है—(1) शिक्षा, (2) सूचना, (3) संदेश।

स्वाधीनता के पश्चात् अन्य क्षेत्रों की भाँति वृत्तचित्र-निर्माण के क्षेत्र में यहाँ भी प्रगति हुई। हिंदी में स्तरीय वृत्तचित्रों का निर्माण होने लगा। भारत में बने कई वृत्तचित्र आज अंतरराष्ट्रीय ख्याति एवं पुरस्कार प्राप्त कर चुके हैं। दूरदर्शन के प्रारंभ एवं विकास के पश्चात् वृत्तचित्रों का निर्माण भी पहले से अधिक होने लगा है, क्योंकि अब दर्शकों को वृत्तचित्र के लिए छविगृहों तक जाने की आवश्यकता नहीं रह गई है। वृत्तचित्र स्वयं उनके घर तक पहुँच गए हैं। समस्त भारत में इसीलिए वृत्तचित्रों का निर्माण पहले से बेहतर हो गया है।

वृत्तचित्र के क्षेत्र में काफी कार्य हुआ है। हमारे निर्माताओं ने उपलब्ध प्राकृतिक, साहित्यिक, सांस्कृतिक तथा सामाजिक विविधता को अपने वृत्तचित्रों में छायांकित किया है। इसके बाद भी वृत्तचित्र निर्माण के क्षेत्र में अभी बहुत गुंजाइश है। इस कार्य की अनंत संभावनाएँ हैं। आवश्यकता है वृत्तचित्र निर्माण के लिए भविष्य की संभावनाओं पर विधेयात्मक चिंतन की। इस दिशा में 'फिल्म बंधु', 'फिल्म निगम' आदि काफी सक्रिय हैं।

दूरदर्शन के अतिरिक्त विभिन्न विभागों ने वृत्तचित्रों का निर्माण किया है, किंतु साहित्यिक वृत्तचित्रों की स्थिति बहुत संतोषजनक नहीं है। आवश्यकता है कि महत्त्वपूर्ण रचनाकारों, साहित्यिक स्थलों, प्राचीन पत्र-पत्रिकाओं, कालजयी कृतियों और प्रवृत्तियों पर वृत्तचित्र निर्मित किए जाएँ, ताकि उनके माध्यम से सही शिक्षा दी जा सके।

मीडिया लेखन

जनसंचार प्रौद्योगिकी के इस युग में सूचना, मनोरंजन, प्रबोधन और ज्ञानार्जन का सबसे प्रभावी माध्यम है इलेक्ट्रॉनिक मीडिया अर्थात् आकाशवाणी, दूरदर्शन, फीचर फिल्म, वीडियो फिल्म, इंटरनेट आदि। इन माध्यमों से अनेक प्रकार के कलात्मक रूपों का प्रसारण होता है। रेडियो वार्ता, भेंटवार्ता, फीचर, रिपोर्ताज, समीक्षा, रेडियो नाटक, झलकियाँ, काव्य-कथा-वाचन आदि विधाएँ हिंदी जगत् में कई दशकों से लोकप्रिय हैं। दूरदर्शन में भी परिचर्चा, फीचर, डॉक्यूड्रामा, टेलीड्रामा,

टेलीफिल्म, कार्टून फिल्म, विज्ञापन फिल्म, भेंटवार्ता आदि का प्रसारण बहुधा होता रहता है। इनके लेखन और प्रस्तुतीकरण का कुछ प्रशिक्षण दूरदर्शन केंद्रों में दिया जाने लगा है। आवश्यकता है, नगर-नगर में इनके केंद्र चलाने की।

हिंदी में उनकी रचना-प्रक्रिया पर चिंतन-लेखन की शुरुआत तो हो गई है, किंतु अभी उसे अधिकाधिक व्यवस्थित करना जरूरी है। इधर कुछ विश्वविद्यालयों के हिंदी तथा पत्रकारिता विभागों ने अपने पाठ्यक्रमों, कार्यशालाओं और उत्पादनों द्वारा इस प्रशिक्षण को पर्याप्त प्रश्रय दिया है।

रूपांतरण कला

इसे 'ट्रांसफर्मेशन' अथवा 'विधांतरण' कहा जाता है। लोकप्रिय कृतियों—उपन्यासों, कहानियों और काव्यों को रेडियो तथा टी०वी० के उपयुक्त श्रव्य-दृश्य बनाकर या उनका फिल्मीकरण करके उन्हें लोकप्रियता प्रदान की जा सकती है। अभी इस दिशा में बहुत कम काम हुआ है।

मीडिया और साहित्यिक पत्रकारिता

भाषा, समाज और साहित्य के विकास में साहित्यिक पत्रकारिता की बहुत बड़ी देन रही है। साहित्यिक पत्रिकाओं के माध्यम से ही छायावाद, प्रगतिवाद, प्रयोगवाद जैसी युग-प्रवृत्तियों का प्रवर्तन हुआ है, अनेक विचारधाराओं का उन्मेष हुआ है, विशिष्ट प्रतिभाओं की खोज हुई है और नई कविता, नई कहानी, नई समीक्षा आदि नई प्रणालियों का प्रचलन हुआ है। वस्तुतः साहित्य और पत्रकारिता परस्पर पूरक एवं पर्याय हैं। हिंदी साहित्य के प्रायः सभी युग प्रवर्तक तथा यशस्वी रचनाकार, जैसे—भारतेन्दु, महावीरप्रसाद द्विवेदी, निराला, गणेशशंकर विद्यार्थी, नवीन, माखनलाल चतुर्वेदी, प्रेमचंद, प्रतापनारायण मिश्र, बालकृष्ण भट्ट आदि दोनों रूपों में उल्लेखनीय हैं।

संप्रति साहित्यिक पत्रकारिता संकटापन्न स्थिति में है। कारण है—पठनीयता का दिनोंदिन गिरता 'ग्राफ'। इसीलिए 'सरस्वती', 'माधुरी', 'कल्पना', 'धर्मयुग', 'साप्ताहिक हिंदुस्तान', 'दिनमान', 'सारिका' आदि पत्रिकाएँ बंद हो गईं। लघु पत्रिकाएँ बड़ी त्वरा के साथ दम तोड़ती दिख रही हैं। आश्चर्य यह है कि बड़े औद्योगिक प्रतिष्ठानों द्वारा वित्तपोषित पत्र भी निःशेष हो गए हैं, क्योंकि इनके लाभ का औसत अन्य उद्योगों के अनुपात में कम है और जनमानस में उनका प्रभाव न के बराबर है। इसका जिम्मेदार समाज भी है और पत्रकार भी, जो इस विभीषिका से सामंजस्य नहीं बिठा पा रहा है।

इस विडंबना के कई कारण हैं–

(1) साहित्यिक पत्रिकाएँ दलबंदी से ग्रस्त होने के कारण केवल अपना 'प्रोपैगंडा' कर रही हैं, जिससे पाठक-वर्ग अब ऊब गया है।

(2) पत्रिकाओं की प्रकाशित सामग्री जनमनोविज्ञान (जनरुचि) के अनुकूल नहीं, अतः वे अग्राह्य हो गई हैं।

(3) संपादक इस दौर में यथेष्ट श्रम नहीं कर रहे हैं, अतः प्रस्तुति बिगड़ गई है।

(4) पठन-वृत्ति अब दिनचर्या का अंग नहीं रह गई है। इसका बुरा प्रभाव पठनीयता और गाहकी पर पड़ा है।

(5) संकीर्ण मतवाद से ग्रस्त लघु पत्रकारिता ने साहित्य के आस्वाद को विकृत किया है।

(6) पूँजीवादी पत्रकारिता ने साहित्यिकता का स्वरूप बिगाड़ दिया है।

(7) इलेक्ट्रॉनिक मीडिया की चकाचौंध में छापे के अक्षरों वाली साहित्यिक पत्रकारिता निष्प्रभावी हो गई है।

(8) अखबारीपन साहित्यिक पत्रकारिता को निगले जा रहा है।

(9) साहित्यिक पत्रों का लागत मूल्य पाठकों की क्षमता से ऊपर आ गया है।

और भी कारण हो सकते हैं। प्रश्न है, निवारण क्या है? मेरे विचार से साहित्यिक पत्रकारिता की अस्तित्व रक्षा के लिए–

(1) इसे पाठ्यक्रमों में स्थान दिया जाए।

(2) विचार-गोष्ठियों, पत्रिका-प्रदर्शनियों, पुरस्कारवृत्ति, अनुदान, बिक्री आदि द्वारा इन पत्रों-पत्रकारों को प्रोत्साहित किया जाए।

(3) कार्यशालाओं के द्वारा साहित्यिक संपादन का प्रशिक्षण दिया जाए।

(4) कम लागत की स्तरीय पत्रिकाओं का प्रकाशन तथा वितरण किया जाए।

(5) जनरुचि के अनुकूल श्रेष्ठ साहित्य प्रस्तुत किया जाए और पत्रकारिता को परिपूर्ण 'सिस्टम' के रूप में गठित करके उसे वर्तमान पाठक के लिए अपरिहार्य बनाया जाए।

हिंदी साहित्यिक पत्रकारिता का इतिहास लगभग 170 वर्षों का है। इस बीच उसने अपने कई रूप विकसित किए हैं, जैसे–

(1) अवधिपरक पत्रिका, इसे मासिक, द्विमासिक, त्रैमासिक, अर्द्धवार्षिक और अनियतकालिक नाम दिया जा सकता है।

(2) भाषिक आधार पर यह द्विभाषी और बहुभाषी कही जा सकती है।

(3) स्तर के आधार पर इसके दो रूप हैं–(अ) लघु पत्रकारिता, (ब) बृहद्

पत्रकारिता (जैसे—'हंस', जिसका प्रसार संप्रति बहुत है)।

(4) प्रकाशन के आधार पर इनके चार रूप दिखाई देते हैं—(अ) सरकारी संस्थाओं द्वारा प्रकाशित, (ब) स्वायत्त संस्थाओं द्वारा प्रकाशित, (स) सहकारिता के आधार पर प्रकाशित, (द) व्यक्ति विशेष द्वारा प्रकाशित।

(5) विषय-वस्तु के अनुसार इनके दो भेद किए जा सकते हैं—(अ) पूर्णतः साहित्यिक, (ब) अंशतः साहित्यिक अर्थात् जिसमें साहित्य का नियमित स्तंभ रहता है।

(6) विधापरक दृष्टि से इनके पाँच भेद किए जा सकते हैं—(अ) कवितापरक, (ब) कहानीपरक, (स) नाटक-केंद्रित, (द) शोध-समीक्षापरक, (य) मिश्रित विधा। कुछ पत्रिकाएँ रचनाकार विशेष के नाम पर चलती रही हैं, जैसे—कबीर, साखी, तुलसीदल, मानस, भारतेंदु, हरिऔध, प्रसाद आदि के नाम पर।

(7) माध्यम की दृष्टि से इनके चार रूप देखे जा सकते हैं—(अ) प्रिंट मीडिया द्वारा प्रकाशित, (ब) रेडियो पत्रकारिता, (स) दूरदर्शन पत्रकारिता (द) इंटरनेट पत्रकारिता।

साहित्यिक पत्रिकाओं ने समय-समय पर समाज और साहित्य का बड़ा उपकार किया है। जैसे—

(1) दूर-दूर स्थानों में खोए हुए रचनाकारों को उन्होंने खोज निकाला है। चिरगाँव के युवा कवि मैथिलीशरण गुप्त को खोजने और उन्हें राष्ट्रकवि के पद तक पहुँचाने का श्रेय आचार्य महावीरप्रसाद द्विवेदी द्वारा संपादित 'सरस्वती' को है। सूर्यकांत त्रिपाठी को 'निराला' रूप में उजागर करने का कार्य बाबू महादेवप्रसाद सेठ के 'मतवाला' ने किया था।

(2) इन पत्रिकाओं ने ही साहित्यिक विधाओं की स्थापना की है। कहानी विधा को प्रचलित करने का श्रेय 'सरस्वती' पत्रिका को है। समीक्षा विधा का जन्म सर्वप्रथम बद्रीनारायण 'प्रेमघन' द्वारा संपादित 'आनंद कादंबिनी' में हुआ था। रेखाचित्र विधा को पहले-पहल अवसर दिया पं० बनारसीदास चतुर्वेदी ने 'विशाल भारत' में। 'हंस' का 'आत्मकथा विशेषांक' निकालकर प्रेमचंद ने उसे प्रथम मान्यता दी। शोधपत्रों की परंपरा शुरू हुई 'नागरी प्रचारिणी' पत्रिका से। इसी प्रकार जनपदीय भाषा साहित्य को राजस्थानी, भोजपुरी, मैथिली, बुंदेली, ब्रज, अवधी आदि से संबंधित पत्रिकाओं ने विशेष प्रश्रय दिया है।

इन दिनों साहित्यिक पत्रकारिता समस्याग्रस्त है। सबसे बड़ी समस्या है बिक्री

और पठनीयता की। खरीदकर पढ़ने वाले पाठक बहुत कम हो गए हैं। एक समय था कि 'मतवाला' के प्रकाशन के दिन पाठक प्रेस को घेरकर खड़े हो जाते थे, ताकि वे अंक प्राप्त करने से न चूकें। कभी 'सरस्वती' पत्रिका तमाम हिंदीभाषियों द्वारा पढ़ी जाती थी। लखनऊ की 'माधुरी' पत्रिका लगभग 75 वर्षों तक ग्राहकों के बल पर चलती रही है। प्रेमचंद, पं० रूपनारायण पांडेय और पं० कृष्णबिहारी मिश्र ने इसकी वस्तु-सज्जा में अकूत श्रम किया था। वे निरंतर सुरुचिपूर्ण, प्रबोधपरक, सर्वांगीण, संतुलित, चिरनूतन, परम पुरातन, उपयोगी सामग्री पाठकों को परोसते रहे। 'माधुरी' के अंक इसके प्रमाण हैं कि उसमें सोद्देश्य, वैविध्यपूर्ण और सचित्र सामग्री बराबर सँजोई जाती रही। उसने विविध विषयों पर वाद-विवाद-संवाद चलाए, जिसमें आम आदमी ने भी भागीदारी निभाई। व्यक्तिगत चरित्र-हनन किए बिना 'माधुरी' ने अपना अलग जनाधार बना लिया। जनरुचि के अनुसार सबसे महत्त्वपूर्ण विधा है—कहानी। प्रेमचंद ने अच्छी कहानी को प्रश्रय दिया। पांडेय जी ने विभिन्न भारतीय भाषाओं के रूपांतरण छापकर इसे परिपूर्णता प्रदान की। मिश्रजी ने सहस्राधिक ज्ञानपरक लेख छापकर इसे विश्वज्ञान कोश बना दिया।

सूचनाओं का यह विस्फोट पाठकों को अपनी ओर आकृष्ट करता रहा। 'माधुरी' ने रोचक पद्धति से जानकारी जुटाई, उच्चकोटि के कलात्मक चित्रों, कवित्वपूर्ण कैप्सनों, विचारोत्तेजक मुद्दों, चटकीले कार्टूनों और शुद्ध-सुगम-जीवंत भाषा द्वारा प्रतिष्ठा प्राप्त की। एक-एक स्तंभ को पढ़े बिना पाठक का मन न मानता। गाँव की चौपालों तक में, अर्द्धशिक्षितों के बीच इसका सामूहिक वाचन होता रहा। आज की पत्रिकाएँ प्रायः संपादक की अखाड़ेबाजी अथवा 'आइडियोलॉजी' अथवा वर्जनामूलक सनक अथवा छद्म बौद्धिकता की शिकार हो गई हैं और बीमार हो गई हैं। जनता इलेक्ट्रॉनिक दृश्य मीडिया से घिर गई है। अंधभौतिकता के कारण उसकी सुरुचि मिट गई है और जिज्ञासाएँ सूचना तक सिमट गई हैं। छुतही राजनीति युगबोध बन गई है और पत्रिकारिता पूँजीवादी उद्योग बन गई है। न मिशन, न व्यसन, केवल सेंसेशन और प्रोफेशन। उदरंभरि कलमकार शुतुरमुर्गी वृत्ति धारण किए हैं। उनका बकोध्यान राजभोगों पर है। नेतृत्व-वंचित नई पीढ़ी विपथित है। समूचा साहित्य उल्टी साँसें ले रहा है और हम मात्र फातिहा पढ़ रहे हैं।

साहित्यिक पत्रकारिता के लिए आवश्यक है कि वह पाठकीय प्रवृत्ति का परिष्कार करे। जनसाधारण से संवाद स्थापित करके मोहक शैली में ग्राहकों की मनुहार करे। बार-बार अपना रूप सँवारे। निजी संसाधन विकसित करती रहे। इस

नए समाजशास्त्र और अर्थशास्त्र को समझे बिना ग्लोबल टी०वी० की स्पर्द्धा में साहित्यिक पत्रकारिता की अस्तित्व-रक्षा अब संभव नहीं है।

पत्रिकाओं के मुद्रण, प्रकाशन, संशोधन, प्रूफ-पठन अर्थात् संपूर्ण संपादन में बड़ा श्रम करना होता है। आचार्य महावीरप्रसाद द्विवेदी प्रत्येक रचना में इतने संशोधन लगाते थे कि मूल से अधिक वह उनकी ही हो जाती थी। एक-एक शब्द पर वे विचार करते थे और रचनाकार को भी अवगत कराते थे। बीस वर्षों तक उन्होंने एक दिन का विलंब नहीं होने दिया। सदैव छह अग्रिम अंकों की तैयारी करके चलते रहे। जब अवकाश ग्रहण किया तो अपने उत्तराधिकारी को चार्ज में छह अंकों की अग्रिम प्रेसकॉपी सौंपी। तत्कालीन राजाओं के और घन्ना सेठों के कितने ही दबाव और प्रलोभन झेले, लेकिन उनकी स्तरहीन रचनाएँ और विज्ञप्तियाँ नहीं छापीं। आज ऐसी निष्ठा दुर्लभ है।

इस प्रकार स्पष्ट है कि मीडिया में हिंदी साहित्य की प्रविष्टि अभी यथेष्ट मात्रा में नहीं हो पाई। श्रव्य-दृश्य माध्यमों में साहित्येतर पटकथा-लेखक, संवाद-लेखक, लाफ्टर चैनल वाले हास्य-व्यंग्यकार और पेशेवर रंगकर्मी ज्यादा हावी हैं। जन-माध्यमों में लेखकों से अधिक वर्चस्व संचारकर्मियों का है। कुछ साहित्यिक कृतियों का फिल्मीकरण अवश्य हुआ है, किंतु ज्यादातर भर्ती की रचनाओं को अन्यथा कारणों से महत्त्व दिया गया है। इंटरनेट में भी गंभीर लेखन कम आ पाया है। पत्रकारिता में दलीय विचारधारा ज्यादा प्रभावी है। इन सबके कुपरिणामवश जन-माध्यमों में सत्साहित्य को जितनी वरीयता दी जानी चाहिए, वह नहीं दी गई है। यह गंभीर चिंता का विषय है।

जरूरत है वैकल्पिक मीडिया की

डॉ० अजय अनुरागी

वस्तुतः भारत के संदर्भ में देखा जाए तो मीडिया की जड़ें हिंदी साहित्य की उर्वर भूमि में गहरी धँसी हुई हैं। हिंदी के साहित्यकारों ने ही पत्रकारिता को पल्लवित-पुष्पित किया है। भले ही इसका प्रारंभ 'बंगाल गजट', 'उदंत मार्तंड', 'कविवचन सुधा' या 'हिंदी प्रदीप' के रूप में हुआ हो किंतु आगे चलकर इसकी कमान साहित्यसेवियों तथा समाज-सुधारकों के हाथ में आ गई।

हिंदी साहित्य के आधुनिक काल के प्रारंभ में भारतेन्दु हरिश्चंद्र तथा भारतेन्दु मंडल के लेखकों, बालकृष्ण भट्ट, प्रतापनारायण मिश्र आदि ने सामाजिक, साहित्यिक एवं स्वतंत्रता-विषयक विचारों को लेकर सजगता दिखाते हुए पत्रकारिता को परवान चढ़ाया।

राष्ट्रीय स्वतंत्रता आंदोलन के दौरान साहित्य और पत्रकारिता समानधर्मा थे। अतः अधिकांश साहित्यकारों ने ही पत्रकारिता एवं संपादन के दायित्वों को वहन करते हुए साहित्य और मीडिया के अंतःसंबंधों को प्रमाणित किया है। स्वतंत्रता के पश्चात् भी साहित्य हिंदी पत्रकारिता या मीडिया का मार्गदर्शक रहा है। जब तक मीडिया ने साहित्य का दामन थामे रखा तब तक मीडिया की समाज में साख बनी रही तथा लोगों में संवेदनात्मक विकास होता रहा। जैसे-जैसे मीडिया हिंदी साहित्य से दूर होता गया वैसे-वैसे वह संवेदनशून्यता की ओर बढ़ता गया तथा उसकी साख को भी बट्टा लगता रहा। साहित्य से दूर होकर मीडिया ने समाज के मार्गदर्शक होने के गौरव को भी धीरे-धीरे खो दिया।

मीडिया में सामाजिक और नैतिक समझ एवं जिम्मेदारी साहित्य के द्वारा ही संभव है। साहित्य उसके आचरण की संहिता का निर्धारण करने की स्थिति में है। किंतु विडंबना यह है कि वह साहित्य से कोसों दूर चला गया है।

भारत में टेलीविजन के आने से पत्र व पत्रिकाओं के प्रभाव में कमी आई। भारत जैसे अल्पशिक्षित देश में टेलीविजन का दायरा बढ़ा तथा दृश्य जगत् ने निरक्षर दर्शकों पर प्रभाव जमा लिया। यह प्रभाव बढ़ता गया तथा वी०सी०आर०

से सी०डी० प्लेयर तथा डी०वी०डी० प्लेयर तक निरंतर बढ़त बनाता रहा। उदाहरण के तौर पर हम देखते हैं कि हर पचास-सौ कदम पर 'सी०डी० शॉप' या 'सी०डी० लायब्रेरी' तो मिल जाती हैं लेकिन हजार कदम पर भी पुस्तकालय या बुकसेलर (साहित्यिक) दिखाई नहीं देते हैं। टेलीविजन का प्रभाव पठनीयता पर भी पड़ा। पाठक-वर्ग दर्शक-वर्ग में बदल गया। जो निरक्षर थे या अल्पसाक्षर थे, वे भी पढ़ने के झंझट से मुक्त होकर देख-देखकर ही मुग्ध होने लगे। जल्दी ही टी०वी० सभी तरह के एवं सभी वर्ग के दर्शकों में लोकप्रिय हो गया।

साहित्य के संदर्भ में बात करें तो टी०वी० ने नाटक एवं रंगमंच पर विपरीत प्रभाव डाला। नाटक के दर्शक सुविधा एवं संपन्नता के कारण टी०वी० के दर्शक बन गए। टी०वी० के कारण कहानी, उपन्यास एवं नाटक की जगह सीरियल एवं सोप ओपेरा ने अपना स्थान बनाना शुरू कर दिया। फिल्म के संवाद-लेखक सीरियल लेखन में उतर आए। कुछ नए-नए लेखक उभरने लगे, जो टी०वी० लेखक के रूप में सामने आए। साहित्यिक विधाओं के लेखकों, कहानीकारों, उपन्यासकारों, नाटककारों को भी टी०वी० ने आकर्षित करके खींच लिया। वहाँ ग्लैमर भी था और पैसा भी।

यहाँ विचारणीय बिंदु यह है कि जो सीरियल के रूप में लिखा गया वह टी०वी० पर सफल रहा तथा जिन साहित्यिक विधाओं को सीरियल के रूप में दिखाया गया, वे लगभग असफल रहीं। टी०वी० के द्वारा सीरियल विधा का विकास हुआ। सीरियल में लेखक स्वांतःसुखाय रचना नहीं करता है, वह सामूहिक रचना होती है, जिसमें पटकथा, बाजार, विज्ञापन, पूँजी, समय तथा दर्शकों का ध्यान रखा जाता है। सीरियल एक तरह से सामाजिक एवं व्यावसायिक सृजन है जबकि साहित्यिक सृजन वैयक्तिक, निजी अनुभवों पर आधारित होता है। इसलिए यह स्पष्ट है कि जो सीरियल साहित्यिक कृतियों से इतर केवल टी०वी० के लिए लिखे गए, उन्होंने सफलता अर्जित की। सीरियल ऐसी कथा होती है जिसमें नाटक भी समाहित है। इसे उपभोक्ता का महाकाव्य कहा जाता है। कहानी अथवा उपन्यास की सीमाएँ होती हैं; वह खंड-खंड में विभक्त रचना नहीं होती, जबकि सीरियल खंडों में बँटा होता है तथा उसका हर खंड मन में जिज्ञासा जगाता है। देखने के प्रति उत्सुकता बनाए रखता हुआ पात्रों से तादात्म्य स्थापित कराता है।

कृति के रूप में प्रकाशित उपन्यास या नाटक एक बार में एक ही पाठक तक या कुछ सैकड़ों पाठकों-दर्शकों तक ही पहुँचता है जबकि कोई कहानी या उपन्यास टी०वी० द्वारा करोड़ों लोगों तक पहुँचता है। इसलिए उसका प्रभाव बढ़ जाता है।

टी०वी० उपभोक्ताओं पर आधारित है। उपभोक्ता ही उसे आर्थिक लाभ पहुँचाते हैं। टी०वी० का दर्शक भी धीरे-धीरे उपभोक्ता में बदल गया है। अतः टी०वी० जानता है कि 'जो बिकेगा सो चलेगा' या 'जो बिकेगा वही जीवित रहेगा।' यहाँ यह भी ध्यान रखना होगा कि 'वही बिकेगा जो दिखेगा।' 'जो ज्यादा बिक रहा है, वह लोकप्रिय है।'

इस तरह साहित्य भी उत्पाद बन गया है। वह स्वांतःसुखाय या स्वतःस्फूर्त रचना नहीं रहा बल्कि 'माँग और आपूर्ति' में बदल गया है। वह भी जरूरत के अनुसार उत्पन्न की गई वस्तु बन गया है। साहित्यकार को यह ध्यान रखना पड़ता है कि जनता की माँग क्या है? वह क्या देखना चाहती है? यदि हम जो दिखाना चाहते हैं, उसे दिखाने लगें तो लागत भी निकलनी मुश्किल हो जाएगी।

मनोहर श्याम जोशी के सीरियल 'हम लोग', 'बुनियाद' आदि की सराहना इसलिए हुई कि वे सीरियल के रूप में लिखे गए थे। उनमें सीरियल की समस्त विशेषताएँ थीं तथा बाजार की माँग को पूरा करने की भी सामर्थ्य उनमें थी। जबकि प्रेमचंद की कृतियों पर बने सीरियल या फिल्में उतना प्रभाव नहीं छोड़ पाईं।

दरअसल सूचना के जाले में मकड़ी की तरह कैद हो गए हैं हम। सूचना के वर्चस्व ने हमारी जरूरतों, रुचियों, शैली आदि को बदल डाला है। विज्ञापन के रूप में जो सूचनाएँ हम तक पहुँच रही हैं या पहुँचाई जा रही हैं, उनसे उपभोक्ता के भीतर नई-नई कामनाएँ, कल्पनाएँ एवं इच्छाएँ पैदा हो रही हैं। उसकी आर्थिक प्राथमिकताएँ प्रभावित होने लगी हैं। उसमें कृत्रिम आदतों, रुचियों का विकास होता जा रहा है। मीडिया तकनीक ने संपन्नता तथा सुख की छवियाँ चारों ओर बिखरा दी हैं, जिनकी चकाचौंध में व्यक्ति के आँख व कान असहाय हो गए हैं। विडंबना यह है कि व्यक्ति अपनी न्यूनतम आवश्यकताएँ भी पूरी कर पाने में साधनविहीन एवं असमर्थ दिखाई दे रहा है। इस भ्रम व संशय की स्थिति से उबरना बहुत कठिन हो गया है।

साहित्य के हाशिए पर चले जाने से केंद्र में संवेदनहीनता पसर गई है। साहित्यिक हलचल के लिए भी टी०वी० के पास समय व स्थान नहीं बचा। अपराध, राजनीति, व्यापार आदि के लिए समय व स्थान है। जब हम देखते हैं कि साहित्य एवं संस्कृति को उद्योग बना दिया गया है तब चिंता स्वाभाविक है। साहित्य को व्यापार या बाजार से जोड़कर उसकी गंभीरता को नष्ट किया जा रहा है। दूसरी ओर हम देखते हैं कि इस साहित्यिक प्रतिभा का इस्तेमाल नारों, जिंगल्स, विज्ञापन फिल्मों,

विज्ञापन कथाओं में किया जा रहा है तो लेखन के नए रास्ते खुलते प्रतीत होते हैं। सवाल यह है कि पूँजी के लिए लिखी जा रही रचना या लेखन कोई दिशा दे पाएगा ? अथवा वह साहित्य की श्रेणी में रखा जा सकता है ?

दूरदर्शन पर जो साहित्यिक कृतियाँ दिखाई गई हैं उनसे दूरदर्शन का गौरव बढ़ा है तथा कृतियों को भी लोकप्रियता मिली है। यह अलग बात है कि उन कृतियों में काट-छाँट से कृति की मौलिकता व निजता नष्ट हुई है। भीष्म साहनी का 'तमस' हो या रांगेय राघव का 'कब तक पुकारूँ', रचना को प्रस्तुति में बदलने से रचना में परिवर्तन तो होता ही है। जब ये सीरियल दूरदर्शन पर दिखाए जाते थे तब उनकी पुस्तक-बिक्री बढ़ गई थी। 'रामायण' सीरियल के समय लोगों ने 'रामायण' खरीदकर पढ़ना शुरू कर दिया था। 'रामायण', 'महाभारत', 'चंद्रकांता' आदि सीरियलों ने दर्शकों की संख्या में निरंतर इजाफा किया था। इससे मुनाफा भी बढ़ा था। इनकी लोकप्रियता को देखकर प्रायोजकों एवं विज्ञापनदाताओं ने अपने द्वार खोल दिए थे। 'चंद्रकांता' को 'प्रायोजक-प्रिय' सीरियल माना जाने लगा। इसके 14 प्रायोजक तथा 60 मिनट के सीरियल में 40 विज्ञापन हुआ करते थे। ऐसी स्थिति में विज्ञापनदाता तय करने लगे कि अगले अंक में क्या दिखाया जाए? यह 'चंद्रकांता' देवकीनंदन खत्री की 'चंद्रकांता' से बिलकुल अलग प्रायोजकों की 'चंद्रकांता' बन गई थी।

कुछ भी हो, साहित्य के ऐसे प्रयोग टी०वी० पर होने चाहिए। इससे दर्शकों को पुस्तक या कृति की जानकारी तो होती ही है, साथ ही जिज्ञासा के कारण वह कृति को पढ़ने हेतु खरीदने की पहल करता है या किसी से माँगकर पढ़ने का प्रयास करता है।

दूरदर्शन पर काव्यपाठ या मुशायरा अपनी अहमियत रखा करते थे। दर्शकों को उसे निर्धारित समय पर सुनने के लिए पूर्व तैयारी करनी पड़ती थी। यह उत्सुकता साहित्यिक रुचियाँ जगाने में सहायक थी। दर्शक सब काम छोड़कर इन्हें सुना-देखा करते थे। इसी तरह साहित्यिक विमर्श, कृतिकार पर चर्चा आदि ऐसे कार्यक्रम थे जो साहित्यिक वातावरण बनाने में ही सहयोगी नहीं थे वरन् सामाजिक सद्भाव बढ़ाने हेतु भी जरूरी थे। जैसे-जैसे इलेक्ट्रॉनिक मीडिया का विस्तार होता गया तथा चैनलों की संख्या बढ़ती गई वैसे-वैसे उनमें आपकी प्रतिस्पर्द्धा एवं कटुतापूर्ण होड़ भी बढ़ गई। जिस तरह रीतिकालीन कवि राज्याश्रित होकर राजाओं को प्रसन्न करके अशर्फियाँ प्राप्त किया करते थे, उसी तरह ये चैनल पूँजी-आश्रित होकर व्यापारियों या बाजार की प्रसन्नता प्राप्त करके प्रायोजकरूपी अशर्फियाँ

तथा विज्ञापनरूपी गिन्नियाँ प्राप्त करने लगे। तब रीतिकालीन कवियों ने जन की उपेक्षा करके आश्रयदाताओं की प्रसन्नता को ही सर्वोपरि माना था, अब यह मीडिया भी जन की उपेक्षा करके प्रायोजकों और विज्ञापनदाताओं की इच्छाओं और हितों को प्रमुखता दे रहा है। जैसे ही किसी सीरियल की लोकप्रियता बढ़ती है, वैसे ही प्रायोजक उसकी कहानी को अपने अनुसार मोड़ने लगते हैं और कई कड़ियाँ तो ठहरी हुई प्रतीत होने लगती हैं। दर्शक जब तक ऊब नहीं जाते या मोहभंग नहीं हो जाता तब तक उनकी दर्शक-सामर्थ्य को निचोड़ा जाता रहता है। यह ज्यादती है। दर्शकों का शोषण है। शोषण इसलिए कि वह जो देखना चाहता है वह उसे किसी भी चैनल पर नहीं मिलता है। हारकर उसे वही देखना पड़ता है जो दिखाया जा रहा है।

जब लोकप्रियता को ही श्रेष्ठता या आदर्श मान लिया जाता है तब समाज संकट में पड़ जाता है। लोकप्रियता जरूरी नहीं कि श्रेष्ठ ही हो। लोकप्रियता के तत्त्व अलग हैं और श्रेष्ठता के अलग हैं। बहुत कम ऐसा होता है कि जो लोकप्रियता और श्रेष्ठता दोनों को साथ पाता है।

मात्र टी०आर०पी० बढ़ाने को ही हम श्रेष्ठ मान बैठें तो स्थिति गंभीर हो जाती है। पिछले दिनों सास-बहू का ड्रामा खूब चला। टी०आर०पी० बढ़ती गई और प्रायोजकों की कतारें लग गईं। दर्शकों की भी एक सीमा होती है। अब दर्शक सास-बहू से ऐसे ऊबे कि देखना ही नहीं चाहते।

पिछले दिनों टी०वी० पर एक नया चलन चल निकला है। 'लाफ्टर शो' दिखाने का। यह मंचीय कवि-सम्मेलनों का उत्तर-आधुनिक संस्करण है। इसमें चुटकुले, मिमिक्री, नौटंकी आदि रूपों का ऐसा मिश्रण है जिससे जी मिचलाने लगता है। कविता के नाम पर ऐसा भोंड़ा प्रदर्शन है जिसमें सिर्फ हँसने के लिए हँसा जाता है। इन कार्यक्रमों को भी प्रायोजक खूब मिल रहे हैं और अनेक चैनल इसे दिखाकर दर्शकों को बटोर रहे हैं। इसका एक लाभ तो यह हुआ कि जिनमें प्रच्छन्न प्रतिभा थी, उनमें से कुछ यहाँ आकर चेहरा दिखा करके रोजगार पा गए। लाखों रुपयों में हँसाने का कारोबार करने लगे। यह किसी ने सोचा भी न था कि हँसी का भी व्यापार हो सकता है। मगर बाजार ने कर दिखाया। अब स्थिति यह है कि चैनल कविता या शायरी के कार्यक्रम दिखाते ही नहीं हैं। दूरदर्शन दिखाने की हिम्मत जुटाया करता था, अब उसकी हिम्मत भी जवाब देने लगी है। वह भी अपनी टी०आर०पी० बढ़ाना चाहता है। वह भी 'लाफ्टर शो' जैसे ही कार्यक्रम आयोजित करने लगा है। उसे भी अपनी अस्मत बचानी है, उसे भी विज्ञापन

जुटाने हैं।

यह विकृति साहित्य के क्षेत्र में ही नहीं आई है बल्कि संगीत के क्षेत्र में भी देखी जा सकती है। वहाँ भी 'रीयलिटी शो' के माध्यमों से संगीत प्रतिभाओं की खोज व चयन किया जाता है। बच्चों से लेकर बड़ों तक के ऐसे कार्यक्रम अधिकांश चैनलों की टी०आर०पी० बढ़ा रहे हैं। मजे की बात यह है कि यहाँ प्रतिभा का मूल्यांकन एस०एम०एस० के वोट्स के आधार पर किया जाता है। अनेक बार ऐसी प्रतियोगी बाजी मार लेते हैं जो कम प्रतिभाशाली होने के बावजूद ज्यादा एस०एम०एस० बटोरने में सफल होते हैं। क्या एस०एम०एस० के द्वारा वोट देने को हम किसी कलाकार की प्रतिभा के प्रतिमान मान सकते हैं ?

यहाँ यह तो माना जा सकता है कि मीडिया ने नई-नई विधाओं को जन्म दिया है तथा पुरानी विधाओं को नए वातावरण के अनुकूल बनाया है, इसमें नई-नई प्रतिभाओं को आगे आने का अवसर मिला है। छोटी जगहों से बड़ी प्रतिभाएँ उठकर आगे बढ़ी हैं। ग्रामीण, उपेक्षित स्थानों पर रह रहे कलाकारों को बड़ा कैनवास मिला, पहचान मिली है। दलित वर्ग से लेखक, कलाकार उभरकर सामने आए हैं। स्त्री-वर्ग का लेखन तथा संगीत, कला आदि के क्षेत्र में प्रवेश संभव हुआ है। मीडिया ने नए लेखक, नए संगीतकार, नए कलाकार पैदा किए हैं। इससे पुस्तक प्रकाशन, सी०डी० कारोबार में वृद्धि हुई है। पुस्तकों का प्रकाशन बढ़ा है। हर घटना एवं हर प्रसंग एक नई पुस्तक को जन्म देने में सफल हुआ है। इस थीम पर कहानी, उपन्यास लिखे गए हैं।

अब तक तो यह होता था कि पहले पुस्तक या पांडुलिपि का जन्म होता था तथा बाद में उसको दृश्यांकन के अनुकूल बनाया जाता था, किंतु अब यह भी संभव होने लगा कि दृश्य, घटना, प्रसंग या स्थितियों को देखकर उन्हें पुस्तक-रूप में लाया गया। अर्थात् दृश्य पहले और पुस्तक बाद में।

इलेक्ट्रॉनिक मीडिया के माध्यम से प्रतिभा-खोज का फैशन शुरू हुआ है, वह लोकतांत्रिक नहीं कहा जा सकता है। यह सबके लिए भी नहीं है। एक सीमित वर्ग के लिए ही संभव हो सकी है। जो साधनविहीन हैं, चैनलों द्वारा बताई गई प्रक्रिया को पूरा कर पाने में समर्थ नहीं हैं, वे लाभान्वित नहीं हो पाते हैं। अतः यह भ्रम भी हम नहीं पाल सकते कि ये चैनल समाज का भला करने वाले हैं। ये तो स्वलाभ तक सीमित हैं। स्वयं लाभान्वित होने में अगर अन्य लाभ उठा ले तो उठा ले। इनका उद्देश्य जनलाभ का नहीं है। होना यह चाहिए था कि जनलाभ के साथ-साथ स्वलाभ हो जाए तो सहज स्वीकार्य होता।

आज सर्वत्र साहित्यिक अवसान नजर आ रहा है। इसके पीछे मीडिया की बड़ी भूमिका है। मीडिया में साहित्य के ऐसे कार्यक्रमों का अभाव है जो दर्शकों-पाठकों में साहित्यिक चेतना का विकास कर सकें। यहाँ तक कि नई पीढ़ी के मन में भी साहित्य के प्रति सम्मान का भाव नहीं है। हम देखते हैं कि पुरानी पीढ़ी के लोग साहित्य के विद्यार्थी नहीं होते हुए भी साहित्य की समझ व जानकारी रखा करते थे। वे विद्यालयी जीवन से ही कविताओं, कहानियों एवं प्रसिद्ध लेखकों की रचनाएँ पढ़ा करते थे। यह सीख उन्हें विद्यालय, परिवार से एवं परिवेश से प्राप्त होती थी। आज शिक्षा का उद्देश्य रोजगार पाना रह गया है, अतः विद्यार्थी अपना ध्यान साहित्य की ओर लगाना ही नहीं चाहता है। परिवेश पर नजर डालें तो वह मीडिया के प्रभाव-क्षेत्र में है। संपूर्ण वातावरण पर ही मीडिया का वर्चस्व है। मीडिया वह प्रस्तुत कर रहा है जो उसकी नीति के अनुरूप है। अस्तु, वह साहित्यिक सरोकारों से दूर हो गया है।

पिछली पीढ़ी तक पाठकों-दर्शकों में साहित्यिक संस्कारों का बीजवपन मीडिया द्वारा किया जाता रहा था, किंतु आज नई पीढ़ी में साहित्य के प्रेमी या रचनाकारों का अभाव नजर आ रहा है। आज का युवा कैरियर के प्रति अधिक चिंतित है। वह रोज़गार प्रदान करने वाली चीजों की ओर भाग रहा है। वह कंप्यूटर तो सीखना चाहता है किंतु कविता सीखना-पढ़ना नहीं चाहता। केवल रोजगारयुक्त प्रयत्नों से ही जीवन की सफलता सिद्ध हो सकती है ? मीडिया साहित्य छापे व दिखाए तो पाठक-दर्शक साहित्य-प्रेरित होने लगें, यदि मीडिया अपनी व्यावसायिक भूख को शांत करने के बाद बचे समय में साहित्यिक गतिविधियों का दर्शन-प्रदर्शन कर सके तो समाज में साहित्यिक वातावरण निर्मित हो सकता है।

असल में हम पाठकों-दर्शकों को उपभोक्ता बनने से बचना होगा। क्या देखना है, वह हमें तय करना होगा। जो अनुपयोगी है, असामयिक, अप्रासंगिक है, उसे हम न देखने की प्रतिज्ञा करें। जब हम भोंड़ी तथा विकृत चीजों को देखने को तैयार रहते हैं तो यह दोष हमारा है, मीडिया का नहीं। जो देखने योग्य है, उसी को देखेंगे तो मीडिया को भी सोचने पर विवश होना पड़ेगा। वह दिखाने से पहले विचार करेगा। इस तरह साहित्यिक सरोकारों से भी उसे जुड़ना पड़ेगा।

परिवार में बड़ों को देखकर छोटे सीखते हैं तथा अनुकरण करते हैं। बड़े वे ही कार्यक्रम देखें या वे ही चीजें पढ़ें, जो साहित्यिक हों, वैचारिक हों, तो छोटों में भी वही आदत विकसित हो जाएगी। यदि परिवार के बड़े-बुजुर्ग सास-बहू, अपराध, सेक्स, फैशन इत्यादि के कार्यक्रम देखते-पढ़ते हों तो बच्चों से कैसे उम्मीद

की जा सकती है कि वे अच्छे या व्यक्तित्व-बिकास के कार्यक्रम देखकर सभ्य एवं सुसंस्कृत बन जाएँ। इसके लिए हम बड़ों को अपनी आदत एवं रुचियों में सुधार करना होगा। चैनलों के रूप में हमारे पास कई विकल्प हैं। सही विकल्प की तलाश हमें स्वयं करनी होगी। बच्चों के समक्ष माता-पिता, परिजन ही आदर्श होते हैं। अतः सबसे पहला परिवर्तन परिवार से होना चाहिए। मीडिया दूसरा आदर्श बनता है। बाद में हम उसके परिवर्तन की बात कर सकते हैं।

श्रव्य मीडिया के विविध चैनलों की बात करें तो दर्जन-भर एफ०एम० विविध शहरों में सुने जा रहे हैं। ये अत्यंत तीव्र जीवन-शैली के वाहक बने हुए हैं। इनके अनुसार जीवन बहुत तेजी से बीता जा रहा है, बल्कि यों कहें कि तेज गति से जीवन पीछे की ओर भागा जा रहा है। समय कम है तथा व्यक्ति को जल्दी से जीवन को जी लेना चाहिए। जल्दी करो, जल्दी खरीदो, जल्दी उपभोग करो, जल्दी खाओ, जल्दी पीओ, क्योंकि समय बहुत कम है। इस जल्दी-जल्दी में सिर पर पैर रखे व्यक्ति भागा जा रहा है। एफ०एम० व्यक्ति को बाजार की ओर भगा रहे हैं, सुख या शांति की तरफ नहीं जाने देते हैं। इनकी भाषा-शैली इतनी तेज गति वाली है कि व्यक्ति सुनकर समझने की फुर्सत नहीं निकाल पाता है। दूसरी भाषा में कहें कि ये रेडियो जॉकी इतना सिर खाते हैं कि सिरदर्द होने लगता है। जितनी बकवास ये कर सकते हैं, उतनी से अधिक करके भी कोई सार नहीं निकाल पाते।

यहाँ भी वही सुनाया जाता है जो हमारी रुचियों को बिगाड़ता है तथा बे-स्वाद बनाता है। यहाँ भी विज्ञापन और प्रायोजकों के इर्द-गिर्द स्क्रिप्ट तैयार की जाती है। साहित्य के लिए यहाँ भी कोई स्थान नहीं है। चाहें तो एफ०एम० में कुछ समय गंभीर विमर्श का हो सकता है, क्योंकि ये चौबीस घंटे अपना प्रसारण करते रहते हैं।

अब एफ०एम० का श्रोता मात्र महानगरीय नागरिक ही नहीं रह गया है, वह छोटे नगरों, कस्बों, गाँवों का नागरिक भी है। विविध आयु एवं वर्गों का श्रोता है, किंतु एफ०एम० वाले सबको एक ही लाठी से हाँकते हैं। वे महानगरीय चोले से बाहर ही नहीं आते। उन्हें ग्रामीण परिवेश के श्रोता और राजधानी के श्रोता में अंतर ही नजर नहीं आता। कुल मिलाकर उन्हें सभी श्रोता उपभोक्ता नजर आते हैं तथा एफ०एम० का काम उन्हें बाजार तक पहुँचाना है। इस एफ०एम० ने क्षेत्रीय आकाशवाणी-प्रसारणों की आवाज को दबा दिया है। हालाँकि 'विविध भारती' अभी भी अपनी पहचान बनाए हुए है, क्योंकि वहाँ सामाजिक प्रतिबद्धता का कुछ प्रतिशत बचा हुआ है। वहाँ भाषायी शालीनता तथा जीवन के आनंद को

आत्मसात् करने का समय है।

एफ०एम० रेडियो चैनल अधिक नहीं तो साहित्यकारों, कलाकारों के साक्षात्कार लेकर जनता तक प्रसारित करके पहल कर सकते हैं। नई प्रकाशित कृतियों पर चर्चा कराके लोगों की रुचियों को बदल सकते हैं। स्थानीय स्तर पर चल रही साहित्यिक गतिविधियों की रिपोर्ट पेश कर सकते हैं। उन्हें सैलिब्रिटीज या ब्रांड लेखकों, कलाकारों को मोह त्यागकर सामान्य लेखकों, कलाकारों से भी रू-ब-रू होना चाहिए।

तकनीक के तीव्र विकास ने भी संवेदना को समाप्त करने में योगदान किया है। टी०वी० को नियंत्रित करने वाला रिमोट मनुष्य की संवेदनात्मकता को अँगूठा दिखाता प्रतीत होता है। जब तक रिमोट हाथ में रहता है तब तक उँगलियाँ उससे खेलती रहती हैं। वह किसी भी कार्यक्रम से जुड़ ही नहीं पाता है। व्यक्ति हर सेकंड और मिनट पर चैनल बदल-बदलकर देखने का जिज्ञासु बना रहता है। यही नहीं, बीच-बीच में आने वाले विज्ञापन संवेदनागत अवरोध बनते रहते हैं। इसे खंड-खंड संवेदना या टुकड़े-टुकड़े संवेदना कहा जा सकता है। यह भी एक तरह से संवेदनात्मक ह्रास ही है। निरंतरता नहीं रहने से संवेदनाशून्य जैसी स्थिति उत्पन्न हो जाती है।

प्रिंट मीडिया में भी साहित्य किनारे पर पड़ा है। समाचार-पत्रों के परिशिष्ट दृश्य अधिक हो गए हैं तथा पठनीय कम रहे हैं। पहले सप्ताह में दो दिन साहित्य छापा जाता था, जिसे हटाकर एक दिन कर दिया गया है। इस एक दिन में भी साहित्य भीतर के पृष्ठों पर सिमट गया है; बाहर के पृष्ठ समाज व राजनीति के लिए रख छोड़े हैं। लगभग सभी अखबारों ने फिल्मी परिशिष्ट अलग से निकालकर नया प्रचलन शुरू किया है। यहाँ कोई संपादक यह कहने को तैयार नहीं है कि झूठी, कपोल-कल्पित, बे-सिर-पैर की फिल्मी खबरों और चित्रों की जगह साहित्य क्यों नहीं दिया जाता ? ऐसा नहीं है कि साहित्य कोई पढ़ेगा नहीं, फिर भी प्रबंधकों को यह सलाह कोई नहीं दे पाता है। असल में मार्केटिंग मैनेजर बड़ा है संपादक से। पहले विज्ञापन, साहित्य बाद में। विज्ञापन भी उस पृष्ठ पर जिसे चलता-फिरता पाठक भी पढ़ सके। सौंदर्य प्रसाधन आदि के विज्ञापन फिल्म सुंदरियों के चिकने पृष्ठों पर होंगे तो पाठक खरीदने में तत्परता दिखाएगा। साहित्य के पृष्ठों को पढ़ने वाला समझदार एवं जागरूक पाठक तर्कविहीन तत्परता नहीं दिखा सकता। इसे अखबार के प्रबंधक जानते हैं, उनसे अधिक विज्ञापनदाता जानता है।

समाचार-पत्रों के संपादकों द्वारा साहित्यिक विधाओं को नवाचार के साथ

प्रकाशित किया जाए तो आम पाठकों की भी रुचि इधर बढ़ेगी।

इलेक्ट्रॉनिक मीडिया हो या प्रिंट मीडिया, दोनों में धर्म, पाखंड, ढोंग, ज्योतिष आदि पर अधिक जोर दिया जा रहा है। ऐसा लगता है कि देश का हर दर्शक एवं हर पाठक अपना भविष्य जानने के लिए बेचैन है। बिना ज्योतिषी या भविष्यवेत्ता के भारत के नागरिक का कोई भविष्य नहीं है। हर अखबार और पत्रिका, हर चैनल भाँति-भाँति के ज्योतिषियों से भरे पड़े हैं, जो व्यक्ति को अकर्मण्यता एवं भाग्यवादी होने का संदेश देते हैं। सच्ची कथाओं के माध्यम से भूत-प्रेत, जादू-टोने को समाज में स्थापित करके यह मीडिया समाज-विरोधी कार्य कर रहा है। धर्म, पाखंड के ढोंग को विविध तरीके से दिखाया जाना मीडिया का कर्तव्य नहीं है।

इंटरनेट सूचनाओं का भंडार अवश्य है, मगर सभी सूचनाएँ हमारे लिए न तो जरूरी हैं और न ही उपयोगी। बहुत-सी चीजें हमारे लिए भटकाव भरी भी हैं। सही दृष्टि साहित्य दे सकता है, जिसे पढ़वाने की कोशिश हमारी पत्र-पत्रिकाएँ नहीं कर पा रही हैं तथा चैनल भी उसे दिखाने की कोशिश नहीं कर रहे हैं।

इन सब बातों पर गौर करें तो स्पष्ट हो जाता है कि बाजारू मीडिया के भरोसे हाथ पर हाथ धरे नहीं बैठा जा सकता है, बल्कि वैकल्पिक मीडिया बनाना होगा, जो हमारे साहित्यिक हितों को साध सके। प्रिंट मीडिया की ओर से धीरे-धीरे वैकल्पिक मीडिया खड़ा होता जा रहा है। अनेक पत्रिकाएँ, जिन्हें अच्छी पत्रिकाएँ कहा जा सकता है, व्यावसायिक पत्रिकाओं के समानांतर अपनी पहचान बनाती जा रही हैं। कुछेक पत्रिकाओं की प्रसार-संख्या पर्याप्त है तथा वे घाटे का सौदा, अर्थ ही दृष्टि से, साबित नहीं हो रही हैं। वे आत्मनिर्भर होकर निडरता के साथ निकल रही हैं। कुछ साहित्यिक पत्रिकाएँ तो प्रकाशन घराने ही निकाल रहे हैं।

चैनल की दृष्टि से देखें तो साहित्य का कोई समानांतर चैनल स्थापित नहीं हुआ है। यदि इस दिशा में कदम बढ़ाया जाए तो निश्चित ही साहित्य को दूसरों का मुँह न ताकना पड़ेगा। समानांतर और वैकल्पिक मीडिया ही साहित्यिक सरोकारों को पूर्ण ईमानदारी से प्रस्तुत कर सकेगा।

अथ सॉफ्टवेयर रहस्य

डॉ० राजेश्वर गंगवार

मीडिया का अर्थ है किसी बात को दूसरों तक पहुँचाने का माध्यम। इस मीडिया के दो प्रमुख रूप हैं–प्रिंट मीडिया और इलेक्ट्रॉनिक मीडिया। प्रिंट मीडिया में समाचार-पत्र, पत्रिकाएँ और प्रकाशित पुस्तकें हैं। परंतु पुस्तकों को, सिद्धांततः सशक्त माध्यम होते हुए भी, व्यवहार में मीडिया में नहीं गिना जाता। यद्यपि समाचार-पत्रों और पत्रिकाओं में प्रकाशित और रेडियो पर प्रसारित रचनाओं को पुस्तकों का रूप देना सामान्य बात है। उसी तरह पुस्तक के रूप में प्रकाशित कथ्य को उक्त माध्यमों में स्थान देना भी आम बात है। किसी समय रेडियो हिंदी साहित्य के लिए वरदान बनकर आया था। अनेक बड़े साहित्यकार आकाशवाणी से संबद्ध रहे, आज भी कुछ साहित्यकारों की रचनाएँ आकाशवाणी पर सुनाई दे जाती हैं, परंतु टेलीविजन और लगभग डेढ़ दशक से इंटरनेट के आने के बाद, विशेषकर नगरीय क्षेत्रों में, रेडियो का उपयोग कम होता जा रहा है। एफ०एम० रेडियो की तो बात न की जाए तो ही अच्छा है। वर्तमान में इन सभी माध्यमों में हिंदी साहित्य की स्थिति अच्छी नहीं कही जा सकती। इंटरनेट की लोकप्रियता बढ़ अवश्य रही है, लेकिन यह अभी तक सर्वसुलभ नहीं है, इन सभी माध्यमों में हिंदी साहित्य की स्थिति की समीक्षा करना उपयुक्त होगा।

मीडिया में साहित्यिक रचनाओं और रचनाकारों का अभाव

समाचार-पत्रों की बात करें तो अनेक समाचार-पत्र प्रत्येक रविवार को और विशेष अवसरों पर कहानी और एकाध कविता, गीत और लेख आदि प्रकाशित करते हैं, किंतु इनका साहित्य-पक्ष प्रायः कमजोर होता है। बहुत-सी कहानियाँ और कविताएँ तो अवसर विशेष या तिथि को ध्यान में रखकर लिखी जाती हैं और बहुत ही सामान्य होती हैं, कभी तुकबंदी तो कभी अतुकांत, लेकिन प्रभावहीन। पत्रिकाओं की स्थिति तो और भी खराब है। था कोई समय जब पत्रिकाएँ हिंदी साहित्य को समर्पित होती थीं और उनमें प्रतिस्पर्द्धा भी होती थी, परंतु आज तो

कोई भी पत्रिका हिंदी साहित्य के लिए समर्पित होना तो दूर, महीनों और वर्षों तक कोई अच्छी रचना प्रकाशित नहीं कर पाती। अनेक पत्रिकाएँ तो साहित्य को ही फूहड़ बनाकर पेश कर रही हैं। कुछ पत्रिकाएँ अपने संपादकों की धड़ेबाजी तक ही सीमित रह जाती हैं, तो कुछ विचारधारा के नाम पर घटिया रचनाओं को भी श्रेष्ठ बताकर प्रकाशित करती रहती हैं। ऐसे में प्रिंट मीडिया में अच्छी साहित्यिक रचना की आशा ही कैसे की जा सकती है? अच्छे साहित्यकार इन पत्रिकाओं से गायब हैं। आज 'नई कहानी' का स्वरूप भी बहुत बदल गया है और यह बदलाव किसी अच्छाई की ओर नहीं ले जा रहा है। मीडिया के बड़े प्रकाशन समूहों ने एक-एक कर सभी पत्रिकाएँ बंद कर दी हैं, जो पत्रिकाएँ कभी हिंदी साहित्य के लिए वरदान समझी जाती थीं और जिनमें रचना प्रकाशित होने पर बहुत-से लेखक अपने को गौरवान्वित समझते थे, प्रतिष्ठित साहित्यकारों की रचनाएँ नए रचनाकारों के लिए प्रेरक होती थीं, वे आज बंद हो चुकी हैं।

इसी तरह दूरदर्शन तथा अन्य चैनलों पर समाचारों और सीरियलों के कुछ लेखकों की भाषा को देख-सुनकर ऐसा नहीं लगता कि वे हिंदी भाषा पर अधिकार करने के प्रति सजग भी हैं। कहावतों और मुहावरों के गलत प्रयोग, अशुद्ध भाषा को ही वे सही समझने का आग्रह करते नजर आते हैं। वे लक्ष्य का पीछा करते तो नजर आते हैं, लक्ष्य की ओर बढ़ने की उनकी इच्छा कतई नहीं है। फिर उन्हें लक्ष्य प्राप्त हो भी तो कैसे? वैसे भी समाचारों में साहित्यिक पक्ष देखना या साहित्यिक भाषा को तलाशना बेमानी होगा। समाचारों की भाषा को ही प्रभावशाली बना रहने दें, यही बहुत है। वर्तमान में, यह भी सच है कि टेलीविजन पर समाचार चैनल हैं, फिल्म, मनोरंजन, खेल-कूद, शिक्षा आदि के लिए अनेक चैनल हैं। यहाँ तक कि जानवरों के बारे में भी चैनल हैं, किंतु हिंदी साहित्य के लिए समर्पित कोई चैनल नहीं है। इसलिए जो चैनल मनोरंजन आदि के लिए हैं, उनमें ही साहित्य-पक्ष को देखना होगा, क्योंकि मनोरंजन चैनल भी कथात्मक तो होते ही हैं।

वर्तमान में कथा, उपन्यास, काव्य, निबंध और आलोचना जैसे कतिपय पक्ष ही साहित्य के दायरे में माने जाते हैं। कहानी और उपन्यास को छोड़कर अन्य विधाओं के लिए टेलीविजन पर जगह अधिक नहीं हो सकती, क्योंकि उनके लिए दर्शक नहीं हैं। इसलिए हम समझते हैं कि हिंदी साहित्य की विधाओं का दायरा बढ़ाना चाहिए। फिल्म एक ऐसी विधा है, जिसमें भाषा-साहित्य, नृत्य-संगीत, छायांकन, संकलन, संपादन आदि अनेक विधाएँ समाहित हैं। इसी का लघु रूप है टेलीविजन धारावाहिक। फिल्म की तरह धारावाहिक में भी ये सभी तत्त्व समाहित हैं। फिल्म

और धारावाहिक, दोनों में कथातत्त्व मूल है। धारावाहिक प्रकाशित साहित्यिक कृतियों पर भी बने हैं और नवलिखित कथानकों पर भी। अधिकतर धारावाहिक केवल प्रसारण के लिए लिखे गए होते हैं। प्रसारण के बाद मुद्रित रूप में प्रकाशित कम ही होते हैं। इसके विपरीत साहित्यिक कृतियों पर बने कथानक पहले से ही प्रकाशित हो चुके होते हैं और बहुत-से दर्शकों के लिए कुछ न कुछ परिचित भी होते हैं। उनमें लेखक की विचार-भूमि पर उसकी भावनाओं को बनाए रखते हुए दृश्य-रूप में प्रस्तुत करना सरल नहीं होता। इसी कारण अनेक साहित्यिक कृतियों पर बने धारावाहिक आलोचना के पात्र बने हैं। किंतु सभी धारावाहिक अच्छे नहीं बने, यह भी पूर्ण सत्य नहीं है, कुछ श्रेष्ठ, सफल और लोकप्रिय धारावाहिक भी बने हैं।

दूरदर्शन धारावाहिकों का साहित्य-पक्ष

दूरदर्शन पर धारावाहिकों को लोकप्रियता प्रदान की थी छोटे पर्दे के बड़े लेखक के रूप में मशहूर स्व० मनोहर श्याम जोशी ने। उनके लिखे 'हम लोग' और 'बुनियाद' धारावाहिकों को देखने के लिए दर्शक निर्धारित दिन और समय की प्रतीक्षा करते थे। ऐसी ही लोकप्रियता स्व० रामानंद सागर के 'रामायण' धारावाहिक को मिली थी। इन धारावाहिकों को देखने के लिए कुछ लोग अपने कार्यक्रम तक में परिवर्तन करते थे। अनेक धारावाहिक ऐतिहासिक घटनाओं और ऐतिहासिक उपन्यासों पर भी बने हैं। उदाहरण के लिए श्री वृंदावनलाल वर्मा के 'मृगनयनी' उपन्यास पर इसी नाम से बना धारावाहिक, भीष्म साहनी के उपन्यास 'तमस' और मिर्ज़ा ग़ालिब की जीवनी पर बने धारावाहिक साहित्यिक दृष्टि से उल्लेखनीय हैं। दर्शकों ने इन्हें काफी पसंद किया था। देश की आजादी के लिए मर-मिटने वाले क्रांतिकारियों पर आधारित धारावाहिक 'कहाँ गए वो लोग' भी काफी पसंद किया गया था। बंगला भाषा की कृतियों पर भी हिंदी में धारावाहिक बने हैं। प्रसिद्ध फिल्मकार और साहित्यकार सत्यजित रे की विज्ञानकथाओं पर धारावाहिक प्रसारित हो चुका है। बंगला भाषा के लेखक शरत्‌चंद्र चट्टोपाध्याय, रवींद्रनाथ ठाकुर, विमल रॉय जैसे लेखकों की कृतियों पर बने कार्यक्रम भी दर्शकों में लोकप्रिय रहे। इसी तरह स्व० देवकीनंदन खत्री के बहुचर्चित उपन्यास 'चंद्रकांता' पर इसी नाम से धारावाहिक प्रसारित हुआ था। दूरदर्शन के प्रारंभिक वर्षों में श्री जयशंकर प्रसाद की कविताओं पर कार्यक्रम बना था, लेकिन उत्कृष्टता की कमी के कारण न तो 'चंद्रकांता' का पूरा प्रसारण हुआ और न ही प्रसाद जी की

कविताओं पर कार्यक्रम बहुत दिन तक चल सका। इस तरह के कार्यक्रमों ने अनेक साहित्यकारों और उनकी रचनाओं से दर्शकों का परिचय तो करवाया ही, किंतु धारावाहिकों के महासागर में ये कुछ साहित्यिक धारावाहिक अपवाद की बूँदें ही कहे जा सकते हैं।

रामकथा और महाभारत्त पर बनी फिल्मों और टेलीविजन कार्यक्रमों तथा इनके पात्रों पर बने कार्यक्रमों की लोकप्रियता इस बात का प्रमाण है कि दर्शक अच्छी रचनाएँ देखना पसंद करते हैं। भगवतीचरण वर्मा के अमर उपन्यास 'चित्रलेखा' पर बनी फिल्म टेलीविजन पर भी लोकप्रिय रही और बार-बार उसका प्रसारण हुआ। महान् ऐतिहासिक पात्र चाणक्य पर डॉ० चंद्रप्रकाश द्विवेदी द्वारा निर्मित धारावाहिक दर्शकों ने बहुत पसंद किया था। हाल ही में प्रसारित धारावाहिक 'चित्तौड़ की रानी पद्मावती का जौहर' भी सराहनीय रहा। इस धारावाहिक का कथानक मलिक मोहम्मद जायसी के महाकाव्य 'पद्मावत' पर आधारित प्रतीत होता है। अब झाँसी की रानी पर धारावाहिक प्रसारित हो रहा है। इस तरह प्रायः सभी क्षेत्र की कथाओं पर धारावाहिक बनते और प्रसारित होते रहे हैं। यह भी विचारणीय है कि दूरदर्शन के प्रारंभ के बाद पिछले चालीस वर्षों में हिंदी में कितनी रचनाएँ लिखी गई हैं, जिनकी लोकप्रियता उपर्युक्त कालजयी रचनाओं और जनमानस में पहले से ही प्रतिष्ठित महाकाव्यों/कथानकों के समान रही हो। कहने को तो न जाने कितनी कृतियों को कालजयी बताया जाता रहा है।

ऐसी स्थिति में धारावाहिकों के कथानकों को भी साहित्य की श्रेणी में शामिल किया जाना चाहिए। यह ठीक है कि अधिकांश धारावाहिकों के कथानकों में साहित्य-पक्ष बहुत लचर होता है, उसी तरह जैसे प्रकाशित कथाओं में से भी अधिकांश रद्दी की टोकरी में पहुँच जाती हैं। लेकिन इस आधार पर सभी कथाओं को तो अस्वीकार नहीं किया जा सकता। उसी तरह यह नहीं कहा जा सकता कि सभी धारावाहिक साहित्यिक दृष्टि से निकृष्ट हैं। आशा की जा सकती है कि समय के साथ उनके तकनीकी पक्ष के साथ-साथ साहित्यिक स्तर में भी सुधार होगा। यह भी आशा की जा सकती है कि वर्तमान में न सही, भविष्य में मनोहर श्याम जोशी और कमलेश्वर जैसे अन्य साहित्यकार भी इस विधा को ऊँचाइयों की ओर ले जाने के लिए प्रवृत्त होंगे।

इंटरनेट पर हिंदी साहित्य

इन दिनों सबसे अधिक तेज गति से बढ़ रहा मीडिया इंटरनेट है। इंटरनेट पर

हिंदी साहित्य न के बराबर है। अनेक वेबसाइटें हिंदी साहित्य की जानकारी देती हैं, लेकिन यह जानकारी अधिकतर या तो अंग्रेजी में ही होती है या रोमन लिपि में। प्रायः इन साइटों पर हिंदी साहित्यकारों और उनकी कृतियों का नामोल्लेख भर होता है। कुछ स्थानों पर रोमन और देवनागरी का मिला-जुला रूप भी देखने को मिलता है। इंटरनेट पर हिंदी साहित्य की खोज के उद्देश्य से search में classical hindi literature टाइप करने पर अनेक साइटों का पता मिलता है [उल्लेखनीय है कि इंटरनेट पर किसी भी साइट को देखने के लिए अर्ल (URL-universal resource locator) में केवल रोमन लिपि में ही टाइप करना होता है]। एक साइट पर अंग्रेजी में लिखा है कि यह पृष्ठ अभी विकसित किया जा रहा है। आप अपना योगदान दे सकते हैं। यहाँ जो जानकारी उपलब्ध है, उसे पढ़ने के लिए शुसा (Shusa) फॉण्ट ही चाहिए, अन्यथा कुछ नहीं पढ़ा जा सकता।

'Famous Hindi Poets' की सर्च में <hindiguru.org/write.poet.htm> साइट पर सर्वश्री हरिवंशराय 'बच्चन', नागार्जुन, महादेवी वर्मा, मैथिलीशरण गुप्त और रामधारी सिंह 'दिनकर' में से प्रत्येक का चार-पाँच पंक्तियों में परिचय मिलता है, साथ ही उनकी मुख्य रचनाओं का उल्लेख-भर है। यह सब अंग्रेजी में है। अंग्रेजी में वर्तनी की भी अशुद्धियाँ हैं। गुप्त जी के परिचय के साथ तो 'her work' शीर्षक के अंतर्गत रचनाओं के नाम रोमन में हैं और 'नहुष' काव्य को 'jahush' लिखा मिला। दूसरी वेबसाइट ASK ME HELP DESK में 'write a book ?' 'hindi girls', 'the quest for the prize' नाम से पृष्ठ है, जिनका साहित्य से कुछ लेना-देना नहीं। इन पृष्ठों में साहित्य संबंधी कुछ भी जानकारी नहीं है।

एक अन्य साइट <openlibrary.org> में जानकारी दी गई है कि 'आवारा मसीहा' का अंग्रेजी अनुवाद उपलब्ध है, क्या खरीदना है ? इंटरनेट पर 'विकीपेडिया' एक लोकप्रिय साइट है। यह अंग्रेजी में ऑनलाइन एन्साइक्लोपीडिया है, जहाँ हर विषय की कुछ न कुछ जानकारी मिल जाती है। wikipedia.org में हिंदी काव्य साहित्य के आदिकाल से लेकर उत्तर आधुनिक काल तक का नामोल्लेख है, लेकिन सब अंग्रेजी में। आगे अमीर खुसरो देहलवी का नाम देवनागरी और अरबी लिपि में है, शेष जानकारी अंग्रेजी में है। हाँ, अमीर खुसरो की कुछ रचनाएँ देवनागरी और रोमन दोनों लिपियों में हैं। <merinews> साइट पर केवल 'मेरी' शब्द हिंदी में है, वह भी रोमन में और सब कुछ अंग्रेजी में होता है। एक साइट <sahitykunj> में <hindi articles> पर क्लिक करने पर देखने को मिलता है कि अंग्रेजी में लेख कैसे लिखें। <ndtvkhabar.com> पर 'चंद्रकांता संतति' क्रमिक रूप से प्रसारित हो

रहा है। <ndtv.com> तथा कुछ अन्य साइटें पाठकों को हिंदी में ब्लॉग लिखने की सुविधा देती हैं। यह सुविधा 'रोमन में लिखें और देवनागरी में पढ़ें' पर आधारित है। अर्थात् रोमन में हिंदी लिखें और देवनागरी में पढ़ें। इसका प्रसारण भी देवनागरी में होता है। 'नवभारत टाइम्स' जैसे अनेक समाचार-पत्र भी अपने समाचारों पर हिंदी में टिप्पणी लिखने की सुविधा देते हैं। लेकिन सभी जगह कीबोर्ड पर देवनागरी के वर्णों की स्थितियों में कुछ न कुछ अंतर है। अपने लिखे हुए को आप 'वर्ड' में तब तक सेव नहीं कर सकते, जब तक आपके कंप्यूटर में देवनागरी के वही फॉण्ट न हों, जो इन साइटों ने अपनाए हैं। इस संदर्भ में स्थिति की चर्चा आगे करेंगे।

<hindinest.com> साइट पर ऑनलाइन हिंदी पत्रिका उपलब्ध है, इसकी संपादक श्रीमती मनीषा कुलश्रेष्ठ हिंदी लेखकों के बीच परिचित नाम है। इस ऑनलाइन पत्रिका में लेख, कहानियाँ, उपन्यास आदि विधाएँ उपलब्ध हैं। कुछ अच्छी भी हैं। एक अन्य साइट है <boloji.com>. इस साइट पर हिंदी और अंग्रेजी दोनों भाषाओं में रचनाएँ हैं। हिंदी खंड की संपादक हैं श्रीमती मनीषा कुलश्रेष्ठ। इसमें भी कविताएँ, कहानियाँ और लेख आदि हैं।

एक अन्य साइट है—<hindinovels.net>। इसमें कई उपन्यास हैं। कुछ पूर्ण तो कुछ अपूर्ण, परंतु न तो कोई चर्चित रचना है और न ही अच्छा रचनाकार, फिर जो हैं, उनकी बानगी देखिए—'अद्-भूत', 'शून्य', 'ब्लैक होल', 'करने गया कुछ कट गई साली मुछ', 'मधूराणी', 'सायबर लव्ह', 'मृगजल', 'फेराफेरी', 'लव्हलाइन' आदि। इन रचनाओं के कुछ अंश पढ़े, बहुत ही सतही और सस्ते लगे। न कथानक में गंभीरता और न ही लेखन-शैली में कोई सौंदर्य। वर्तनी की अशुद्धियाँ तो बेशुमार हैं, जैसा कि यहाँ उद्धृत शब्दों में देखा जा सकता है। लगता है, उपन्यास के नाम पर कुछ भी लिखा गया है। ऐसी रचनाएँ पाठकों में अरुचि ही उत्पन्न करेंगी। यह स्थिति कालांतर में हिंदी साहित्य के प्रति कुछ लोगों में वितृष्णा उत्पन्न करे या वे हिंदी साहित्य को घटिया समझने लगें तो आश्चर्य नहीं होना चाहिए।

इंटरनेट पर श्रेष्ठ हिंदी साहित्य क्यों नहीं ?

इंटरनेट पर हिंदी साहित्य, विशेषकर अच्छे साहित्य के न होने का कारण यह है कि अभी हिंदी साहित्यकार इंटरनेट से अच्छी तरह परिचित नहीं हैं। जो इंटरनेट पर हिंदी में काम कर सकता है, वह किसी अन्य की अच्छी रचना को अपलोड करने में परिश्रम न करके अपनी ही रचना को अपलोड करता है, भले ही वह रचना पाठकों को बेकार लगे या उसका कोई साहित्यिक मूल्य न हो। प्रतिष्ठित

लेखक मुद्रित रचनाओं और उनकी बिक्री से प्राप्त राशि को पर्याप्त समझते हैं, इंटरनेट पर अपनी रचना पहुँचाने की ओर प्रवृत्त नहीं होते। जबकि इंटरनेट पर भी सब कुछ मुफ्त नहीं है। रचनाओं के नामोल्लेख और/अथवा संक्षिप्त परिचय के बाद उसे पढ़ने के लिए धन खर्च करना पड़ सकता है। यह स्वाभाविक है कि पाठक उसी रचना के लिए खर्च करेगा, जो उत्कृष्ट लगेगी। परिणाम यह है कि इंटरनेट पर हिंदी साहित्य की श्रेष्ठ रचनाएँ नहीं हैं। दूसरी बात यह कि इंटरनेट पर किसी रचना को पढ़ने की अपेक्षा पाठक उसे डाउनलोड करके/प्रिंट लेकर अपनी सुविधानुसार बिना इंटरनेट के भी पढ़ना पसंद करेगा। अंग्रेजी तथा अन्य भाषाओं की रचनाएँ इस रूप में उपलब्ध हैं कि निर्धारित राशि का भुगतान करके संपूर्ण रचना को डाउनलोड किया जा सकता है। इसी तरह हिंदी के रचनाकार या उसके प्रकाशक या एजेंट को भी इंटरनेट पर ही भुगतान प्राप्त करने की व्यवस्था करनी होगी। वर्तमान में हिंदी पाठक के लिए यह सब कुछ दुष्कर कार्य है, जिसका प्रमुख कारण अलग-अलग साइटों पर देवनागरी के अलग-अलग फॉण्ट होना है। कहीं कोई अनुकूलन नहीं। इंटरनेट पर जामिया मिलिया इस्लामिया के हिंदी विभाग के प्रोफेसर श्री असगर वजाहत (साहित्य जगत् में सुपरिचित नाम) का एक संगोष्ठी में दिया वक्तव्य मिला—'इंटरनेट पर लोकप्रिय हो हिंदी साहित्य' शीर्षक से। हिंदी में यह वक्तव्य देवनागरी में है, किंतु जब कॉपी करके पेस्ट करना चाहा, तो वही समस्या, सब कुछ जंक बन गया। ऊपर जिन साइटों पर रचनाओं का उल्लेख किया गया है, उन्हें डाउनलोड करने के लिए वही फॉण्ट चाहिए, जो उस रचना में प्रयुक्त हुआ है—अर्थात् अगर कोई पाँच साइटों से रचनाएँ डाउनलोड करना चाहे तो उसे अपने कंप्यूटर पर वे सब फॉण्ट डालने होंगे, जो उन रचनाओं के लिए प्रयुक्त किए गए हैं।

इंटरनेट पर हिंदी में अनेक पत्र-पत्रिकाएँ भी हैं। हिंदी के प्रायः सभी समाचार-पत्र इंटरनेट पर उपलब्ध हैं। इन्हें दिन में कई बार अपडेट भी किया जाता है। कभी-कभी इनका कलेवर मुद्रित समाचार-पत्र से कुछ भिन्न भी होता है। हिंदी की एक पत्रिका <www.hindinest.com> पर उपलब्ध है।

इस संबंध में यह जानकारी भी मिली कि महात्मा गांधी अंतरराष्ट्रीय विश्वविद्यालय यू०जी०सी० (विश्वविद्यालय अनुदान आयोग) से प्राप्त सहायता से <www.hindisamay.com> से एक वेबसाइट तैयार कर रहा है, जिस पर हिंदी का उत्कृष्ट साहित्य (क्लासिकल लिटरेचर) पढ़ने को मिलेगा। पाँच करोड़ रुपये की लागत से तैयार होने वाली यह वेबसाइट प्रवासी भारतीयों को विशेष रूप से ध्यान

में रखकर विकसित की जा रही है, क्योंकि उन्हें हिंदी साहित्य की अच्छी रचनाएँ प्राप्त करने में कठिनाई होती है। इस साइट पर हिंदी रचनाओं के विभिन्न विदेशी भाषाओं में अनुवाद भी उपलब्ध होंगे।

मीडिया में श्रेष्ठ हिंदी साहित्य के अभाव के कारण हिंदी साहित्य का गिरता स्तर और हिंदी के प्रति छात्रों की अरुचि

मीडिया में अच्छे हिंदी साहित्य का अभाव वर्तमान में हिंदी साहित्य के गिरते स्तर की ओर भी संकेत करता है। कुछ ऐसी धारणा बन गई है (जो किसी हद तक सही भी है) कि हिंदी भाषा और साहित्य रोजी-रोटी नहीं दे सकते। यही कारण है कि कॉलेजों और विश्वविद्यालयों में हिंदी विषय विद्यार्थियों की प्राथमिकता नहीं है। विद्यार्थियों में हिंदी साहित्य के प्रति अरुचि प्रवेश के लिए निर्धारित अंक (कट ऑफ प्वायंट) अन्य विषयों की तुलना में बहुत कम होने में ही स्पष्ट है। जहाँ विज्ञान, वाणिज्य, अर्थशास्त्र जैसे विषयों के लिए 90 प्रतिशत अंक पाने पर भी प्रवेश पाना कठिन होता है, वहीं हिंदी और संस्कृत विषयों के लिए 50 प्रतिशत अंक भी पर्याप्त होते हैं।

हिंदी के प्रचार-प्रसार में बाधक है देवनागरी सॉफ्टवेयरों में अनुकूलन का अभाव

कंप्यूटर और इंटरनेट के युग में किसी भाषा और उसकी लिपि के लिए निर्मित सभी सॉफ्टवेयरों में अनुकूलता अनिवार्य है। ऊपर इंटरनेट से डाउनलोड या अपलोड करने में जिस कठिनाई का उल्लेख किया गया है, उसका कारण यही है कि देवनागरी के सभी सॉफ्टवेयर बाइनरी प्रणाली के एकसमान कूट में नहीं बनाए गए हैं। इंटरनेट पर अनेक साइटों पर रोमन में हिंदी लिखिए और उसका लिप्यंतरण हो जाएगा, के सिद्धांत पर हिंदी लिखने की सुविधा है। यहाँ एक तो रोमन लिपि जानने की अनिवार्यता और फिर कीबोर्ड पर वर्णों की स्थिति में अंतर कठिनाई पैदा करता है। 'नवभारत टाइम्स' का कीबोर्ड ndtv या webdunia के कीबोर्ड से कुछ अलग है। कितनी बार आप अपनी उँगलियों और मस्तिष्क का समायोजन करेंगे। अतः जब तक देवनागरी के लिए 'कैरेक्टर सेटिंग की एकरूपता' नहीं अपनाई जाएगी, समस्या का पूर्ण समाधान नहीं होगा।

होना तो यह चाहिए कि जैसे रोमन (अंग्रेजी) में काम करने के लिए डिफाल्ट में दिए गए फॉण्ट में से चुनकर काम करने की सुविधा है, वैसी ही सुविधा देवनागरी

के लिए भी हो। अब यूनिकोड पर निर्धारित सॉफ्टवेयर भी प्रचलन में हैं। यहाँ भी वही कठिनाई है कि अन्य कूट प्रणालियों के सॉफ्टवेयरों में तैयार अरबों पृष्ठ की सामग्री को यूनिकोड में कैसे परिवर्तित किया जाए। यह ठीक है कि इसके लिए कुछ कनवर्टर सॉफ्टवेयर हैं, किंतु हर किसी से यह अपेक्षा करना कि वह कनवर्टर सॉफ्टवेयर लगाकर हिंदी में काम करे, कुछ ज्यादती होगी। देवनागरी में काम के लिए अतिरिक्त धन खर्च करना एक तरह का जजिया (टैक्स) ही है।

वास्तविक समस्या यह है कि इतने वर्षों के बाद भी देवनागरी सॉफ्टवेयर तैयार करने के लिए एकसमान कैरेक्टर सेटिंग प्रणाली नहीं अपनाई जा रही है, जिस कारण देवनागरी सॉफ्टवेयर में अनुकूलन की समस्या दिन पर दिन जटिल होती जा रही है। इस समस्या से संबंधित मेरे एक लेख को भारत सरकार की राजभाषा पत्रिका सहित कम से कम दस पत्र-पत्रिकाओं ने प्रकाशित किया तथा मैं अनेक मंचों पर इस समस्या को उठा चुका हूँ। भारत सरकार, प्रौद्योगिकी मंत्रालय के अपर सचिव और हिंदी के लिए नियुक्त निदेशक ने भी समस्या को स्वीकार किया है, लेकिन आश्वासन के बावजूद देवनागरी में अनुकूलन की समस्या में जरा भी सुधार नहीं हुआ है। जब तक अनुकूलन की समस्या हल नहीं होती, तब तक कोई भी यूनिकोड समस्या को हल नहीं कर सकेगा। भारत सरकार कई वर्ष से यह दावा कर रही है कि इस समस्या को हल कर लिया जाएगा, किंतु सभी को प्रतीक्षा, और प्रतीक्षा करनी पड़ रही है। ज्यों-ज्यों समय बीतता जा रहा है, अनुकूलन की समस्या जटिल से जटिलतर होती जा रही है।

भारतीय भाषाओं के लिए कुछ समय पहले तक इस्की कूट (indian standard code for information interchange) का प्रयोग ही अधिक होता रहा है और यूनिकोड भारतीय भाषाओं के लिए अभी भी व्यापक रूप से प्रचलन में नहीं आया है। अंग्रेजी के लिए भी आस्की, आस्की एक्सटेंडेड और यूनिकोड, तीनों का ही प्रयोग हो रहा है। फिर भी अंग्रेजी के सॉफ्टवेयरों में अनुकूलन की कठिनाई नहीं है, कम से कम एक ही प्लेटफॉर्म पर इस्तेमाल होने वाले विभिन्न सॉफ्टवेयरों के संबंध में तो नहीं ही है। इसका कारण है कि रोमन लिपि के सभी वर्णों और चिह्नों के लिए एक निश्चित मानक है। किसी नए सॉफ्टवेयर के बाजार में आने से पहले उसे मानक परीक्षण से गुजरना पड़ता है। सभी वर्णों और चिह्नों के लिए निश्चित कैरेक्टर सेट हैं। उदाहरण के लिए रोमन के कैपिटल ए, बी और सी (A, B & C) के लिए सभी सॉफ्टवेयर आस्की या एक्सटेंडेड आस्की के क्रमशः '65', '66' और '67' कूट अथवा लोअर कैप (a, b, और c) के लिए क्रमशः

'97', '98' और '99' कूट ही अपनाते हैं। प्रोग्राम चाहे सी++ में हो या विजुअल बेसिक में या फॉक्स प्रो में, कैरेक्टर सेट नहीं बदलता। हिंदी के लिए बनाए गए सॉफ्टवेयरों में यह बात नहीं अपनाई गई। आस्की में तैयार किए गए विभिन्न सॉफ्टवेयरों की योजनाओं के बारे में यहाँ दी गई सारणी से यह बात स्पष्ट हो जाएगी। सारणी के पहले स्तंभ में अंग्रेजी वर्णों की कूट योजना है, नागरी वर्ण स्तंभ के अंतर्गत भारत भाषा का शुसा कीबोर्ड है। सॉफ्ट 1, सॉफ्ट 2 और सॉफ्ट 3 तीन अलग-अलग द्विभाषिक सॉफ्टवेयरों में देवनागरी के वर्णों के लिए प्रयुक्त योजनाएँ हैं–

अंग्रेजी वर्ण	*आस्की कोड सं०*	*नागरी वर्ण*	*सॉफ्ट 1 में आस्की कोड*	*सॉफ्ट 2 में आस्की कोड*	*सॉफ्ट 3 में आस्की कोड*
A	65	अ	180	163	123
B	66	ॸ	112	109	166
C	67	छ	99	137	159
a	97	ा	124	182	180
b	98	ख	92	154	65
c	99	र	162	82	112

इस सारणी से यह स्पष्ट है कि देवनागरी के विभिन्न वर्णों के लिए अलग-अलग सॉफ्टवेयरों में अलग-अलग कैरेक्टर सेट इस्तेमाल किए गए हैं। 'अ' अक्षर के लिए कोई तो आस्की की 180 वैल्यू ले रहा है तो कोई 163 या 123। ऐसी स्थिति में सॉफ्ट 1 में तैयार की गई फाइल जब सॉफ्ट 2 या सॉफ्ट 3 योजना वाले सॉफ्टवेयर में खोली जाएगी तो कैरेक्टर सेट की भिन्नता के कारण सही वर्ण नहीं दिखाएगी और अजीबोगरीब चिह्नों के समूह दिखाई देंगे। सही रूप में फाइल खोलने के लिए फिल्टर या कनवर्टर आवश्यक हो जाता है, जो पहले सॉफ्टवेयर में प्रयुक्त वैल्यू को दूसरे सॉफ्टवेयर की वैल्यू में बदल सके। सॉफ्टवेयरों में अनुकूलन के अभाव में किन्हीं भी दो सॉफ्टवेयरों में तैयार की गई फाइलें परस्पर खुल नहीं पातीं और इसी तरह इंटरनेट से किसी फाइल या उसके अंश को कट और पेस्ट से अन्यत्र उपयोग संभव नहीं हो पाता। आज मीडिया के सभी रूपों में, पुस्तक प्रकाशन से लेकर समाचार-पत्र, टी०वी० और इंटरनेट, सभी के लिए कंप्यूटर का

प्रयोग हो रहा है तो हिंदी भाषा और साहित्य के लिए देवनागरी के सॉफ्टवेयरों में अनुकूलन कितना आवश्यक है, यह ऊपर बताई गई कठिनाइयों से रेखांकित किया जा चुका है। इसके बिना श्रेष्ठ हिंदी साहित्य लिखा तो जा सकता है, किंतु उसे टी०वी० और इंटरनेट जैसे सशक्त माध्यमों से अधिक से अधिक लोगों तक पहुँचाने में कठिनाइयाँ आती रहेंगी। अतः आवश्यक है कि भारत सरकार उपयुक्त निर्णय लेकर देवनागरी के सॉफ्टवेयरों में अनुकूलन की समस्या का निराकरण करे और ये निर्देश दिए जाएँ कि सभी सॉफ्टवेयरों में भारत सरकार द्वारा निर्धारित कूट प्रणाली ही अपनाई जाए।

इस तरह यह स्पष्ट है कि मीडिया में हिंदी की अच्छी स्थिति न होने के अनेक कारण हैं, जिनमें प्रमुख हैं हिंदी का रोजी-रोटी से जुड़ाव न होने के कारण हिंदी भाषा और साहित्य के प्रति कम रुचि और तेजी से विकसित होती प्रौद्योगिकी के साथ हिंदी को बढ़ाने में हिंदी-प्रेमियों की असफलता और इसके प्रति सरकार की उदासीनता।

साहित्य की अनिवार्य भूमिका

डॉ० सुजाता वर्मा

मीडिया अंग्रेजी शब्द 'मीडियम' का बहुवचन है, जिसका अर्थ है संचार का माध्यम। चूँकि समाचार-पत्र, टेलीविजन तथा रेडियो संचार के माध्यम हैं, अतः इन्हें 'मीडिया' के नाम से जाना जाता है। प्रिंट मीडिया के अंतर्गत समाचार-पत्र, पत्रिकाएँ, पंफलेट, पुस्तकें तथा अन्य सभी प्रकाशित सामग्री आती है। इलेक्ट्रॉनिक मीडिया के अंतर्गत टी०वी०, रेडियो, इंटरनेट आदि समस्त माध्यम आते हैं। मीडिया विचारों के विस्तार को तीव्रता प्रदान करता है जबकि साहित्य लिपिबद्ध विचारों का संकलन है। इसमें समस्त जीवन की अभिव्यक्ति और संपूर्ण ज्ञान की चेतना का बोध होता है। इसके मूल में एकत्रीकरण और कल्याण दोनों की भावना निहित होती है। इसका वाहक है मीडिया।

वस्तुतः मीडिया और साहित्य का अन्योन्याश्रित संबंध है। दोनों ही एक सिक्के के दो पहलू हैं। एक के अभाव में दूसरे का अस्तित्व नहीं है। साहित्य यदि विचारकुंड है तो मीडिया विचारों का वाहक। जन-जन तक साहित्य को लोकप्रिय करने का कार्य मीडिया करता रहा है। यह बात दीगर है कि मीडिया हमें जिस रूप में दिखाई देता है, उस रूप में आज से सैकड़ों या हजारों वर्ष पूर्व नहीं था, किंतु वह साहित्य-निर्माण और उसके कुशल संवाहक के रूप में आदिकाल से ही गतिशील रहा है।

सहस्रों वर्ष पूर्व जब छपाई की सुविधा नहीं थी और न रेडियो या टी०वी० पत्रकारिता थी, तब मीडिया का आधार लोकनृत्य-लोकनाटक थे, जिनके माध्यम से किसी एक विषय से संबंधित विशिष्ट विचारधारा को समाज के एक कोने से दूसरे कोने तक प्रसारित करने का कार्य संपन्न होता था। पूर्व में मीडिया के अधिकांश साधन व्यक्तिपरक थे। उन साधनों में यंत्रीकरण का माध्यम नगण्य था। किसी भी साहित्य के, चाहे वह धार्मिक साहित्य ही क्यों न हो, व्यक्तियों का संगमन और पारस्परिक विचार-विमर्श ही मीडिया की उद्देश्यात्मकता को पूर्ण करता था। धार्मिक यात्राओं का आयोजन जहाँ धर्म संबंधी साहित्य के विचारों को प्रचारित और प्रसारित करने का एक प्रबल माध्यम था, वहीं सामाजिक जीवन

संबंधी साहित्य का प्रचार मेलों, जनसभाओं और देशाटन आदि के माध्यम से संभव होता था। कालांतर में विज्ञान की प्रगति ने विचारों और सिद्धांतों को दूर-दूर तक प्रचारित एवं प्रसारित करने के नए आयाम प्रस्तुत किए।

अब संचार के साधन व्यक्तिपरक न होकर यांत्रिक हो गए। मीडिया के यंत्रीकरण ने मीडिया को चार रूपों में स्थापित किया–1. प्रिंट या पठ्य रूप, 2. श्रव्य, 3. दृश्य तथा 4. श्रव्य-दृश्य। मीडिया के ये चारों स्तंभ हिंदी साहित्य के प्रसार और प्रचार में महत्त्वपूर्ण भूमिका निभा रहे हैं।

वर्तमान समय में मीडिया बहुत सशक्त है। मीडिया का कार्यक्षेत्र केवल सूचनाओं को उपलब्ध कराने तक ही सीमित नहीं रह गया है। आज का मीडिया प्रबल जनमत-निर्माण करने का प्रभावी साधन है। समाज को दिशा देने का दायित्व भी मीडिया पर आ पड़ा है, किंतु निर्विवाद सत्य है कि मीडिया के सशक्तीकरण के पीछे साहित्य का बहुत बड़ा योगदान है। विभिन्न विषयों से संबंधित साहित्य की पुष्टता का परिणाम है–प्रभावी मीडिया की उत्पत्ति। मीडिया का आधार है विचार, घटनाएँ, सूचनाएँ और भाषा। इन्हीं चार मूल तत्त्वों पर साहित्य का भी निर्माण होता है। किसी भी समाज अथवा काल का साहित्य उस समय व समाज की परिस्थितियों से अप्रभावित नहीं रहता। उसमें वह समस्त प्रभाव प्रत्यक्ष रूप से परिलक्षित होते हैं जो तत्कालीन समाज में जनजीवन के नियामक रहे हैं। साहित्यकार का संवेदनशील अंतःमन इन समस्त प्रभावों को सूक्ष्म अंतर्दृष्टि से जाँच-परखकर सुंदरतम, सरलतम एवं सर्वग्राह्य भाषा में लिपिबद्ध कर देता है, जो युग-युग तक लोगों को उनकी पूर्वकालीन सभ्यता से परिचित कराता रहता है। गीता और रामायण हजारों वर्ष बाद भी आज भारतीय समाज की प्रेरणास्रोत हैं। इसी प्रकार दूसरी साहित्यिक कृतियाँ, चाहे वह समाज से संबंधित हों या विज्ञान से या किसी अन्य विषय से, आज भी अस्तित्व में हैं। साहित्य का अपना एक अलग संसार है, जहाँ जीवन विराम नहीं पाता। साहित्यिक जीवन नित्यप्रति नवयौवन को प्राप्त होता रहता है। वर्षों पूर्व लिखा गया पौराणिक साहित्य आज भी जीवित है। तुलसीदास, सूरदास, कबीर, रहीम, रसखान आदि ये समस्त साहित्य-सृजक और उनका साहित्य आज भी समाज की प्रेरणा का स्रोत है।

इस संपूर्ण एवं अमूल्य साहित्य-धरोहर को सँजोकर रखने और निरंतर नई सभ्यताओं को इसके हस्तांतरण का गुरुतर एवं दुरूह कार्य मीडिया ने ही किया है। कभी यह कार्य मीडिया के रूप में लोक-नाटकों या लोक-नृत्यों ने किया तो कभी देशाटन-प्रेमी व्यक्तियों ने।

स्वयं आचार्य शुक्ल ने यह स्वीकार किया है कि साहित्य, विशेषकर गद्य साहित्य, के विकास में देश के विभिन्न भागों से प्रकाशित पत्र-पत्रिकाओं के माध्यम से जो साहित्यिक जागरण हुआ, उससे भाषा के विकास तथा साहित्य के निर्माण को बहुत प्रोत्साहन मिला। भारतेंदु युग के बाद हिंदी पत्रकारिता मालवीय युग में भी साहित्य और साहित्यकारों के निर्माण का महत्त्वपूर्ण माध्यम बनी।

दूसरी ओर मूर्धन्य साहित्यकारों ने पत्रिकारिता को न केवल एक नई दिशा दी अपितु उसे सशक्त भी किया। वर्तमान समय का पत्रकारिता का सशक्त स्वरूप हिंदी साहित्य के मनीषियों की ही देन है। वर्ष 1885 से 1950 तक कालाकांकर से निकलने वाली लगभग ग्यारह पत्र-पत्रिकाओं का संपादन साहित्यकारों ने किया, जिनमें महाकवि निराला, सुमित्रानंदन पंत, नरेन्द्र शर्मा का नाम उल्लेखनीय है।

साहित्य और पत्रकारिता के समन्वय एवं घनिष्ठ संबंधों का परिचय उपन्यास सम्राट् प्रेमचंद के 'हंस', पंडित माखनलाल चतुर्वेदी की 'प्रभा', महाकवि प्रसाद की 'इंदु' से मिलता है। इसी प्रकार बालमुकुंद गुप्त, धर्मवीर भारती, अज्ञेय, इलाचंद्र जोशी, रामवृक्ष बेनीपुरी, रघुवीर सहाय एवं अन्य अनेक शिखर के साहित्यकारों ने पत्रकारिता को नए आयाम दिए। आज भी मीडिया के विकसित स्वरूप के समक्ष बढ़ती चुनौतियों का सामना साहित्य ही कर रहा है।

गत सौ वर्षों में कथा, कहानी, दर्शन और विज्ञान साहित्य के निर्माण का जो अबाध क्रम आरंभ हुआ, उसकी देन है—मीडिया की आवश्यकता। यदि साहित्य-निर्माण की गति अबाध नहीं होती तो आज सैकड़ों टी०वी० चैनल और चलचित्र उद्योग अपने वर्तमान शिखर पर नहीं होते। मीडिया का कार्य दिन-प्रतिदिन समाचारों को देने तक सीमित नहीं है। समाचारों की अपनी एक सीमा है। उनका अपना एक जीवन है। वह न तो दीर्घजीवी होते हैं और न ही इतने आकर्षक कि उन्हें पढ़ने, सुनने या देखने वाला व्यक्ति उनमें डूबा रहे। उनकी आवश्यकता अल्पकाल तक रहती है। उसके बाद उनका कोई महत्त्व नहीं रह जाता है।

प्रतिदिन का जीवन-अनुभव बताता है कि समाचारों को जानने की उत्सुकता जितनी तीव्र प्रातःकाल एक प्याले चाय के समय होती है, उतनी उत्सुकता बाद में नहीं होती। समाचारों एवं सूचनाओं के इस ह्रास से उत्पन्न समय के खालीपन को भरने का कार्य साहित्य करता है। दूरदर्शन पर दिखाए जाने वाले सीरियल, रेडियो पर प्रसारित होने वाले रूपक एवं समाचार-पत्रों में प्रकाशित लेख, संस्मरण, कहानी वे सशक्त विधाएँ हैं जो लोगों को समय के मध्य उत्पन्न हुई रिक्तता को भरने का कार्य करती हैं। यह समस्त विधाएँ साहित्य की अभिन्न अंग हैं।

कहा जाता है, समाचार-लेखन जल्दी में लिखा गया साहित्य है, जो अल्पकालिक है, किंतु जल्दी में लिखे गए साहित्य से हटकर सामाजिक जीवन से जुड़ी साहित्यिक कृति विशुद्ध साहित्य की श्रेणी में आती है, जो दीर्घजीवी होती है। एक पत्रकार जिस समाचार अथवा घटना को जहाँ समाप्त करता है, वहीं से साहित्यकार अपनी लेखनी को दिशा देकर उसे अपनी कल्पना, विचार और दर्शन के ताने-बाने में पिरोकर अमृत्व प्रदान करता है। इस अमृत्व का सोपान जन-जन को मीडिया कराता है। मीडिया के अभाव में कृति काल के कुहासे में सिमटकर ही रह जाएगी।

यह कहना अतिशयोक्तिपूर्ण न होगा कि साहित्य और मीडिया एक-दूसरे के पूरक हैं। दोनों के अभाव में एक-दूसरे का कोई अस्तित्व नहीं है। उदाहरण के लिए, संभव है, महाभारत और रामायण जैसे महान् और पवित्र ग्रंथों का नाम अनेक लोगों ने अनेक कालों में सुना होगा, किंतु इन महाग्रंथों के संदेश के संबंध में जनसमान्य का एक विशाल भाग अनभिज्ञ रहा होगा। किंतु जब से इन महाग्रंथों को टी०वी० पर सीरियल के माध्यम से चित्रित किया गया, लोगों की जानकारी इनके संबंध में पहले से कई गुना बढ़ गई। यह ग्रंथ भारत की सीमाओं को तोड़कर विश्व के अनेक देशों में अपनी ख्याति प्राप्त कर सके हैं। यदि इन्हें मीडिया का संबल न मिला होता तो आज भी करोड़ों लोग इनके संदेश से अनभिज्ञ रहते। इसी प्रकार अन्य साहित्यिक कृतियाँ–'तमस', 'चंद्रकांता संतति' आदि भी मीडिया के दृश्य-श्रव्य एवं अन्य माध्यमों के अभाव में विशाल जनसमूह के मध्य लोकप्रिय न हो पातीं।

वर्तमान में जहाँ उत्कृष्ट साहित्य-निर्माण की आवश्यकता है, वहीं उस साहित्य के प्रचार व प्रसार के लिए मीडिया की भी आवश्यकता है। भौतिकवादी संस्कृति का सिद्धांत है–'जो दिखता है वह बिकता है।' अतः जिसके संबंध में लोगों में जितनी अधिक जानकारी होगी, वह विचार अथवा वस्तु उतनी ही अधिक लोकप्रिय होगी। यह जानकारी देने का कार्य मीडिया का है। उत्तम से उत्तम साहित्य और उसके रचयिता का अस्तित्व उसके बारे में लोगों की जानकारी पर निर्भर करता है। जानकारी प्रदान करने का कार्य मीडिया का है।

किंतु यह सत्य है कि मीडिया को दिशा देने का कार्य मूलतः साहित्यकारों ने किया। स्वतंत्रता-प्राप्ति के पूर्व देश में मीडिया का अत्यधिक अभाव था। मीडिया के नाम पर जो भी पत्र निकलते थे, उन पर ब्रितानियों का शिकंजा था। वह सभी पत्र ब्रिटेन से प्रकाशित होते थे और भारतीय समाज की वस्तुस्थिति एवं भारतीयों की मनोभावनाओं को अनदेखा करके केवल उन सूचनाओं, समाचारों एवं विकास-

दर्शनों को प्रकाशित करते थे, जो उनके अपने हित में होते थे। उनके एकपक्षीय दृष्टिकोण से आहत होकर देश के प्रबुद्ध व्यक्तियों एवं साहित्यकारों ने भारतीयों की भावनाओं से विश्व को अवगत कराने तथा देशवासियों को स्वतंत्रता प्राप्ति के लिए एकजुट करने का बीड़ा उठाया। इसके लिए उन्होंने मीडिया के तत्कालीन स्वरूप समाचार-पत्र को अपना आधार बनाया।

हिंदी साहित्य और मीडिया के पारस्परिक संबंधों का अध्ययन दो रूपों में किया जा सकता है—

1. पत्रकारिता के जन्म और उनके विकास में साहित्य का योगदान।
2. साहित्य को जनसामान्य तक पहुँचाने का कार्य।

पत्रकारिता को जन्म देने और उसके उत्तरोत्तर विकास के पीछे साहित्यकारों का महत योगदान रहा है। भारतीय भाषाओं की पत्रकारिता का जन्म संघर्षकाल में हुआ। यह संघर्ष केवल विदेशी सत्ता से नहीं, अपितु भारतीय समाज की आंतरिक विकृतियों के विरुद्ध भी था। इस संघर्ष में पत्रकार और साहित्यकार की महत्त्वपूर्ण भूमिका रही है। उस काल में अधिकतर पत्रकार अथवा पत्रों के स्वामी साहित्यकार अथवा संवेदनशील लेखक थे। यह परंपरा भारतेन्दु हरिश्चंद्र से प्रारंभ हुई और सूर्यकांत त्रिपाठी निराला और प्रेमचंद युग से गुजरती हुई माखनलाल चतुर्वेदी तक गतिशील रही। कालांतर में जैसे-जैसे पूँजीवादी लोकतंत्र स्थापित होता गया और उपभोक्तावाद भी दस्तक देने लगा वैसे-वैसे पत्रकारिता का स्वरूप भी परिवर्तित होता चला गया। पत्रकारिता अब साहित्यकारों के प्रभाव से मुक्त होकर मात्र व्यावसायिक एवं उद्योगपतियों की वस्तु बनकर रह गई है। उसमें साहित्यकार की कल्पनाशीलता का ह्रास हो गया है। विभिन्न समाचार-पत्र अपनी विशिष्टताओं को खोकर व्यावसायिक प्रतिस्पर्द्धा और व्यावसायिक लाभों के संजाल में फँसकर रह गए हैं। उनमें अपनी विशिष्टताओं को स्थापित करने की अपेक्षा स्वरूप बदलकर दूसरों का अनुसरण करने की प्रवृत्ति बलवती होती चली गई। वर्तमान में ऐसे प्रिंट मीडिया का अभाव-सा हो गया है, जिसका संचालन विशुद्ध रूप से साहित्यकार के हाथों में हो। कतिपय प्रिंट मीडिया में यदि साहित्यकार संपादक जैसे सर्वोच्च पद पर आसीन है भी तो भी वह उनको साहित्यिक दिशा प्रदान कर सकने में असमर्थ है। मालिकों का व्यावसायिक हित-लाभ उन्हें साहित्यिक कल्पना एवं कलात्मकता के पुट को उसमें समाहित करने से रोकता है।

मीडिया में एक वर्ग ऐसा भी है जो यह मानता है कि साहित्य और मीडिया वर्तमान में साथ-साथ नहीं चल सकते। आवश्यक नहीं कि प्रतिष्ठित साहित्यकार

एक कुशल पत्रकार हो और वह प्रिंट अथवा इलेक्ट्रॉनिक मीडिया को प्रभावी ढंग से चला सके। वह यह भूल जाते हैं कि साहित्यकार न केवल साहित्य, अपितु पत्रकारिता में भी विशिष्टताओं के नूतन मानदंड स्थापित कर सकता है।

स्वतंत्रता-प्राप्ति के पूर्व के मीडिया के अधिकांश प्रेरणास्रोत विशिष्ट साहित्यकार रहे हैं, जिनमें भारतेन्दु हरिश्चंद्र, महावीरप्रसाद द्विवेदी, बालकृष्ण भट्ट, बालमुकुंद गुप्त, प्रतापनारायण मिश्र, गणेशशंकर विद्यार्थी, यशोनंदन अखौरी, शिवनारायण अग्निहोत्री, हरिभाऊ उपाध्याय आदि का नाम उल्लेखनीय रहा। इसी प्रकार अनेक ऐसे जोखिम-प्रेमी व्यक्ति, जो विशुद्ध रूप से साहित्यकार तो नहीं थे किंतु उनकी संवेदनशीलता ने अंग्रेजों के दमनकारी कानूनों के विरुद्ध बिना किसी व्यावसायिक लाभ की आशा से क्रांतिकारी प्रिंट मीडिया को जन्म दिया। किंतु वर्तमान समय में पत्रकारिता उत्कृष्ट साहित्यकारों के मार्ग-निर्देशन से अलग-थलग व्यावसायिकता के अरण्य में निरुद्देश्य-सी भटकती प्रतीत होती है। जहाँ तक साहित्य को जन सामान्य तक पहुँचाने के कार्य का संबंध है, उसमें प्रिंट एवं इलेक्ट्रॉनिक मीडिया का अपूर्व योगदान रहा है। पुस्तकों, साहित्यिक पत्रिकाओं और समाचार-पत्रों के रविवारीय परिशिष्ट निरंतर साहित्य को जन-मानस तक पहुँचाने का कार्य अबाध गति से कर रहे हैं। साहित्य को सुदूर एवं असंख्य लोगों के बीच ले जाने का कार्य इलेक्ट्रॉनिक मीडिया द्वारा अधिक प्रभावी रूप से संपन्न हो सका है।

इसके अतिरिक्त मल्टीमीडिया की श्रेणी में आने वाले यंत्र, जैसे ऑडियो, वीडियो कैसेट, इंटरनेट व कंप्यूटर के प्रसार ने साहित्य को गतिशील बनाया है। हरिवंशराय 'बच्चन' की 'मधुशाला' के कैसेट ने दूरस्थ प्रस्तर में रहने वालों को भी बच्चन जी की साहित्यिक उत्कृष्टता का ज्ञान कराया है। इसी प्रकार अनेक कवियों एवं साहित्यकारों की रचनाओं पर बने ये ऑडियो, वीडियो कैसेट उनके साहित्य का प्रचार अबाध गति से कर रहे हैं। इन कैसेटों के माध्यम से साहित्य-प्रेमी व्यक्ति अपने पसंदीदा साहित्यकार के इन कैसेटों में बंद स्वरों को उसके देहावसान के पश्चात् सैकड़ों वर्षों तक सुन सकता है और उनके साहित्यिक व्यक्तित्व से रू-ब-रू हो सकता है।

यही नहीं, मल्टीमीडिया के एक अन्य घटक—इंटरनेट पर कौन-सा ऐसा साहित्य है जो उपलब्ध नहीं है। आज से पचास वर्ष पूर्व किसी ने यह कल्पना भी नहीं की होगी कि घर बैठे और कम से कम खर्च पर वे विश्व के साहित्यकारों, विचारकों, वैज्ञानिकों एवं अन्य विशिष्ट लोगों के संबंध में संपूर्ण जानकारी प्राप्त कर सकेंगे और उनके विचारों और जीवन-दर्शन को समझ सकेंगे। वर्तमान में कंप्यूटर पर

'माउस' से क्लिक भर करने की आवश्यकता है कि अपना पसंदीदा साहित्य और उसके रचयिता के संबंध में पूर्ण जानकारी उपलब्ध हो सकती है।

किंतु जहाँ मल्टीमीडिया के अत्याधुनिक साधनों का लाभ है, वहीं इनसे साहित्य को एक बड़ा खतरा भी है। देखा गया है कि किसी भी साहित्यकार की किसी कृति पर बनाई गई फिल्म अथवा किसी सीरियल को अधिक बिकाऊ बनाने की प्रतिस्पर्द्धा में उसकी आत्मा के साथ अन्याय कर दिया जाता है। ऐसी स्थिति में जनमानस के मध्य उस साहित्यकार के व्यक्तित्व एवं उसके कृतित्व के संबंध में न्यायसंगत अवधारणा नहीं बन पाती है। देवकीनंदन खत्री के उपन्यास 'चंद्रकांता', शरत्चंद्र के उपन्यास 'देवदास' एवं प्रेमचंद के विभिन्न उपन्यासों पर बनी फिल्में एवं सीरियल व्यवसायवाद का शिकार बनकर रह गए। यह फिल्में एवं सीरियल लेखक की भावनाओं को जनसामान्य तक उस तीव्रता से नहीं पहुँचा सके जिस तीव्रता से उनकी अभिव्यक्ति लेखक ने अपने उपन्यासों में की है।

प्रेमचंद जी के जीवन का एक अनूठा वृत्तांत है। एक समय उन्हें लगा कि वह अपने विचारों को कहानी अथवा उपन्यासों के माध्यम से जनमानस तक प्रभावी ढंग से नहीं पहुँचा सकेंगे। अस्तु वह मायानगरी मुंबई गए। फिल्म निर्देशक एवं निर्माताओं ने उनसे पटकथा लिखने हेतु एक वर्ष का अनुबंध भी किया। किंतु वह निर्देशक एवं निर्माता के व्यवहार से इतने क्षुब्ध हुए कि वह अनुबंध को बीच में ही तोड़कर नौ माह बाद वापस उपन्यास-लेखन के क्षेत्र में आ गए। उन्होंने अपनी वेदना को व्यक्त करते हुए जैनेन्द्र को लिखा था—'लेखक कलम का बादशाह क्यों न हो, यहाँ डायरेक्टर की अमलदारी है। उसके राज्य में लेखक की हुकूमत नहीं चल सकती, क्योंकि डायरेक्टर यह मानते हैं कि वे जनता की इस्लाह के लिए फिल्में नहीं बनाते, उनके लिए फिल्म बनाना एक व्यवसाय है और धन कमाना उनकी गरज।'

अपने एक अन्य समकालीन रचनाकार हसामुद्दीन गौरी को लिखे गए पत्र में प्रेमचंद ने कहा था, 'सो इस एक बरकते एजदी है (ईश्वरीय वरदान है) मगर न अहलो (अयोग्य लोगों) के हाथों में पकड़कर लानत हो रहा है। मैंने खूब सोच लिया और इस दायरे से निकल जाना मुनासिब समझता हूँ।'

श्रव्य-दृश्य मीडिया के जिस घातक प्रभाव को प्रेमचंद ने एक सदी पूर्व अनुभव किया था वह आज अपने चरमोत्कर्ष पर है। मल्टीमीडिया के अनेक श्रव्य एवं दृश्य साधन साहित्य का प्रचार-प्रसार तो कर रहे हैं, लेकिन या तो वे उसकी आत्मा छू नहीं पाते या फिर जानबूझकर लाभ-हानि के चक्कर में उसे अनदेखा कर रहे हैं

जिससे हिंदी साहित्य की गुरुता को ठेस पहुँच रही है।

वर्तमान में हिंदी साहित्य और मीडिया, विशेषकर इलेक्ट्रॉनिक मीडिया, के संबंधों पर जैसे ग्रहण लग रहा है। इधर इलेक्ट्रॉनिक मीडिया ने अच्छे साहित्यकारों की कृतियों पर फिल्म या सीरियल बनाना कम कर दिया है। इसका कारण कुछ भी हो, लेकिन प्रतिष्ठित साहित्यकारों की रचनाएँ अब इलेक्ट्रॉनिक मीडिया का आधार नहीं रही हैं। फिल्मों और सीरियलों का आधार साहित्य की वह परिकल्पना है जिसमें मानवीय संवेदनाओं का नितांत अभाव है। उनके पात्रों और घटनाओं में सामान्य जीवन का स्वरूप परिलक्षित नहीं होता। उनके पात्र और पात्रों से जुड़ी घटनाएँ किन्हीं अविश्वसनीय परीलोक की कथाओं का दिग्दर्शन कराती हैं। सीरियल या फिल्मों का यह साहित्य-समाज, मानव-कल्याण के नेक इरादों से बहुत दूर पिछड़े मूल्यों के अधूरे भरे तालाब में गोते लगाता दिखाई देता है। इसके अतिरिक्त प्रिंट मीडिया भी हिंदी साहित्य संदर्भ में अपनी मानसिक दरिद्रता का परिचय देता आया है। विख्यात पत्रकार स्व० प्रभाष जोशी ने 'जनसत्ता' में प्रकाशित अपने लेख 'शेक्सपियर का ओमूकारा' में प्रिंट मीडिया की मानसिक दरिद्रता को उजागर किया था। उन्होंने इस बात पर आपत्ति जताई थी कि हिंदी के कतिपय प्रतिष्ठित समाचार-पत्रों एवं एक न्यूज चैनल ने शेक्सपियर की कृति ओथेलो को उपन्यास के रूप में प्रस्तुत किया। इसके बाद भी इलेक्ट्रॉनिक मीडिया के परस्पर संबंधों की इतिश्री नहीं होती। भूल-चूक तो जाने-अनजाने हो सकती है, लेकिन इसका यह अर्थ नहीं कि मीडिया पूरी तरह से साहित्य से विलग अथवा अनभिज्ञ है।

भले ही मीडिया—प्रिंट एवं इलेक्ट्रॉनिक—विभिन्न विषयों अथवा घटनाओं संबंधी जानकारियों को प्रतिदिन प्रसारित न करे, वह साहित्य की तह में जाकर उसके अनमोल रत्नों को व उनकी कृतियों को चर्चा में न लाए, फिर भी जन-जन तक उनके संदेश, उनकी कृतियों एवं उनके व्यक्तित्व के संबंध में समय-समय पर जो जानकारी उपलब्ध कराता है, यह भी साहित्य की बहुत बड़ी सेवा है।

साहित्यकारों को मीडिया से एक बड़ी शिकायत रही है। उनके अनुसार कोई भी मीडिया क्यों न हो, वह साहित्य और साहित्यकारों के संबंध में कृपणता का आभास देता है। वह मुक्त होकर साहित्य से अपने संबंधों का निर्वाह नहीं करता। मीडिया में किसी साहित्यकार का व्यक्तित्व अथवा उसकी कृतियाँ तभी प्रमुखता पाती हैं जब उसे राष्ट्रीय स्तर का कोई पुरस्कार दिया जाए अथवा वह दिवंगत हो जाए। साहित्यकारों का मानना है कि प्रिंट मीडिया के माध्यम से तो हिंदी साहित्य का प्रचार नियमित रूप से होता रहता है, लेकिन इलेक्ट्रॉनिक मीडिया में इस प्रकार

का नियमित कार्यक्रम नहीं है जिसके माध्यम से साहित्य और उसके संबंध में जनसामान्य तक सूचनाएँ दी जाएँ। साहित्यकारों के अनुसार इलेक्ट्रॉनिक मीडिया से हिंदी साहित्य के प्रगाढ़ संबंधों को बनाने हेतु आवश्यक है कि साहित्य-समाचारों हेतु एक अलग से चैनल हो। जिस प्रकार धर्म, अर्थ व विज्ञान के पृथक् चैनल हैं, ठीक उसी तर्ज पर साहित्य चैनलों का प्रादुर्भाव होना चाहिए। आज भी मीडिया केवल ऐसे कार्यक्रमों को दिखाने में रुचि लेते हैं जिनसे उनकी टी०आर०पी० बढ़े। मीडिया को कुछ ऐसे भी कार्यक्रम शुरू करने चाहिए, जो हिंदी साहित्य के प्रति लोक-रुचि का निर्माण कर सकें।

इसके अतिरिक्त मीडिया को अपने दृष्टिकोण में भी बदलाव लाना होगा। मीडिया को स्वीकारना होगा कि साहित्य और मीडिया दो अलग चीजें नहीं हैं, अपितु दोनों एक ही सिक्के के दो पहलू हैं। ऊपरी तौर पर भले ही यह लगे कि पत्रकारिता अपने में एक स्वतंत्र विधा है किंतु वास्तविकता यह है कि साहित्यिक पुट के अभाव में प्रभावी पत्रकारिता संभव नहीं। वस्तुतः मीडिया भी वही कार्य करता है जो एक साहित्यकार करता है। यह अलग बात है कि मीडिया द्वारा रचित साहित्य जल्दी में लिखा गया साहित्य हो और क्षणिक हो, किंतु है तो वह भी साहित्य का अंश। साहित्य-निर्माण में साहित्यकार में जिस संवेदनशीलता का होना आवश्यक होता है, वही संवेदनशीलता एक सामान्य पत्रकार के लिए आवश्यक है, क्योंकि संवेदनशीलता के अभाव में उसकी अनुभूति अधूरी होगी; उसकी भाषा में प्रवाह और गुरुता नहीं होगी।

एक लेखक और एक सामान्य व्यक्ति में सबसे बड़ा अंतर संवेदनशीलता का होता है। यूँ तो सभी प्राणी संवेदनशील होते हैं, लेकिन वे सभी अपनी संवेदनाओं को शब्द-रूप में प्रस्तुत नहीं कर पाते। यह दुरूह कार्य लेखक या साहित्यकार ही कर पाते हैं। चूँकि एक पत्रकार समाज में होने वाली घटनाओं को देखता है और अपने शब्दों से उसे अभिव्यक्त करता है। शब्द की अभिव्यक्ति में उसकी संवेदनशीलता इसकी सहायक होती है। अस्तु, एक पत्रकार का बुनियादी संबंध साहित्य से है, भले ही उसका साहित्य क्षणजीवी ही क्यों न हो। इसके अतिरिक्त साहित्य और मीडिया का कच्चा माल भी सामान्य जीवन है। अंतर दोनों के प्रस्तुतीकरण का है। ऐसी स्थिति में साहित्य और मीडिया के संबंध जितने घनिष्ठ होंगे, उतना ही समाज का हित होगा। यूँ एक साहित्यकार अपनी अंतश्चेतना और अनुभव से अभिभूत होकर साहित्य-निर्माण करता है, किंतु अनेक अवसरों पर मीडिया से प्रकाशित समाचार उसकी कृति के आधार बनते हैं। भारतेन्दु हरिश्चंद्र से लेकर आज तक

समस्त साहित्यकार मीडिया के इस प्रभाव से अछूते नहीं रहे। उनकी रचनाओं में कहीं न कहीं भोगा हुआ, देखा हुआ और जाना गया सामाजिक जीवन झलकता है। देखा जाए तो समाज से इन्हें जोड़े रखने का कार्य मीडिया करता है। मीडिया में प्रकाशित समाचार अकसर उनके अंतःमन को झकझोरते हैं और एक शाश्वत रचना का निर्माण करने में सफल होते हैं।

साहित्य और मीडिया का संबंध एक समालोचक का भी है। जहाँ साहित्यकार अपनी रचनाओं के माध्यम से मीडिया को दिशा देने से नहीं चूकता, वहीं मीडिया साहित्यिक समीक्षाओं को प्रकाशित करके न केवल जनसामान्य को साहित्य के दिशा-प्रवाह का ज्ञान कराता है, अपितु साहित्यकारों को भी भावी लेखन के संबंध में जन-आकांक्षाओं के अनुरूप साहित्य-निर्माण का संदेश देता है।

मीडिया के प्रिंट और इलेक्ट्रॉनिक मीडिया से संबंधों को लेकर अटकलों का बाजार गर्म है। समाज के एक बड़े भाग का विश्वास है कि मीडिया में साहित्यिक शून्यता आ गई है, वहीं दूसरा पक्ष इस विचार का प्रबल विरोधी है। उसका मानना है कि बिना साहित्यिक आधार के मीडिया का एक कदम भी आगे बढ़ना संभव नहीं। जैसे-जैसे मीडिया की लोकप्रियता और उपयोगिता बढ़ती जाएगी, उसे साहित्य से अपने संबंधों को प्रगाढ़ बनाना ही होगा।

सामान्य व्यक्ति मीडिया से केवल इसलिए नहीं जुड़ता कि उसे केवल समाचारों और घटनाओं का खुलासा चाहिए। वह मीडिया से इसलिए भी जुड़ना चाहता है ताकि उसकी भाषा, संस्कृति और संस्कार परिष्कृत हो सकें। परिष्कार का यह कार्य तभी संभव होगा जब मीडिया में साहित्यिक चेतना और संवेदनशीलता की तीव्रता होगी। वह समाज के लोगों की अव्यक्त भावनाओं को एक उत्कृष्ट मूर्तिकार की भाँति समाज के कर्णधारों के समक्ष उकेरकर रखने में सक्षम होगा।

यह बात दीगर है कि वर्तमान में प्रिंट एवं इलेक्ट्रॉनिक मीडिया साहित्य की चेतना और संवेदनशीलता के तत्त्वों से विरत हो रहा है। दोनों ही मीडिया में भाषा और संवेदना का स्तर सतही और लचर प्रतीत होने लगा है। अपनी इस भाषायी कमजोरी को छिपाने के लिए जहाँ इलेक्ट्रॉनिक मीडिया टी०वी० या एफ०एम० चैनल पर प्रयुक्त होने वाली भाषा को 'हिंग्लिश' नाम देकर यह सिद्ध करना चाहता है कि वह एक ऐसी जनसामान्य की भाषा का पक्षधर है जिसे सभी समझ सकें और 'हिंग्लिश' ही ऐसी भाषा है जिसमें उन सभी भाषाओं के शब्द हैं, जिन्हें लोग प्रतिदिन अपने जीवन में प्रयोग करते हैं। विशुद्ध साहित्यिक अथवा सभा-साहित्यिक भाषा कभी भी लोकार्षण का केंद्र नहीं रही है। उनका तर्क है कि संस्कृत की

क्लिष्टता ने ही उसे चलन से बाहर कर दिया है। इसलिए अपना अस्तित्व बनाए रखने के लिए ऐसी भाषा के विकास की आवश्यकता है, जो साहित्यिक भाषा की परिभाषा में भले ही न आती हो किंतु लोकप्रिय है।

इसी प्रकार प्रिंट मीडिया में भी 'हिंग्लिश' भाषा-साहित्य का निर्माण किया जा रहा है ताकि थोड़ा पढ़ा-लिखा व्यक्ति भी समाचार-पत्रों को पढ़कर जानकारी प्राप्त कर सके। मीडिया के नवभाषा-निर्माण की छलाँग कितनी लंबी होगी, समय बताएगा, किंतु यह तय है कि यह छलाँग मीडिया को साहित्यिक गुणों से वंचित कर देगी और मीडिया-प्रेमी भावनाओं और संवेदनाओं के कोमल स्पर्श से दूर होकर जीवन में एक ऐसी रिक्तता का अहसास करेंगे, जो उन्हें हताशा और अनिश्चय की गर्त में ढकेल देंगे, जहाँ से वह चाहकर भी पलायन नहीं कर सकेंगे। उनकी यह हताशा मीडिया को बाध्य करेगी कि वह साहित्य के उसी पूर्व सागर में तैरे, जिसे कभी उसने व्यावसायिक प्रतिस्पर्द्धा के चलते तिलांजलि दे दी थी और उस साहित्यिक वाटिका के एक-एक स्तंभ को अनदेखा कर दिया था, उसे समझने से पल्ला झाड़ लिया था। मीडिया की अमरता साहित्य पर टिकी है। दोनों का चोली-दामन का साथ है। साहित्य से परे मीडिया अस्तित्वहीन हो जाएगा, विलुप्त हो जाएगा। समाज फिर भी चलेगा; क्योंकि जब मीडिया नहीं था, केवल साहित्य था, तब भी समाज चलता था।

साहित्य के लिए आत्मनिरीक्षण का समय

ओम गुप्ता

मेरे विचार से मुद्दा यह है कि आज का मीडिया साहित्य को उतना स्थान नहीं दे रहा है, जितना देना चाहिए। यह एकपक्षीय मामला नहीं है, इसमें बहस की गुंजाइश है। मेरी प्रस्तुति की संरचना इस प्रकार होगी।

सबसे पहले हम साहित्य के बाजार पर एक दृष्टि डालेंगे। जाहिर है, वहाँ स्थिति संतोषजनक नहीं है। उपन्यास को छोड़कर अन्य विधाओं में खरीदकर पढ़ने वाले व्यक्तिगत पाठक बहुत कम हैं। प्रकाशक इससे प्रसन्न नहीं हैं। उन्हें लगता है, मीडिया भी इस बारे में उदासीन है। इसी कारण यह अपेक्षा उजागर हुई है कि मीडिया को अपने पृष्ठों पर साहित्य को प्रमुखता देनी चाहिए।

इसके बाद इस पहलू को रेखांकित किया जाएगा कि साहित्य भी एक मीडिया है। क्या रेडियो, टी०वी०, फिल्में, इंटरनेट और समाचार-पत्र-पत्रिकाएँ जैसे मीडिया एक-दूसरे से ऐसी अपेक्षा रखते हैं और क्या वह पूरी हो रही है ?

अगर नहीं तो साहित्य को यह शिकायत क्यों ? इसके लिए हमें हिंदी साहित्य और मीडिया के ऐतिहासिक रिश्तों में जाना होगा। आजादी से पहले और काफी बाद तक ये रिश्ते बड़े प्रगाढ़ थे, पर आज वह स्थिति नहीं है। क्यों ? यह स्थिति इसलिए उत्पन्न हुई है कि मीडिया आज एक व्यापार बन चुका है। इसमें पूँजी-निवेश होता है। स्वाभाविक है कि यह निवेश शुद्ध लाभ की दृष्टि से किया जाता है। साहित्य की जो अपेक्षाएँ हैं, उनसे मीडिया-मालिकों को लाभ की कोई किरण नजर नहीं आती। इसके बाद यह प्रश्न उठाया जाएगा कि साहित्य प्रकाशन क्या है? कोई मिशन या व्यापार? जिस प्रकार का साहित्य लिखा जा रहा है, क्या वह जनकल्याण या सामाजिक सेवा की श्रेणी में रखा जा सकता है ? ऐसी हालत में एक व्यापार दूसरे से बिना लाभ बाँटे सहयोग की अपेक्षा क्यों करे ?

अंत में हम कहना चाहेंगे कि जब दूसरे मीडिया अपने पाँवों पर खड़े होने की सफल कोशिश कर रहे हैं तो साहित्य क्यों नहीं कर पा रहा है? क्या इसका कारण पुस्तकों का मूल्य तो नहीं ? इसके अलावा जरूरत साहित्य के विषयों और सामग्री

पर भी निगाह डालने की है। आज की भागा-दौड़ी में पाठक के पास सबसे ज्यादा अभाव समय का है। इस समय को बाँटने के लिए विकल्पों की भरमार है। यहाँ हम साहित्य को हल्का या बाजारू बनाने का आग्रह नहीं कर रहे हैं बल्कि पठनीयता की माँग कर रहे हैं। यदि साहित्य नए युग के पाठक का रसरंजन नहीं कर पाएगा तब मीडिया की बैसाखी भी उसकी कोई मदद नहीं कर पाएगी। आइए, अब इन मुद्दों पर विस्तार से चर्चा करते हैं।

सबसे पहले देखें, साहित्य क्या है ? साहित्य को परिभाषित करने की शुरुआत ईसा से चार शताब्दी पूर्व यूनानी दार्शनिक प्लेटो के 'रिपब्लिक' से हुई। उसने कहा कि साहित्य का सरोकार मानवीय जीवन की गुणवत्ता से होना चाहिए। ऐसी गुणवत्ता, जो भौतिक परिवर्तनों के बावजूद शाश्वत है। मध्ययुग में कहा गया कि साहित्य एक ऐसे काल्पनिक संसार की रचना करता है जो यथार्थ से बेहतर होता है। उसी युग में यह भी कहा गया कि साहित्य को समाज की असली तस्वीर दिखानी चाहिए ताकि मानवता उसका आनंद उठा सके और उससे कुछ सीख सके। एक धारणा यह भी थी कि साहित्य उस सत्य को उजागर करता है जो मनुष्य के दिलोदिमाग में आवेग के साथ प्रवेश करता है। आधुनिक युग में दो विचार प्रचलित हैं—साहित्य एक स्वांतःसुखाय कला है। दूसरा विचार इसके ठीक विपरीत कहता है कि साहित्य को वह नैतिक और दार्शनिक दायित्व निभाना चाहिए, जो पहले धर्म करता था। इन सब विचारों में एक मूल अवधारणा है कि साहित्य एक संप्रेषित अभिव्यक्ति है जो आज पुस्तक के रूप में संचारित होती है अर्थात् यह एक माध्यम है, जिसे प्रचलित भाषा में 'मीडिया' कहा जाता है। मीडिया का काम है सूचनाओं और विचारों को पाठक/दर्शक/श्रोता तक पहुँचाना। इसके पीछे उद्देश्य होता है सूचित करना, शिक्षित बनाना, जागरूकता पैदा करना, मनोरंजन करना और उपयोगी होना। यह काम भौतिक और आध्यात्मिक दोनों स्तरों पर हो सकता है। इस दृष्टि से देखा जाए तो साहित्य हर लिहाज से मीडिया है। पहले यह मौखिक माध्यम से अनुश्रुत होता था। फिर हस्तलिखित पांडुलिपियाँ तैयार होने लगीं और अंततः इसकी छापेखाने में ढेर सारी प्रतियाँ तैयार होने और बिकने लगीं।

पहले यह गुरु-शिष्य परंपरा के माध्यम से पीढ़ी दर पीढ़ी आगे बढ़ाया जाता था। बाद में धार्मिक प्रचारकों ने इसे अपने पथ के प्रसार के लिए वितरित करना शुरू किया। आज यह एक व्यवसाय है। ब्रिटिश प्रकाशन के प्रारंभिक दौर में एक पैनी की किताब निकली, जिसने साहित्य को विदेशों में जन-जन तक पहुँचाया। हमारे यहाँ भी एक-एक रुपए में काफी समय तक कथा-कहानी और शेरो-शायरी

धड़ल्ले से बिकी। आज भी लोकप्रिय रूमानी उपन्यास 20-20 रुपये में बिकते हैं। इनमें 250-300 पृष्ठ होते हैं। पर गंभीर साहित्य महँगा होता है। निश्चित रूप से अच्छा होता है। कभी-कभी उत्कृष्ट भी होता है पर महँगा होता है। हर पाठक के लिए उसे खरीदकर पढ़ना आसान नहीं होता। आप कहेंगे, लायब्रेरी से लेकर पढ़ लो, माँगकर पढ़ लो। अव्वल तो हमारे देश में पुस्तकालयों की दशा शोचनीय है। अब तो उनके पास बजट भी घटता जा रहा है। फिर हर कोई लायब्रेरी का सदस्य भी नहीं हो पाता। दिल्ली में कुल मिलाकर एक सार्वजनिक पुस्तकालय है—'दिल्ली पब्लिक लायब्रेरी'। पुरानी दिल्ली रेलवे स्टेशन के सामने। दूसरा साहित्य अकादेमी में है। हर कोई आसानी से उसका सदस्य नहीं बन सकता।

कुल मिलाकर ढाक के वही तीन पात। आम पाठक खरीदता नहीं, पढ़ता नहीं, इसलिए प्रकाशक पुस्तकालयों और संस्थानों को बेचने की कोशिश करते हैं। वहाँ उन्हें मोटा कमीशन देना पड़ता है। इसलिए दाम भी मोटे रखने पड़ते हैं। यह दुरूह चक्र चलता रहता है। प्रकाशक ऐसे में शिकायत करता है कि वह पाठकों तक अपनी किताब को नहीं पहुँचा पा रहा है। तभी उसकी निगाह मीडिया पर पड़ती है। मीडिया सब कुछ छापता है, फिर उसके साहित्य के बारे में सामग्री क्यों नहीं छापता? पहले तो छापता था। रविवारीय संस्करणों में कहानी, कविता, संस्मरण, उपन्यास-अंश, धारावाहिक उपन्यास, कभी-कभार नाटक भी छपते थे। अब केवल दो-चार पंक्तियों में तथाकथित समीक्षाएँ छपती हैं। उनसे पाठक को कुछ नहीं पता चलता। वह किताब खरीदकर पढ़ने के लिए तो बिलकुल प्रेरित नहीं होता। कहते हैं, कुछ पेशेवर समीक्षक पैदा हो गए हैं। सुनने में यह भी आया है कि पैसों का लेन-देन होता है। कुछ जनसंपर्क कंपनियाँ भी पैसे लेकर समीक्षाएँ छपवाती हैं। उनका काम सुनियोजित होता है। वे विमोचन समारोहों का भी ठेका लेती हैं। नामी-गिरामी विमोचकों या विशिष्ट मेहमानों को जुटाने का भी काम करती हैं, वे शीघ्र प्रकाश्य पुस्तकों के विवादास्पद अंश अखबारों को भेजती हैं। अखबार उन्हें चटपटी सुर्खियों के साथ छापते हैं, पर इस कारोबार में सार्थक साहित्य हाशिए पर आ जाता है। अच्छे प्रकाशक इस कुचक्र का हिस्सा बनना पसंद नहीं करते। लिहाजा उनकी पुस्तकें 'पुस्तकें मिली' के कोने में निपटा दी जाती हैं।

इस स्थिति में प्रकाशक का दर्द समझ आता है। लेकिन उसे मीडिया के मौजूदा ढर्रे को समझना होगा। मीडिया अब सिर्फ अपनी पाठक या दर्शक-संख्या की चिंता करता है ताकि वह इस संख्या को विज्ञापनदाता और एजेंसियों को दिखा-समझाकर इश्तहार जुटा सके। यही उसकी कमाई का जरिया है।

महात्मा गांधी का युग और था। वे अपने समाचार-पत्रों में विज्ञापन स्वीकार ही नहीं करते थे। उनका काम पाठकों की खरीदी या फिर अनुदान पर चलता था। उनके अखबार विचारप्रधान होते थे। देश और यहाँ तक कि अंग्रेज शासक उनके लेखन के भावार्थ को समझकर उनकी भावी रणनीति का अंदाज लगाने की कोशिश करते थे। यही स्थिति लोकमान्य बाल गंगाधर तिलक के समाचार-पत्रों 'मराठा' और 'केसरी' की थी। वास्तव में आजादी के संघर्ष के दौरान लगभग हर नेता, लेखक और समाजसेवी व्यक्ति या संस्था लोगों तक समाचार-पत्र के माध्यम से पहुँचने की कोशिश करती थीं।

उस युग में महज खबरों पर ज्यादा ध्यान नहीं दिया जाता था। वैसे भी खबर का मतलब होता था सरकारी घोषणाएँ। देशप्रेम या अंग्रेज-विरोध की खबरें बगावत की श्रेणी में आती थीं। इसलिए साहित्यकार अपनी लेखनी का सहारा लेते थे। इससे अखबारों के कॉलम भी भर जाते थे। आज जमाना बदल चुका है। अखबार की शक्ल भी पहचान में नहीं आती। विज्ञापनों की भरमार है। पाठक और उपभोक्ता का अंतर समाप्त हो गया है। कुछ प्रतिष्ठित अखबार तो खबर के नाम पर प्रचार-सामग्री पैसे लेकर छापने लगे हैं। विज्ञापनदाता और एजेंसियाँ इससे बेहद खुश हैं। वे उपभोक्ताओं को अपने उत्पादों और सेवाओं का प्रचार खबर के नाम पर कर रहे हैं। उल्लेखनीय है कि प्रबुद्ध पाठक खबर और विज्ञापन का अंतर समझता है, पर खबर में छिपे विज्ञापन को नहीं पहचान पाता।

क्या ऐसी हालत में मीडिया उस साहित्य को स्थान देगा, जिससे उसे न पाठक मिलें, न विज्ञापन। यही कारण है कि मीडिया साहित्य के प्रति उदासीन है।

अब मीडिया में साहित्य की उपस्थिति पर एक निगाह डालते हैं। अधिकांश हिंदी अखबार पुस्तक समीक्षाएँ छापते हैं। इनमें हिंदी पत्रिकाएँ भी शामिल हैं। लघु पत्रिकाएँ तो गहन तरीके से आलोचना प्रकाशित करती हैं। राजकमल प्रकाशन 'आलोचना' नामक पत्रिका भी छापता है। इसी प्रकार किताबघर प्रकाशन भी 'समकालीन साहित्य समाचार' नामक पत्रिका नियमित रूप से निकालता है। पर ये पत्रिकाएँ मीडिया की मुख्यधारा से जुड़ी हुई नहीं हैं।

समाचार-पत्रों में जो समीक्षाएँ छपती हैं, उन्हें सम्मान्य और संतोषजनक नहीं माना जा सकता है। समीक्षा का उद्देश्य पाठक को पढ़ने के लिए प्रेरित करना होना चाहिए। जबकि ये समीक्षाएँ अकसर उन आलोचकों, कभी-कभी साहित्यकारों द्वारा लिखी जाती हैं, जिनकी लेखक के बारे में पूर्व निर्धारित धारणा बनी होती है। कई बार तो वे पुस्तक को दो-चार पंक्तियों में ही निपटा देते हैं।

इसके ठीक विपरीत अंग्रेजी के जाने-माने अखबार, मसलन 'हिंदू', 'हिंदुस्तान टाइम्स', 'इंडियन एक्सप्रेस' आदि पूरे-पूरे पृष्ठ की समीक्षाएँ, लेख और अंश तक छापते हैं। उन्हें विख्यात विशेषज्ञों से लिखवाते हैं और बहस भी करवाते हैं।

कभी-कभी जसवंत सिंह जैसे लेखक जब जिन्ना जैसे व्यक्तित्वों पर पुस्तक लिखकर विवादास्पद हो जाते हैं तो वे उस हस्ती और उससे जुड़े हुए मुद्दों पर दो-दो, तीन-तीन पृष्ठ खास तौर पर तैयार करवाते हैं। जबकि हिंदी अखबार उसमें चटपटी खबरें निकालकर ही संतोष कर लेते हैं।

इसी प्रकार टेलीविजन चैनलों में अकेला एन०डी०टी०वी० प्रॉफिट ऐसा चैनल है जो जाने-माने पत्रकार सुनील सेठी से एक साप्ताहिक कार्यक्रम पेश करवाता है, जिसमें जिस पुस्तक को चर्चा के लिए उठाया जाता है, उसके लेखक से लंबी-चौड़ी बातचीत भी प्रसारित करता है।

यह सही है कि अब बड़े अखबार उपन्यास-अंश, कहानी या कविताएँ अकसर नहीं छापते। शायद उनके पाठक इन्हें पढ़ना पसंद नहीं करते। लेकिन टी०वी० पर कहानियों के रूपांतर यदा-कदा दिखाई देते हैं। दूरदर्शन और आकाशवाणी इस मामले में सुखद अपवाद हैं। वे नियमित रूप से समीक्षाएँ, साक्षात्कार चर्चाएँ, कवि-सम्मेलन, मुशायरे और नाट्य रूपांतर भी प्रसारित करते हैं। अतः यह कहना उचित नहीं होगा कि मीडिया साहित्य पर बिलकुल ध्यान नहीं देता।

हाँ, यह स्थिति आजादी के पहले वाले दौर से भिन्न है। तब अधिकांश साहित्यकार अखबारों के संपादक होते थे। आजादी के बाद 'नवभारत टाइम्स' समूह ने अज्ञेय, रघुवीर सहाय, सर्वेश्वर दयाल सक्सेना, श्रीकांत वर्मा, इब्बार रब्बी, विनोद भारद्वाज, कन्हैयालाल नंदन, धर्मवीर भारती, कमलेश्वर जैसे बड़े साहित्यकारों को प्रतिष्ठित ढंग से अपने साथ जोड़ा। 'हिंदुस्तान टाइम्स' ने भी मनोहर श्याम जोशी और मृणाल पांडे को वरिष्ठ पदों पर आसीन किया। पर इस सबसे साहित्य को कोई विशेष लाभ नहीं मिला है। विडंबना यह है कि साहित्यकारों द्वारा संपादित अधिकांश पत्रिकाएँ देर-सवेर बंद हो गईं। इस समय केवल 'भास्कर' समूह द्वारा निकाली जाने वाली मासिक पत्रिका 'अहा जिंदगी' में साहित्य का काफी पुट रहता है।

कारण बड़ा स्पष्ट है। 1947 से पहले वाले युग के मुकाबले अब उपभोक्ता-उन्मुखी सामग्री ज्यादा बिकती है। अखबार और चैनल पाठक-दर्शक की बजाय खरीददार को लक्ष्य करके पत्र-पत्रिकाएँ निकालते हैं। स्वतंत्रता-संग्राम के दिनों में लक्ष्य होता था—आजादी के लिए प्रेरित करना। आजादी मिलने पर कुछ समय तक जानकारी और बहस के लिए समाचार-विचार छपते रहे, पर अब केवल मनोरंजन

या उपयोगिता संबंधी सामग्री छापी जाती है। इस साँचे में साहित्य फिट नहीं बैठता। साहित्य का कोई उपभोक्ता नहीं है। उसके पाठक भी कम हो रहे हैं। एक जमाने में उर्दू अखबारों के दफ्तर के सामने से जब कोई जनाज़ा जाता था तो उसमें काम करने वाले कहते थे–'लो, हमारा एक और पाठक खुदा को प्यारा हुआ।' यही हाल साहित्य के पाठकों का है। नई पीढ़ी टी०वी० चैनलों की दीवानी है। उसकी साहित्य में दिलचस्पी दिन-प्रतिदिन कम हो रही है। यही कारण है कि अब फिल्मों और खेल-कूद की सामग्री को प्रमुखता से छापा जाता है। हर समाचार को शबरी के बेर की तरह चखकर देखा जाता है–'इसे कितने पाठक/दर्शक पढ़ना/देखना चाहेंगे। इस पैमाने पर साहित्य प्राथमिकता में कहीं नहीं आता। हर खबर के लिए विज्ञापन का मानदंड भी काम में लाया जाता है। अब तो अकेली खबर के लिए भी प्रायोजक ढूँढ़ा जाता है।

आजादी से पहले विचारों को महत्त्व दिया जाता था। गांधी जी क्या कहना चाहते थे ? नेहरू क्या सोचते थे ? सुखद आश्चर्य है कि नेता और लेखक दोनों एक ही बात कहते थे। दोनों का लक्ष्य साफ था। दोनों के अखबार एक जैसी सलाह देते थे। दोनों पकड़े जाते थे। दोनों को दंड भुगतना पड़ता था। दोनों जेल जाते थे। दोनों एक-दूसरे के विचार छापते थे। साहित्य भी उसी उद्देश्य के लिए लिखा जाता था। अब जमाना बदल गया है।

अब न नेता संपादक होता है, न लेखक। अधिकांश मालिक संपादक की कुर्सी पर बैठे हुए हैं। कई जगह तो संपादक होता ही नहीं है। मालिक बेनामी संपादकों से काम चलाता है। विज्ञापन और बिक्री विभाग भी उसी के अधीन होता है। मीडिया का व्यापार इसी तरह चलता रहता है। यही वजह है कि संवेदनशील साहित्य के लिए व्यापारिक मीडिया में कोई स्थान नहीं है।

अब चलते हैं साहित्य की ओर! हिंदी साहित्य में बेस्ट सेलर यानी बेहद लोकप्रिय जैसा कोई आश्चर्य नहीं होता। दो-चार हजार प्रतियाँ छप जाएँ तो प्रकाशक अपने को निहाल समझता है। हाल ही में मैंने एक वेबसाइट पर पढ़ा कि 'गोदान' के अलावा भगवतीचरण वर्मा की 'चित्रलेखा' लाखों में बिकी थी। ऐसा दावा शायद ही किसी और किताब ने किया हो। बहुत साल पहले 'धर्मयुग' में एक विज्ञापन छपा था कि गुलशन नंदा का 'झील के उस पार' उपन्यास 5 लाख बिक्री का आँकड़ा पार कर गया। पर नंदा को साहित्यकार कोई नहीं मानता। यह बात अलग है कि भगवतीचरण वर्मा की तरह नंदा के उपन्यासों पर सफल फिल्में बनी थीं।

आम धारणा है कि आम तौर पर किसी भी साहित्यिक कृति की 300 प्रतियाँ

छपती हैं। अगर कहीं से सरकारी थोक खरीद का ऑर्डर न मिले तो उसे ही बेचने में सालों लग जाते हैं। कुछ भले प्रकाशक हर साल नियमपूर्वक रॉयल्टी भी भेजते हैं, भले ही वह सैकड़ों में ही होती हो। 300 प्रतियों का दूसरा संस्करण छपे तो लेखक कॉकटेल पार्टी दे देता है।

अब मीडिया नोटिस ले तो किस बात का ? हाँ, तसलीमा नसरीन का उपन्यास प्रतिबंधित हो जाए तो वह जरूर खबर छापेगा। अगर ज्ञानपीठ या साहित्य अकादेमी का पुरस्कार मिले तो आदि-इत्यादि में हिंदी उपन्यास का भी जिक्र होगा। अंग्रेजी अखबार विदेशी उपन्यास को नोबेल पुरस्कार मिलने पर कॉलम रँग देते हैं। हिंदी अखबार ज्ञानपीठ और व्यास सम्मान जैसे लखटकिया पुरस्कार मिलने पर भी दो-चार लाइनों में निपटा देते हैं। वे कहते हैं, उनमें पाठक की कोई दिलचस्पी नहीं है। तब साहित्य क्या करे ?

साहित्य अपने भीतर झाँके। क्या लिखा जा रहा है ? किसके लिए लिखा जा रहा है? पाठक क्या पढ़ना चाहता है ? विमोचन और विचार-गोष्ठियों से आगे जाने की जरूरत है। किताब चर्चा से बिकती है। चर्चा बात बढ़ने से होती है। बढ़ने के लिए बात में दम होना चाहिए। स्वांतःसुखाय साहित्य से बात नहीं बढ़ेगी। महाभारत और गांधी, बुद्ध और रामायण पर अंग्रेजी में लगातार किताबें आती रहती हैं, हिंदी में क्यों नहीं ? जो आती हैं उनकी गुणवत्ता बच्चों को आकर्षित नहीं करती। अब मध्ययुगीन तर्क संगत नहीं है कि मध्यवर्ग बच्चों की किताबें नहीं खरीदता। पुस्तक मेलों में बच्चों की किताबें सबसे ज्यादा बिकती हैं।

अंतिम तर्क ! हिंदी साहित्य किन विषयों को उठाता है ! क्या वे गैर-साहित्यिक पाठकों को आकर्षित करते हैं ? मानना होगा कि हिंदी साहित्य महानगरों की बजाय कस्बाई शहरों में और वहाँ से बड़े शहरों में आकर बसे लेखक ज्यादा रच रहे हैं। उनके पात्र और पृष्ठभूमि अकसर आंचलिक होती है। हो सकता है, इन इलाकों में साहित्य की खरीद होती हो, पर इन विषयों को महानगरों का पाठक अपने से जुड़ा महसूस नहीं करता। इस टिप्पणी को एक शहरी बाबू के पूर्वाग्रह के रूप में लेने की बजाय यथार्थ के धरातल पर समझने की जरूरत है। फिर साहित्य को टी०वी० धारावाहिकों के फूहड़ मनोरंजन से जो चुनौती मिल रही है, उसे भी ध्यान में रखने की जरूरत है।

कुल मिलाकर मीडिया से अपेक्षा करते समय साहित्यकारों को आत्मालोचन करने की आवश्यकता है कि बदलते समय में वह अपनी सार्थकता और उपादेयता कैसे पुनः स्थापित करें ?

शब्द कभी मरते नहीं

सुखवर्ष कँवर 'तन्हा'

'मीडिया को विस्तृत करो कुछ इस तरह कि उसमें साहित्य समाहित हो जाए।' क्योंकि उद्देश्य तो होते नहीं हैं, बनाए जाते हैं। मंजिलें होती नहीं हैं, अपने लिए ढूँढ़नी पड़ती हैं। विवेक होता नहीं है, विवेक का विकास करना पड़ता है, तभी इंसान के चिंतन-मनन की शक्ति बढ़ती है जो मीडिया के लिए अति आवश्यक है। पत्रकारिता की यही सही पहचान है।

आज के जीवन में मीडिया की बहुत बड़ी भूमिका है। इसी बात को लेकर उसकी जिम्मेदारी भी बढ़ जाती है; क्योंकि पहले इसका क्षेत्र इतना बड़ा नहीं था। अब यह इतना फैल रहा है कि घर-घर में इसकी पैठ हो गई है।

क्योंकि शब्द कभी मरते नहीं, किताबें कभी समाप्त नहीं हो सकतीं। पहले भोजपत्रों पर, फिर कागजों पर उतरीं, फिर काफी कुछ पत्रों में सिमटता रहा तथा एक स्थान से दूसरे स्थान तक पहुँचता रहा। इसमें डाकिए का भी बहुत बड़ा हाथ रहा। वह मनुष्य की मनुष्य को सद्भावना, दुःख-सुख का एहसास करवाता रहा। अब वह तो सिमटता जा रहा है। पहले समाचार-पत्र आए, फिर टेलीफोन और टी०वी० आया। टी०वी० से मीडिया विकसित हुआ। इससे पहले समाचार-पत्रों ने भी बहुत काम किया। मनुष्य की सोच को बढ़ाया, साहित्य से हाथ मिलाया, मनुष्य को नए-नए शब्द दिए, सोच दी। समाचार-पत्र भी तो ज्ञान का एक मीडिया है। छोटी-बड़ी पत्र-पत्रिकाएँ भी आईं, जो आगे भी बहुत काम कर रही हैं। इस प्रकार साहित्य फैलता गया। ऐसा काम करने के लिए पत्रकारिता का बहुत बड़ा हाथ रहा।

आविष्कार होते रहे, क्योंकि आवश्यकता ही आविष्कार की जननी है। इसके साथ-साथ साहित्य की खुशबू भी बढ़ती रही, क्योंकि साहित्य भी समाज के साथ-साथ चलता है, कभी बिछुड़ता नहीं। जिस देश का साहित्य जितना विस्तृत होगा, वह समाज-देश उतनी ही उन्नति करेगा, क्योंकि इतिहास और साहित्य का गहरा संबंध है। साहित्य के बिना इतिहास नहीं रचा जा सकता तथा इतिहास

साहित्य के बिना अधूरा है। साहित्यकार सामाजिक प्राणी होता है, इसलिए साहित्यकार को समाज में घटित घटनाएँ ही झकझोरती हैं। इसलिए उन्हीं से प्रेरित होकर वह साहित्य लिखता है।

साहित्य और मीडिया का चोली-दामन का साथ है। साहित्य समाज का दर्पण है तथा समाज पर साहित्य का असर होता है। साहित्य को सँकरा मत कीजिए। मीडिया ही लेखक और पाठक को जोड़ने की कोशिश कर सकता है। आप कोई फिल्म ही देख लीजिए। यदि उसकी कहानी में जान नहीं होगी, उसके संवाद अच्छे नहीं होंगे तो उसे देर तक याद नहीं रखा जाएगा। शब्द ही दिल की गहराइयों को छू सकते हैं और अच्छे शब्द अच्छा कलाकार, अच्छा साहित्यकार ही दे सकता है। अच्छा साहित्य वही है जो दिल से चलकर दिल तक पहुँचे। कलम में तो तलवार से भी अधिक ताकत होती है। वही गद्दी पर बिठाती है, वही गद्दी से उतार भी देती है। बड़े-बड़े युद्ध भी इसी ताकत से जीते जाते हैं, क्योंकि शब्दों से ही सेना में ताकत फूँकी जाती है। पहले समय में युद्ध के समय सैनिकों को वीररस से भरी कविताएँ सुनाई जाती थीं, जिससे वे देश के लिए लड़ने को तैयार रहते थे। सौ वर्ष पूर्व गोर्की ने कहा था—'अपने लेखक से कहो कि ऐसा साहित्य रचे कि सारे युद्ध के मैदान में आकर डट जाएँ और देश को स्वतंत्रता की राह में ले चलें।'

हमारे देश ने, हमारे समाज ने बहुत बड़े-बड़े साहित्यकार दिए हैं, बड़े-बड़े पत्रकार दिए हैं, क्योंकि लेखक समाज में पनप रही हर बुराई और अच्छाई पर लिखता है; क्योंकि वह एक सामाजिक प्राणी है और उसी समाज में रहता है; क्योंकि समाज में घटती घटनाएँ ही उसे झकझोरकर रख देती हैं, लेकिन लेखक उन घटनाओं को शब्दों में पिरोता है, न कि शब्दों में उछालता है।

आज संचार क्रांति के इस युग में यह भ्रमित प्रचार हो रहा है कि हिंदी साहित्य में इतनी जान नहीं है। कहते हैं कि हिंदी साहित्य का अब पाठक ही नहीं रह गया है। हिंदी साहित्य मर रहा है। शब्द कभी मरते नहीं, ज्ञान कभी मरता नहीं। ज्ञान तो पढ़ने से और बढ़ता है। साहित्य तो ज्ञानरूपी सागर है। वह कैसे मर सकता है ? अंग्रेजी साहित्य खूब फल-फूल रहा है। हिंदी साहित्यकारों को उत्साहित नहीं किया जा रहा है। यह तो मीडिया का भी फर्ज बनता है कि हिंदी साहित्य यदि पिछली पंक्ति में है तो उसे आगे की पंक्ति में लाया जाए। मीडिया केवल टी०वी० नहीं है, समाचार-पत्र, पत्रिकाएँ भी हैं जो गलत तरह के विज्ञापन पेश करते हैं। उनके स्थान पर अच्छे साहित्यिक विज्ञापन दिए जाने चाहिए। किसी न किसी साहित्यकार के जीवन को लेकर, कि उसने किस तरह संघर्ष कर साहित्य को

जीवित रखने की कोशिश की, उस पर चर्चा हो, परिचर्चा हो। जीवन को ठीक पटरी पर लाने के लिए ठीक रास्ते सुझाए जाएँ।

मीडिया में साहित्य की चर्चा बहुत कम होती है। यदि होती भी है तो अपने चहेते साहित्यकारों को लेकर या आम तौर पर जाने-माने साहित्यकार ही इसमें शामिल होते हैं। मैं यह नहीं कहती कि उनमें अन्य साहित्यकार नहीं होते। होते हैं, पर नाममात्र के। उन्हीं साहित्यकारों को बार-बार दिखाया जाता है जो स्थापित हैं। लेकिन जो नया साहित्यकार है, अच्छा भी लिख रहा है, उसकी तरफ देखा भी नहीं जाता। यदि वह कभी कोशिश कर इन स्थापित साहित्यकारों के बीच में जाना भी चाहे तो कहा जाता है कि आप स्थापित साहित्यकार नहीं हैं। यदि किसी को पढ़ा नहीं जाएगा, उसके बारे में जाना नहीं जाएगा, उसको पाठक से मिलवाया नहीं जाएगा तो उसकी साहित्यिक गतिविधि के बारे में आप कैसे जान पाएँगे कि वह अच्छा साहित्यकार है कि नहीं। जो स्थापित हो चुका है, वह कुर्सी छोड़ने को तैयार ही नहीं है। हर जगह राजनीति छा गई है। चाहे नया लेखक कितना भी अच्छा लिख रहा हो, उसका बाजार मूल्य नहीं है।

मीडिया वाले भी राजनीति से प्रेरित हैं या उन पर भी राजनीति की छाया है। वह भी उनको ही महत्त्व देते हैं जो समाज में प्रतिष्ठित हैं। साधारण के पास न पैसा है, न ही कोई अप्रोच। साधारण लेखक चाहे कितना ही अच्छा लिख ले वह साधारण लेखक ही कहलाएगा। उन्हें पता होना चाहिए कि साधारणता ही व्यक्ति की मूल कसौटी है। किसी का साधारण होना ही यह दर्शाता है कि वह कितना मानवीय है। लोग अपने लेखकों को अपना नायक समझते हैं तथा उन्हें मानवीय देखना चाहते हैं। कोई कितना भी प्रतिभाशाली क्यों न हो, यदि वह मानवीय नहीं है तो हम उसे महान् व्यक्ति की श्रेणी में नहीं रख सकते।

आजकल साहित्यिक माहौल की कमी हो गई है, समाज में भोंड़ापन आ गया है। साहित्यकार ही कहने लगा है, साहित्य मरने लगा है। लेकिन मीडिया इसको झुठला सकता है, परंतु मीडिया ऐसा नहीं कर रहा, वह अपना कर्तव्य भूलता जा रहा है।

आज का मीडिया उपभोक्तावादी हो गया है। उसके पास रचनाकार तथा साहित्यकार के लिए समय नहीं है। वह ब्रेकिंग न्यूज में ही अपनी टी०आर०पी० देखता है। कई बार तो बेकार के समाचारों को बार-बार दिखाकर लोगों का समय बरबाद करता है। कभी किसी के घर में प्रवेश कर पति-पत्नी के झगड़ों को तूल देता है तथा समाज में गलत संदेश देता है। समाचारों को ऐसे परोसा जाता है जैसे कि कोई खाद्य वस्तु हो।

मीडिया को पाठक में साहित्य के प्रति उम्मीद पैदा करनी है। इंसान जैसे पतली-सी रस्सी से या लोहे की छड़ से या सी०डी० से बड़ी-बड़ी बिल्डिंग फाँद लेता है वैसे ही एक शिक्षारूपी नन्ही-सी उज्ज्वल किरण के उजाले में वह जीवन की राहें क्यों नहीं ढूँढ़ सकता? अवश्य ढूँढ़ सकता है, यदि वह दृढ़ निश्चयी है। उसी उजली किरण में वह समाज को ढूँढ़ लेगा, अपनी कठिनाइयों पर सफलता प्राप्त कर लेगा।

याद रखो, कर्म और सफलता को जोड़ने वाला पुल आपका आत्मविश्वास है। मीडिया में यह ताकत है कि वह पाठक और लेखक को जोड़ सकता है। अगर कहते हैं कि हिंदी साहित्य पहली पंक्ति में नहीं है तो मीडिया के पास यह ताकत है कि उसे पहली पंक्ति पर लाकर बिठा सकता है।

सच्चे कलमकार में तो सदा रचनाशील रहने की बेचैनी होती है। जो सच्ची पत्रकारिता करना चाहते हैं, वह अच्छे कलाकार भी होते हैं। साहित्य को रचने के लिए इतिहास की जरूरत होती है। उसके देश-काल का इतिहास होता है। साहित्य ही वह सच्चा इतिहास है जो देश-काल का वैसा ही चित्रण करता है, जैसा वह होता है। साहित्यकार भी सामाजिक प्राणी है तथा उसे समाज में घटती घटनाएँ विचलित करती हैं। वह जो देखता है, वही लिखता है। उसकी कल्पना-शक्ति एक चित्रकार की तरह होती है। जैसे चित्रकार अपने चित्रों में अलग-अलग रंग भरता है, वैसे ही वह कलाकार भी अपनी कलम से शब्दों के चित्र बनाता है। साहित्यकार से बेहतर अपने देश-काल का इतिहास कौन चित्रित कर सकता है! घटनाएँ जो घटती हैं, वे सच्ची होती हैं; उनमें समाज के चित्रण से मिलकर ही जान आती है। आज फिर अनुभव किया जा रहा है कि मनुष्य को कलाकार बनाने के लिए फिर से अच्छा और सच्चा साहित्य रचना होगा तथा मीडिया को अच्छा मीडिया बनाना होगा।

साहित्य समाज में घटित घटनाओं का लेखा-जोखा होता है। चाहे वह प्राकृतिक हो या अप्राकृतिक और मीडिया उसको दर्शाने में सेतु का काम करता है। आज के युग में मीडिया केवल मीडिया नहीं है, वह समाज का दर्पण है, पर दर्पण साफ-सुथरा होना चाहिए। साहित्य ने उपभोक्तावाद के लिए कोई स्थान नहीं है लेकिन मीडिया उपभोक्तावादी हो गया है।

मीडिया में कभी-कभी जब अच्छे धारावाहिक आते हैं तो लोग उन्हें पसंद करते हैं। ऐसे कार्यक्रम, जिनसे समाज कुछ ग्रहण कर सके। जैसे पहले आते थे; जैसे—'रामायण', 'महाभारत', 'श्रीमद्भागवत', 'बुनियाद', 'हम लोग' आदि। आज भी अच्छे धारावाहिक आ रहे हैं। लेकिन यह लोगों पर निर्भर करता है कि वह उन्हें कैसे लेते हैं। ये सब सच्ची घटनाओं पर आधारित हैं। लेखक को भी समाज में

घटती घटनाएँ ही प्रभावित करती हैं तथा उन्हें अपने संदर्भ में देखकर ही लिखता है। साहित्य एक मंदिर है, जिसमें हम सबको मिल-जुलकर एक-एक ईंट लगानी है।

'पुराने को लेकर चलना चाहिए लेकिन ऐसा न हो कि नया भी छूट जाए आपसे।'

नए को ढूँढ़ने के चक्कर में घर से अच्छा फर्नीचर उठाकर कोई बाहर नहीं फेंक देता।

पहले दिल्ली दूरदर्शन पर एक कार्यक्रम आता था—'दादा-दादी की कहानियाँ।' तथा कभी-कभी किसी लेखक की कहानियों पर नाटक-धारावाहिक बन जाते थे। अब वह भी न के बराबर। आज तो इतने चैनल आ गए हैं। क्या किसी भी चैनल का साहित्य के प्रति कोई कर्तव्य नहीं है ? यदि आप साहित्य को और रोचक बनाकर प्रस्तुत करोगे, उसमें लेखक का साथ चाहोगे तो वह आगे बढ़कर यह काम सहर्ष स्वीकार करेगा। कहते हैं, जनता जो देखना चाहती है, हम वही दिखाते हैं। उन्होंने अच्छी चीजों को भी बहुत पसंद किया है जैसे 'बुनियाद', 'रामायण', 'महाभारत', 'श्रीकृष्णा' आदि। जनता कभी नहीं चाहती कि उन्हें दुनिया-भर की गंदगी दिखाई जाए। फिर कई बार इतनी गलत बातें दिखाई जाती हैं कि जिनका असर गलत पड़ता है। कई बार अपराधी प्रकृति के लोग मीडिया के द्वारा परोसा हुआ अपराध यानी बढ़ा-चढ़ाकर परोसी हुई किसी घटना से प्रेरित होकर और अधिक अपराध कर बैठते हैं।

मुझे बड़े दुःख के साथ यह कहना पड़ता है कि प्रतिभा खोजने के नाम पर हास्य को परोसने के लिए बाप अपने बच्चों को पेश कर रहे हैं। कई बार उनके मुँह से गलत शब्द सुनकर हमें शर्म आ जाती है। लेकिन जजों की सीट पर बैठे लोग उन्हें तालियाँ परोसकर गलत रास्ते पर केवल इसलिए प्रोत्साहित कर रहे हैं कि उन्हें पैसा कमाना है। क्या समाज में मीडिया का या माता-पिता का केवल एक ही कार्य रह गया है—पैसा कमाना, चाहे वह किसी रास्ते से क्यों न आए ? ऐसे गलत चुटकुले सुनाए जाते हैं कि हमारी आँखें शर्म से झुक जाती हैं या फिर देश में बढ़ रही मिलावट या पनप रही बुराइयों का इतना महिमामंडन किया जाता है कि रोंगटे खड़े हो जाते हैं।

यदि समाज में पनप रही बुराई दिखा रहे हो तो उसे ठीक करने के सुझाव भी तो दे सकते हो। इन सब बातों में सुधार करने का सरकार का भी कर्तव्य है।

कहते हैं, मीडिया समाज की झलक दिखाता है। कहीं-कहीं यह ठीक है, लेकिन उस झलक पर मायावी छाया पड़ जाती है। समाज में पनप रही बुराइयों को दिखाना

चाहिए, लेकिन एक अच्छे पत्रकार की तरह, अच्छे समाजशास्त्री की तरह। साहित्य और मीडियारूपी नदी के दो किनारे हैं जिनके बिना नदी का कोई अस्तित्व नहीं। इन दोनों किनारों को नदी को बाँधकर रखने में अपना कर्तव्य निभाना है, क्योंकि हिंदी भाषा और मीडिया आपस में पूर्ण रूप से जुड़े हुए हैं। यह एक-दूसरे के बिना अधूरे हैं, व्यर्थ हैं, असमर्थ हैं। साहित्य तो समाज में युगों-युगों से है। यह कैसे समाज से, मीडिया से अलग रह सकता है। यह एक-दूसरे के पूरक हैं।

मीडिया को यदि अपना प्रसार करना है तो उसे साहित्य के पंखों की जरूरत है। इसलिए यह एक-दूसरे के सहयोगी रहकर ही प्रगति कर सकते हैं। इसलिए साहित्य भी मीडिया के बिना अधूरा है और मीडिया भी साहित्य के बिना अधूरा है। दोनों को एक-दूसरे का उद्देश्य पूर्ण करने के लिए मिलजुलकर कार्य करना होगा। मीडिया तो एक विस्तृत सागर है। उसमें कितनी ही नदियाँ समाहित हो सकती हैं। उसे संकुचित मत कीजिए। उसे अपना विस्तार करना चाहिए; अपनी सुगंध फैलानी चाहिए; अपने पंखों से उड़ान भरनी चाहिए; क्योंकि कुछ संकल्पवान लोग, जिनका अपने लक्ष्य में दृढ़ विश्वास या आस्था हो, वही इतिहास की धारा को बदल सकते हैं। मीडिया को भी अपनी धारा बदलनी होगी। एक-दूसरे की भावनाओं का आदर कर ही हम उन्नति कर सकते हैं, न कि भावनाओं को ठेस पहुँचाकर।

विगत कुछ दशकों के साहित्य के वातावरण को देखें तो मीडिया में साहित्य से जुड़े समाचार तथा साहित्य से जुड़ी जानकारी बहुत ही कम मिलती है; क्योंकि साहित्य के लिए मीडिया के पास बहुत ही सँकरी जगह है, जिसे विस्तृत करना होगा। मेरे विचार में कुछ कमियाँ हैं, जिन्हें दूर करना होगा। कुछ सुझाव हैं—

- लेखक का पाठक से साक्षात्कार।
- लेखक व पाठक का आमना-सामना।
- जब भी कोई अच्छी पुस्तक बाजार में आए, चाहे वह नए लेखक की हो या पुराने की, उस पर चर्चा अवश्य होनी चाहिए।
- समीक्षाएँ भी होनी चाहिए।
- ऐसा समय होना चाहिए कि सभी बुद्धिजीवी उस समय का आनंद ले सकें।

पत्रकारिता का सच्चा अर्थ कहीं खो गया है। अच्छा साहित्यकार समाज में सुगंध फैलाता है। पत्रकार की नजरें चारों तरफ होनी चाहिए, जिसमें समाज का हित समाहित होता है। जो कहानियाँ पेश की जाती हैं, क्या वे घर-घर की

कहानियाँ हैं। पत्रकार यह अच्छी तरह जानता है कि जो वह समाज में पेश कर रहा है या समर्पित कर रहा है, उससे समाज की भलाई हो रही है, उसमें सुधार हो रहा है कि नहीं ? अच्छा साहित्य समाज के चरित्रहनन को बचा सकता है।

मीडिया के दर्शक हर तरह के होते हैं। उनमें बुद्धिजीवी भी होते हैं। वह बुद्धिजीवी के लिए क्या परोस रहा है, उसे यह भी सोचना होगा। केवल विज्ञापनों से पैसा इकट्ठा करना सब कुछ नहीं होता। उसे समाजसेवा के रूप में भी देना चाहिए। कहते हैं कि किताबें मरने लगी हैं, पर मीडिया इसको उनमें नई जान डाल कर झुठला सकता है।

दूरदर्शन पर कभी-कभी साहित्य की चर्चा सप्ताह में दो बार हो जाती है। वाह, क्या बात है ! साप्ताहिकी में भी चर्चा होती है लेकिन बहुत कम। केवल दिल्ली दूरदर्शन ही कभी-कभी साहित्य पर चर्चा करता है। बाकी के चैनल क्यों नहीं ? क्या वे केवल व्यापारिक बनकर ही रह गए हैं ? यदि हम जैसे लोग कभी कुछ कहते या पत्र लिखते हैं तो या तो उन्हें कूड़ेदान में फेंक दिया जाता है या कहा जाता है कि आप तो स्थापित रचनाकार नहीं हैं। आप तो पुराने घिसे-पिटे लेखकों को स्टेज पर बुलाकर कुछ बातें सुन उन्हें लिफाफा थमा देते हैं। लेकिन हमारे समाज में, हमारे साहित्य में अभी बहुत कुछ अच्छा लिखा जा रहा है। उन पर मीडिया का ध्यान क्यों नहीं जाता ? क्या सनसनीखेज खबरें ही समाज के लिए सब कुछ हैं ? मीडिया प्रतिभाशाली लेखकों की खोज नहीं करता, क्यों बेसिर-पैर की बातों पर ज्यादा ध्यान देता है ?

साहित्य तो आज भी गाँव-गाँव, शहर-शहर, घर-घर में बाँचा जाता है। जो पढ़े-लिखे नहीं हैं, वे भी अपने पोता-पोती को पास में बिठाकर दंतकथाएँ सुनाते हैं। क्या वह साहित्य नहीं है ? साहित्य कभी मरता नहीं है। वह आगे ही आगे बढ़ता है। परंतु आजकल इलेक्ट्रॉनिक मीडिया आ गया है तो उसका फर्ज बनता है कि वह उस साहित्य को गाँव से उठाकर, एक किनारे से उठाकर हजारों दिशाओं में फैलाए। आज तक कोई भी चैनल साहित्य के लिए नहीं बनाया गया है। हिंदी साहित्य के बारे में कोई भी बात नहीं करता, जो हमारे देश की धरोहर है। यदि फूलों की सुगंध को फैलाना है तो मीडिया को, साहित्य को अपने साथ लेकर चलना होगा, नहीं तो रामधारी सिंह 'दिनकर' के साथ हमें यह कहने के लिए विवश होना पड़ेगा—

आज देश स्वाधीन हो गया, हम किसान मजदूर
पूछ रहे दिल्ली में बैठे, दिल्ली कितनी दूर।

जागो फिर एक बार

गिरीश पंकज

समकालीन हिंदी मीडिया पर दृष्टिपात करें तो एक बात छनकर सामने आ रही है कि बाजारवाद के गहरे दबाव के कारण अब वह अपने मूल्यों से हटता जा रहा है। बाजार में बने रहने के लिए मीडिया हर तरह के सौदे करने पर आमादा है। प्रिंट और इलेक्ट्रॉनिक मीडिया दोनों ही अचेत होकर दौड़ लगा रहे हैं। बात उलटबाँसी की तरह लगती है, लेकिन सच है, क्योंकि सचेत व्यक्ति सही दिशा में दौड़ता है, जबकि मीडिया बौराए घोड़े की तरह इधर-उधर भागता नजर आ रहा है। मीडिया में साहित्य की जगह की तलाश किसी तप्त मरुभूमि में जलकुंड की तलाश जैसी है। विज्ञापन की चलताऊ भाषा में कहें, तो मीडिया में साहित्य¨? ढूँढ़ते रह जाओगे। वह दौर अब अतीत की मधुर स्मृतियों जैसा है, जब मीडिया और हिंदी साहित्य का अन्योन्याश्रित संबंध हुआ करता था। स्वतंत्रता के पूर्व का इतिवृत्त देखें तो तमाम बड़े-बड़े पत्रकार साहित्यकार भी हुआ करते थे। फिर चाहे वे माधवराव सप्रे हों या माखनलाल चतुर्वेदी। स्वतंत्रता के पश्चात् ग०मा० मुक्तिबोध या परसाई जैसे साहित्यकारों के भी मीडिया से गहरे सरोकार रहे। सच्चिदानंद हीरानंद वात्स्यायन 'अज्ञेय', धर्मवीर भारती, सर्वेश्वरदयाल सक्सेना, श्रीकांत वर्मा, कमलेश्वर, मनोहर श्याम जोशी से लेकर कन्हैयालाल नंदन तक की पीढ़ी के अनेक लेखक पत्रकारिता और साहित्य के मध्य सेतुबंध की तरह काम करते रहे हैं। इन सबके कारण ही मीडिया में साहित्य के लिए जगह निकल जाया करती थी। 'धर्मयुग', 'साप्ताहिक हिंदुस्तान' और 'दिनमान' आदि तो खैर अलग किस्म की पत्रकारिता कर रहे थे, लेकिन 'नवभारत टाइम्स' और 'दैनिक हिंदुस्तान' जैसे राष्ट्रीय समाचार-पत्र रोजमर्रा की हलचलों से जुड़े होने के बावजूद साहित्य को अपने केंद्र में रखा करते थे। तब साहित्येतर पत्रकारिता की कल्पना भी असंभव लगती थी। इनमें साहित्यिक विमर्श के लिए पर्याप्त पृष्ठ हुआ करते थे, लेकिन अब तो दुर्भाग्य ही कहें कि प्रिंट की दुनिया से धीरे-धीरे साहित्य खारिज होता चला गया है और जब से इलेक्ट्रॉनिक मीडिया का तथाकथित 'बूम' आया है तब

से वहाँ भी साहित्य के लिए कोई जगह ही नहीं बची है। तर्क यही है कि ज्यादातर चैनल न्यूज चैनल हैं, गोया न्यूज का साहित्य से जनम-जनम का बैर हो। साहित्य या साहित्यिक सृजन विषयक कोई सूचना तक ये चैनल नहीं देते। प्रिंट मीडिया से जुड़े अनेक साहित्यकार-पत्रकार अब हाशिए पर कर दिए गए हैं और वे जीविकोपार्जन के लिए अनेक जद्दोजहद से गुजर रहे हैं।

उपभोक्ता संस्कृति के इस भयावह दौर में अब मीडिया में साहित्य की उपस्थिति एक बंद अध्याय है। सन् 1900 में इंडियन प्रेस ने कालजयी पत्रिका 'सरस्वती' का प्रकाशन शुरू किया था। 1903 में जिसके संपादक महावीरप्रसाद द्विवेदी बने। (इसी वर्ष पं० माधवराव सप्रे ने छत्तीसगढ़ से 'छत्तीसगढ़ मित्र' की भी शुरुआत की थी) यह वह समय था जब एक तरह से हिंदी नवजागरण का दूसरा दौर शुरू हुआ। अनेक साप्ताहिक, मासिक पत्र-पत्रिकाओं की शुरुआत हुई। इन सबकी विविधवर्णी सामग्री में साहित्य की उपस्थिति अनिवार्य हुआ करती थी, लेकिन धीरे-धीरे रचनात्मकता से उस दौर की पत्रकारिता का भी मोहभंग होता गया; लेकिन मुख्यधारा की पत्रकारिता के साथ ऐसा नहीं हुआ था, अधकचरी समझ के साथ शुरू की गई उस दौर की कुछ पत्रिकाओं को हम पलटते हैं तो वहाँ भी सनसनी या सुविधापरस्ती नजर आती है, लेकिन गंभीर किस्म की पत्रिकाएँ साहित्य-संस्कृति और समाज के जागरण के लिए कार्य करती रहीं। उस दौर में जब बाबूराव विष्णुराव पराड़कर ने पत्रकारिता का विचलन देखा तो वे समझ गए थे कि आने वाले कल में पत्रकारिता की तस्वीर कैसी बनेगी। इसीलिए उन्होंने आज से लगभग अस्सी साल पहले कहा था कि 'भविष्य के अखबार पहले से ज्यादा रंगीन और चमकदार होंगे, लेकिन उनमें आत्मा का अभाव होगा। उन अखबारों में महाप्राण संपादक नहीं रहेंगे।' हम देख रहे हैं कि पराड़कर जी की भविष्यवाणी सच साबित हुई है। नई पीढ़ी के सूटेड-बूटेड और औचित्य न होने के बावजूद टाई लगाकर इधर-उधर मँडराने वाले और एक तरह की हीनता के बोध से भरे संपादक साहित्य को अछूत मानने लगे हैं, क्योंकि मीडिया का मालिक ऐसा सोचता है। साहित्य से संबंध रखने वाले कुछ पत्रकार अब मीडिया के नए प्रबंधन-तंत्र के सुर से सुर मिलाते हुए (ताकि उसकी नौकरी सलामत रहे) मीडिया में साहित्य की उपस्थिति को गैरजरूरी बताने पर आमादा हैं। साहित्य-संस्कृति की चर्चा करने वाला मीडियाकर्मी उन्हें नागवार लगता है। ये लोग साहित्य और साहित्यकार दोनों से घृणा करते हैं। कारण बेहद साफ है। दरअसल ये वे लोग हैं, जो बौद्धिकता से सरोकार ही नहीं रखना चाहते; क्योंकि इसके लिए उन्हें एकाग्रचित्त

होना पड़ेगा। 'दो मरे, चार घायल' किस्म के समाचार बनाना या फिर दोयम दर्जे के नेताओं या राजनीति पर विश्लेषणात्मक लेखन ही उनका ध्येय-बिंदु है। ऐसा करने में बहुत अधिक बुद्धि खर्च नहीं करनी पड़ती। असाहित्यिक लेखन करके वे यशार्जन करते हैं और व्यवस्था के बीच अपना प्रभाव भी बढ़ाते हैं जबकि साहित्य-सृजन के लिए तो खून सुखाना पड़ता है। मौलिक चिंतन मजाक नहीं। कौन करे मशक्कत ? ऐसे में केवल हल्की-फुल्की चीजें ही भाती हैं। साहित्य जैसा गंभीर कर्म भला क्यों रास आने लगा ? यही कारण है कि औसत मीडियाकर्मी साहित्य से दूर भागता है। अब तो पूरे कुएँ में भाँग पड़ी है, तब क्या कीजै ? ऐसे परिदृश्य में स्वाभाविक है कि साहित्य-विरोधियों का वर्चस्व बढ़ेगा।

इलेक्ट्रॉनिक मीडिया हो चाहे प्रिंट मीडिया, इनसे जुड़े लोग यह समझना ही नहीं चाहते कि वे जो कुछ लिख रहे हैं, वह भी प्रकारांतर से साहित्य ही है। पत्रकारिता को हड़बड़ी में रचा गया साहित्य भी कहा जाता है। हम कह सकते हैं कि पत्रकारिता अल्पकालीन साहित्य है और साहित्य दीर्घकालीन पत्रकारिता है। साहित्य में आखिर होता क्या है ? रचनाकार अपनी कृतियों के माध्यम से मानवीय प्रवृत्तियों का विश्लेषण ही तो करता है। समाचार-पत्रों में अनेक बार किसी घटना-दुर्घटना की सुंदर-सजीली भाषा में कोई रिपोर्टिंग पढ़ने को मिलती है, तो लगता है कि किसी कहानी का अंश पढ़ रहे हैं। लेकिन अब तो एक नई तरह की यांत्रिक भाषा विकसित की जा रही है। यह सब जानबूझकर हो रहा है। सबसे शर्मनाक बात यह है कि यह सब अंग्रेज नहीं, हिंदी के पत्रकार ही कर रहे हैं; क्योंकि वे मानकर चलते हैं कि यही समकालीन नई पत्रकारिता है। साहित्यप्रेमी पत्रकारों का निरंतर मजाक उड़ाने या उनकी उपेक्षा की कोशिशें भी होती रहती हैं।

आखिर मीडिया से साहित्य बहिष्कृत क्यों होता चला जा रहा है ? इसके लिए जिम्मेदार है, पश्चिम से पढ़कर आई मीडिया-मालिकों की वह नई पीढ़ी, जो मान कर चलती है कि साहित्य अब जीवन के केंद्र में नहीं है। इस बाजारवाद के दौर में मीडिया अब मीडिया नहीं रहा, एक उत्पाद हो गया है। इसे किसी भी तरीके से बेचना है। मीडिया के मालिक यह मानकर चलते हैं कि साहित्य के जरिए तो अखबार कतई नहीं बेचा जा सकता। इसे बेचना है तो दूसरे हथकंडे अपनाने होंगे। ऐसे में साहित्य-वाहित्य छापकर स्पेस किल करने से क्या होगा ? उतनी जगह में हम विज्ञापन छापेंगे तो ज्यादा मुनाफा होगा। खबरें छूटें तो छूटें, विज्ञापन बिलकुल न छूटे। साहित्य छूट जाए तो छूट जाए, किसी नेता, दल या उससे उपजे विवाद-संवाद को हर हालत में जगह मिलनी चाहिए। दरअसल राजनीति लाभ

पहुँचा सकती है, साहित्य नहीं। राजनीति विज्ञापन देती है। राजनीति सम्मान दिलाती है। राजनीति सौ तरह के लाभ वाले कार्य करवाती है। नकारात्मक चिंतन के कारण अब मीडिया में तंत्र-मंत्र, भूत-प्रेत, सेक्स, तरह-तरह की नग्नता, हिंसा-बलात्कार और घोषित रूप से समाज-विरोधी लोगों पर फीचर प्रस्तुत किए जाते हैं। खलनायक नायक बनाकर पेश किए जाते हैं और सृजक को जगह ही नहीं मिल पाती। इससे शर्मनाक घटना और क्या हो सकती है कि साहित्यकार की मृत्यु की खबर भी मीडिया में जगह नहीं पाती। रवींद्रनाथ त्यागी जैसे सुपरिचित व्यंग्यकार की मृत्यु की खबर अनेक राष्ट्रीय समाचार-पत्रों में छपी ही नहीं। बाद में इक्का-दुक्का लेख कहीं छप गए तो छप गए। ऐसे अनेक उदाहरण हैं। ऐसा इसलिए होता है कि अब मीडिया ने पूरी निर्ममता के साथ साहित्य की ओर पीठ कर ली है।

इस तथाकथित पश्चिम से आयातित उत्तर-आधुनिकता के काल में समकालीन मीडिया की भाषा और उसके व्यवहार को देखें तो समझ में आ जाता है कि वह मूल्यों से कितना विलग हो चुका है। भाषा गिरी है। संवेदना मरी है। जीवन-मूल्य गिरते जा रहे हैं। अब मूल्यों की जगह मोल-भाव वाले मूल्यों की पत्रकारिता फल-फूल रही है। कभी बाजार को ध्यान में रखकर थोड़ा-बहुत समझौता करने वाला मीडिया अब खुद एक बाजार बन चुका है। इसीलिए अब उसे सनसनी चाहिए, साहित्य नहीं। कुछ ऐसा चाहिए, जिसके सहारे वह बाजार में खप सके। जब तमाम तरह की नकारात्मकताएँ ही परोसनी हैं, तो साहित्य की जरूरत क्या? इसे निकाल बाहर करो। अब तो जो सीरियल आ रहे हैं, उनकी भाषा ने शालीनता या शीलता के बंध ही तोड़ डाले हैं। 'सच का सामना' का मतलब अश्लीलतम व्यवहार की सार्वजनिक स्वीकृति को समझ लिया गया है। अश्लीलता परोसकर इसे अभिव्यक्ति की स्वतंत्रता से जोड़ा जाने लगा है। साहित्यविहीन होते जाने के कारण मीडिया में संवेदनहीनता भी बढ़ी है। वह सेक्स से जुड़े किसी विषय पर पूरा का पूरा पृष्ठ दे सकता है, कंडोम-कंडोम तक बिंदास बोल सकता है लेकिन साहित्य के लिए, पुस्तक की समीक्षाओं के लिए या साहित्य के गंभीर विमर्श के लिए उसके पास कोई जगह नहीं है। ऐसा केवल हिंदी प्रदेश के मीडिया में ही देखा जा रहा है। अहिंदीभाषी समाचार-पत्रों में अभी भी साहित्य की दुनिया बची हुई है। अंग्रेजी एवं अन्य भाषायी पत्र-पत्रिकाओं में आज भी साहित्य बचा हुआ है जहाँ पुस्तक-समीक्षा के लिए तीन-चार पृष्ठ दिए जाते हैं। हिंदी समाचार-पत्रों में अब यह सब इतिहास है। वैसे तो पहले भी कभी उतना स्पेस नहीं रहता था जितना मिलना चाहिए। फिर भी साहित्य-प्रेमी संतुष्ट थे। लेकिन अब तो वैसे भी हालात नहीं रहे।

जिस तथाकथित उत्तर-आधुनिक होते हिंदी समाज में अपनी ही राष्ट्रभाषा हिंदी के लिए धीरे-धीरे जगह कम होती जा रही है, उस समाज के सांस्कृतिक संकट को आसानी से महसूस किया जा सकता है। बासठ वर्ष पूर्व अंग्रेजों से मुक्त हुए इस महादेश में अंग्रेजी भाषा फिरंगियों की याद दिलाने के लिए अब तक विद्यमान है। आश्चर्य होता है कि यह कैसे हुआ ? एक पराई और दो सौ सालों तक भारतीय मानस को अपना उपनिवेश बनाकर रखने वाली सामंती भाषा के आगे हमारे भाग्यविधाताओं ने हथियार क्यों डाल दिए ? उन्होंने जन-गण-मन को समझने की कोशिश क्यों नहीं की ? कुपरिणाम सामने है कि आज हिंदी हाशिए पर है और उसकी जगह 'हिंग्लिश' या 'हिंग्रेजी' नामक एक नई बाजारू भाषा को स्थापित करने की क्रमिक साजिश की जा रही है। हम देख रहे हैं कि यही भाषा हिंदी को धीरे-धीरे बहिष्कृत कर रही है। हमारा नया मीडिया इस 'हिंग्रेजी' के प्रति अतिशय प्रेम प्रदर्शित कर रहा है। इसी के कारण हिंदी साहित्य भी जीवन के केंद्र से और पत्रकारिता से दूर होता जा रहा है। पूरे परिदृश्य का विहंगावलोकन करते हुए लगता है कि हिंदी और हिंदी साहित्य के उत्थान हेतु अब एक नए सांस्कृतिक नवजागरण का आंदोलन चलाया जाना चाहिए, वरना आने वाले समय में हम हिंदी को खो देंगे, एक रागात्मक संस्कृति को खो देंगे और प्रकारांतर से साहित्य को भी हाशिए पर डाल देंगे। अंग्रेजी के प्रति हमारा प्रेम गुलामी के दौर से ही शुरू हो गया था, तभी तो मुंशी प्रेमचंद ने कहा था कि 'अंग्रेजी धनी भाषा है पर जितना तथा जिस दृष्टि से हम इसे आदर देते हैं, वह हमारे लिए गर्व की बात नहीं है।' सत्तर साल बाद इस कथन को देखें तो लगता है कि अरे, यह तो आजकल में ही दिया गया बयान है। बिलकुल ताजा।

बाजारीकरण के नए साम्राज्यवाद के कारण मीडिया हिंदी और हिंदी साहित्य से दूर होता जा रहा है और यह सब उसने जानबूझकर किया है। इसीलिए हिंदी पत्रकारिता की शीर्ष पाठशालाओं के रूप में पहचाने जाने वाले राष्ट्रीय समाचार-पत्र अब राष्ट्रीय नहीं रहे। प्रसार की दृष्टि से भी और आचार-व्यवहार की दृष्टि से भी। उनकी तथाकथित राष्ट्रीय छवि को हिंदी की ग्रामीण पत्रकारिता की ओजस्विता एवं नई टेक्नोलॉजी ने ध्वस्त कर दिया है। दिल्ली से निकलने वाले समाचार-पत्र कभी सचमुच राष्ट्रीय हुआ करते थे, अब वे देश के अनेक हिस्सों में कहीं नजर नहीं आते। खुद दिल्ली में उनकी प्रसार-संख्या बहुत अधिक सम्मानजनक नहीं कही जा सकती। ऐसे कुछ और समाचार-पत्र हैं, जिनकी प्रसार-संख्या कम होती गई। इसका कारण यह नहीं कि समाचार-पत्रों को पढ़ने वाले कम हुए, वरन्

इसका वास्तविक कारण यह है कि ये समाचार-पत्र अपने मूल्यों से नीचे गिरे हैं और उन्होंने साहित्य, संस्कृति, कला आदि जीवन के अनिवार्य उपादानों को गैर जरूरी मानकर अश्लील, भोग-विलास एवं मनोरंजक तड़के को ही अपनी जिजीविषा का हिस्सा बना लिया। मीडिया ने अपनी ओर से यह मान लिया कि अब समाज में साहित्य एवं कलानुरागियों की कमी हो गई है। लोग चाक्षुष-माध्यम की ओर ज्यादा उन्मुख हैं, लोग पढ़ना नहीं, देखना चाहते हैं। यह उतना ही बड़ा भ्रम है जितना बड़ा भ्रम यह है कि समाज में अनैतिकता को मान्यता मिल गई है या भ्रष्टाचार शिष्टाचार बन गया है।

इधर प्रिंट मीडिया से साहित्य के बहिष्कार का एक बड़ा कारण यह भी है कि इधर जो नए-नए अखबार-मालिक पुत्र आए हैं, उनकी दृष्टि भी भारतीयता के पारंपरिक बोध से वंचित है। वे पाश्चात्य शिक्षा ग्रहण करके लौटे हैं और समझ लिया है कि इस देश की पत्रकारिता को अब केवल बाजार की ही जरूरत है, आचार या संस्कार की नहीं। इसीलिए उन्होंने अपने-अपने समाचार-पत्रों से पहले हिंदी पर ही प्रहार किया। आदेश भी जारी कर दिए गए कि अब वही 'हिंग्लिश' परोसी जाए, जो इलेक्ट्रॉनिक मीडिया में परोसी जा रही है। इस तरह न्यूज चैनलों की भाँति समाचार-पत्रों को भी विशुद्ध रूप से न्यूज चैनल की तर्ज पर प्रकाशित करने की मनोवृत्ति ने समाचार-पत्रों से साहित्य को एक तरह का देश-निकाला ही दे दिया। इसलिए अब हिंदी के समाचार-पत्रों में न तो साहित्य की विभिन्न विधाओं के लिए कोई खास जगह बची है और न ही उनकी गंभीर समालोचना के लिए। साहित्यिक आयोजनों की खबरें छापने का मतलब है जगह की बर्बादी। साहित्यिक आयोजनों की बजाय अब महिलाओं की तरह-तरह की पार्टियाँ, उनके स्थानीय एवं घरेलू स्तर के फैशन शो तथा इसी तरह की बचकानी या ऊलजलूल गतिविधियों के लिए पृष्ठ के पृष्ठ समर्पित कर दिए जाते हैं। व्यापार के लिए पृष्ठों की कमी नहीं है, खेल-समाचार भी खूब होते हैं। इनमें भी केवल क्रिकेट केंद्र में रहता है। भारतीय खेल यहाँ भी गायब हैं। अग्रलेख वाले पृष्ठों पर साज-सज्जा तो सुधरी है, लेकिन छपने वाली सामग्री घटिया राजनीति के विमर्श पर ही ज्यादा केंद्रित रहती है। साहित्य में घटित होने वाले नए प्रसंगों पर कोई विमर्श नहीं होता। देश की राजधानी दिल्ली से प्रकाशित पत्र-पत्रिकाओं में अब सेक्स-विषयक लेख एवं परिचर्चाएँ ज्यादा छपती हैं। साहित्य उनके लिए गैरजरूरी हो गया है। इसे देखते हुए यह एक ट्रेंड-सा बन गया है, जो धीरे-धीरे छोटे-छोटे कस्बों तक में पसर गया है।

कभी दिल्ली की हिंदी पत्रकारिता एक दिशा प्रदान किया करती थी। न जाने कितने युवकों ने दिल्ली के कुछ समाचार-पत्रों एवं पत्रिकाओं को पढ़-पढ़कर अपनी साहित्यिक समझ विकसित की, लेकिन अब परिदृश्य बदल चुका है। अब दिल्ली से कोई आशा शेष नहीं रही, क्योंकि अब वह खुद दिशाहीन है। उसकी देखा-देखी हिंदी का समकालीन मीडिया भी दिशाहीनता का शिकार हो गया है। अब क्या दिल्ली और क्या रायपुर, हर कहीं लगभग एक जैसी प्रवृत्तियाँ काम करती नजर आती हैं। हत्या, बलात्कार, सेक्स अथवा इसी तरह की समाज-विरोधी हिंसक गतिविधियों के लिए काफी जग़ह निकाल ली जाती है, लेकिन साहित्य की बारी आने पर दो टूक कह दिया जाता है कि इसे बाद में देखेंगे। दरअसल अब हिंदी का संपादक भी वैसा संपादक नहीं रहा जैसा दो दशक पहले तक हुआ करता था। अब तो संपादक वही है जो संपादकीय ही नहीं लिखता, वह मालिकों की तरह-तरह की बेगारियाँ करता फिरता है। जैसे किसी को पद्मश्री दिलवाने की कोशिश, तो किसी को कोई तथाकथित बड़ा सम्मान; कहीं जमीन हथियानी है तो कहीं कोई उद्योग लगाना है। यह पत्रकारिता की ऐसी नई दुनिया है, जिसका नीर-क्षीर विवेचन करें तो सारा सच सामने आ जाता है। मालिक की सेवा करते-करते कुछ खुरचन तो संपादकों को भी मिल ही जाती है। जब संपादक अपना मूल काम छोड़कर दूसरे खटराग कर रहा हो तो उसे साहित्य से क्या मतलब ! चला जाए साहित्य रसातल में, लेकिन उसकी दलाली या कहें कि इनाम पक्के हैं। उसकी नौकरी तो पक्की है ही। नया संपादक मालिक के सामने ऐसा सीन जमाता है कि अब समाज को साहित्य की जरूरत ही नहीं है। बिना उसके ही अखबार दौड़ेगा। इस नई प्रवृत्ति के कारण संपादक नामक सत्ता भ्रष्ट हुई है और जब संपादक भ्रष्ट हो गया तब स्वाभाविक है कि वे मूल्य भी नष्ट-भ्रष्ट होंगे, जो मूल्य पत्रकारिता के मानक हुआ करते थे। नया संपादक पाठकों के सामने आदर्शवादी मुखौटे के साथ उपस्थित होता है और परदे के पीछे सत्ता के साथ अठखेलियाँ करता है। सामने उसका साहित्य-संस्कृति वाला चेहरा नजर आता है, लेकिन पार्श्व में वह साहित्य-विरोधी फरमान जारी करता रहता है। मीडिया अगर साहित्य से विमुख हुआ है तो इसके लिए बहुत हद तक मीडिया के ऐसे लोग ही गुनहगार हैं। इन्हें महान् पत्रकार साबित करने की प्रायोजित कोशिशें होती हैं। काश, मीडिया के प्रबंधक और संपादक अपनी रुचियों का परिष्कार करके समाज की परंपराओं को समझने की कोशिशें करते। मीडिया में मुट्ठी-भर लोग जरूर हैं, जो समकालीन मीडिया में साहित्य की गंभीर उपस्थिति को लेकर चिंतित हैं। ऐसे लोगों की संख्या बढ़नी चाहिए।

आखिर इस दर्द की दवा क्या है ? पूरे परिदृश्य का विहंगावलोकन करते हुए लगता है कि हिंदी और हिंदी साहित्य के उत्थान हेतु अब एक नए सांस्कृतिक नवजागरण का आंदोलन चलाया जाना चाहिए, जो समाज में साहित्य-कला-संस्कृति जैसे अनिवार्यतः वरेण्य विषयों के प्रति रुझान विकसित करने के लिए एक बौद्धिक वातावरण बनाने का काम करे। सत्साहित्य का प्रकाशन और उसे पढ़ने की एक राष्ट्रव्यापी संस्कृति को बढ़ावा देने की दिशा में अब साहित्यकारों को भी सामने आना होगा। मीडिया में आने वाली नई पीढ़ी की पुनश्चर्या भी जरूरी है। उसके बौद्धिक नवाचार के लिए साहित्य ही एक कारगर प्रकल्प सिद्ध हो सकता है। लेकिन यह तभी संभव है, जब एक साझा अभियान चले। मीडिया के पाठकों एवं दर्शकों तक साहित्यकार पहुँचे। मीडिया जिन धनपतियों के हाथों में है, वे तो जागरण के हिस्से बनने से रहे। उनको जगाने के लिए पहले भारतीय मनीषा को ही जगाना होगा। समाज में वह चेतना विकसित करनी होगी, वैसा रचनात्मक वातावरण बनाना होगा, जैसा वातावरण स्वातंत्र्य-संघर्ष-काल में बनाया गया था। तब अनेक स्वतंत्रता-सेनानी बौद्धिक जागरण के गुलामी के विरुद्ध लड़ाई भी लड़ रहे थे तो समाज की अनेकानेक कुरीतियों के विरुद्ध जागरण का कार्य भी कर रहे थे। और यह काम साहित्य के जरिए ही संभव हो रहा था। अब वैसा ही संक्रमणकाल नजर आ रहा है। देश की आजादी के बासठ साल बाद अब लगता है कि एक बार फिर उत्तर-हिंदी नवजागरण की शुरुआत होनी चाहिए। लेखक-प्रकाशक मिलकर चलें तभी यह संभव हो सकेगा। पुस्तकों के माध्यम से, लेखों के माध्यम से समाज को अतीत की मधुर स्मृतियों से जोड़ना होगा और उन्हें बताना होगा कि 'हम कौन थे, क्या हो गए हैं और क्या होंगे अभी।' पूरे देश में ऐसा वातावरण बने कि मीडिया को अपनी गलती का अहसास हो। साहित्य से कटकर समाज जी नहीं सकता। अगर मीडिया में साहित्य की जगह सँकरी हुई है तो वह जगह फिर से चौड़ी हो सकती है लेकिन इसके लिए एक नवांदोलन चले। पाठक-दर्शक उस मीडिया का बहिष्कार करें, जिसमें साहित्य, संस्कृति और जीवन-मूल्यों के लिए स्पेस ही नहीं बचा हो। ये सब चीजें अभी प्रिंट में ऊँट के मुँह में जीरा की तरह नजर आती हैं। पाठकों को जागरूक करना होगा। वह अखबार क्यों पढ़ें ? क्या कंडोम के आधे-आधे पृष्ठ वाले विज्ञापनों के लिए? यौन संबंधी विज्ञापनों के लिए? क्या सेक्स जैसी दबी रहने देने वाली प्रवृत्तियों को चर्चित करने के लिए ? नकारात्मक मूल्यों पर ही विमर्श मीडिया का नया चरित्र, नया दर्शन या (लोकप्रिय जुमले में कहूँ तो) 'फंडा' बनता जा रहा है। इससे उसे उबारने के लिए पाठक-समाज

को और अधिक आक्रामक बनाना होगा। जिन समाचार-पत्रों में साहित्य के लिए जगह नहीं है, उनका बहिष्कार हो, उनके विज्ञापन भी कम दिए जाएँ। यह शर्त रखी जाए कि उन्हीं समाचार-पत्रों को विज्ञापन दिए जाएँगे, जिनमें साहित्यिक समाचार, पुस्तक-समीक्षाएँ एवं साहित्यिक रचनाएँ प्रमुखता से स्थान पाएँगी। अगर कोई ऐसी व्यवस्था हो जाए तो मुझे लगता है कि मजबूरी में ही सही रचना-विरोधी प्रिंट मीडिया को झुकना पड़ेगा और धीरे-धीरे वे साहित्य को पत्रकारिता के केंद्र में रखने पर विवश होगा। घर-घर में वैसे भाषायी संस्कार विकसित करने होंगे, जैसे चार-पाँच दशक पहले दिखाई देते थे।

पहले साहित्य एवं कला की पत्रिकाएँ घरों की शोभा बढ़ाया करती थीं। अब कैरियर, फैशन, वास्तु, सेक्स, साज-सज्जा जैसी चीजों वाली पत्रिकाएँ तो घरों में नजर आ जाती हैं, लेकिन श्रेष्ठ साहित्यिक पुस्तकों-पत्रिकाओं के लिए कोई खास जगह नहीं बची है। ऐसा इसलिए हुआ है कि समाज में तेजी के साथ धनी बनने की प्रवृत्ति ने जोर मारा है। नए किस्म का साम्राज्यवाद या उपनिवेशवाद अपने मकसद में सफल होता दीख रहा है। यह उपनिवेशवाद बहुराष्ट्रीय कंपनियों द्वारा लाया गया है। यह दबे पाँव चला आ रहा है। अपने उत्पादों को बेचने के लिए बहुराष्ट्रीय कंपनियों ने पहले हिंदी का सहारा लिया, फिर हिंदी को 'हिंग्लिश' में रूपांतरित करना शुरू कर दिया। अब हालत यह है कि हमारा मध्यमवर्गीय समाज तेजी के साथ उत्तर-आधुनिकता की ओर उन्मुख होता जा रहा है और पश्चिम की जीवन-शैली को आत्मसात् करके खुद को नए जमाने का नागरिक महसूस करके खुशफहमी का शिकार भी हो रहा है। हिंदी जाति की इस नई प्रवृत्ति के कारण साहित्य का बहुत नुकसान हुआ है और समाज का भी। हिंदी जाति को अपनी अस्मिता, अपने अतीत से परिचित कराने या कहें कि याद दिलाने के लिए जरूरी है कि वैसी कृतियाँ सामने आएँ, वैसे लेखक, वैसी आर्य-प्रवृत्ति के प्रकाशक सामने आएँ, जो समाज के नवनिर्माण के लिए साहित्य रचते थे और उसका प्रचार-प्रसार करते थे। अब जो साहित्य रचा जा रहा है और प्रचारित किया जा रहा है, वह नैतिक मूल्यों को और अधिक ध्वस्त करने वाला है। हिंदी जैसी जीवंत भाषा के अनेक लेखक लोकप्रियता अर्जित करने के फेर में अपनी ही भाषा और संस्कार का चीरहरण करने पर तुले हैं। इनको पहचानने की जरूरत है। हिंदी आलोचना भी बेहद दिशाहीन है। ऐसे समय में हिंदी के नए सौंदर्यशास्त्र और आलोचनाशास्त्र को गढ़ने की जरूरत है। यह तभी संभव है जब इस संक्रमण को लेकर चिंतातुर कुछ लेखक-प्रकाशक बाजारवाद से हटकर सोचने की कोशिश करें। बेशक हम

बाजार का ध्यान तो रखें, लेकिन खुद बाजार से समरस न हो जाएँ; उसी के हिस्से न बन जाएँ। आज मीडिया बाज़ार से बुरी तरह समरस हो चुका है। उसको बाजार से निकाले बगैर साहित्य का भला नहीं हो सकता। यह तभी संभव है जब समाज में उत्तर-नवजागरण के नए चिंतन की पृष्ठभूमि बने। मीडिया के संक्रमण काल को महसूसने वाले बचे-खुचे लोग एक वातावरण बनाएँ। पूरे देश में एक अ-सरकारी अभियान चले, एक साझा दबाव बने, तभी मीडिया को सुधारा जा सकता है। यह दबाव उसी वक्त बन सकता है जब गलत बातों का निरंतर प्रतिकार हो। इतिहास साक्षी है कि हिंदी जाति को समय-समय पर जगाना पड़ा है। अब उसे एक बार फिर जगाने का समय आ चुका है। महाप्राण निराला की एक गीत-पंक्ति है–'जागो फिर एक बार।' अब जागरण का वक्त है। वरना जिस तेजी के साथ मीडिया से साहित्य बहिष्कृत होता जा रहा है, उसे देखकर तो यही लगता है कि आने वाले समय में मीडिया और साहित्य का कोई अंतर्संबंध ही नहीं रह जाएगा। साहित्य की तलाश के लिए भविष्य के लोगों को पुस्तकालयों या चंद साहित्यिक पत्रिकाओं की तलाश ही करनी पड़ेगी। ऐसा परिदृश्य हमें नहीं चाहिए, इसके लिए अभी से रचनात्मक जनांदोलन शुरू करने की मुहिम तेज करनी होगी।

●●●